森の端っこのちび魔女さん 3

Little witch at the edge of the forest.

[著] 夜凪 YANAGI
[イラスト] 緋原ヨウ

TOブックス

目次

CONTENTS

第四章 ※ レッドフォード王国の危機 [007]

一 お祭りに行こう [008]

二 祭りの夜 [033]

三 キャロとの別れ [061]

四 平穏を壊す影 [082]

五 紅眼病との闘い～始まり [103]

六 病の正体 [119]

七 ミーシャの後悔 [131]

八 閑話～ラインの旅路 [141]

九　ライアンとラライア［158］
十　後悔の先にあるもの［175］
十一　解剖［190］
十二　新薬の開発［209］
十三　薬を運んできた人［224］
十四　紅眼病との闘い～終幕［235］
十五　それぞれの未来［253］
十六　そして新たな始まり［270］
書き下ろし番外編　楽しいお茶会［285］
あとがき［298］

［イラスト］緋原ヨウ
［デザイン］SAVA DESIGN

森の民の隠れ里って……
いったいどこに
あるんだろう？
ユス山脈
レッドフォード王国
シーラン
王都
カナンテ

カーマイン大陸図
Carmine Continental Map
N
W
E
S
レガ山脈
森の家
王都
ブルーハイツ王国
ドラ

CHARACTER

森の民

ミランダ

森の民。
ミーシャの
母の親友。

ライン

ミーシャの
叔父。
放浪中。

ミーシャ

薬師。
森の奥で「森の民」の
母に育てられた。
世間知らず。

レン

ミーシャが
旅の道中で
拾った小狼。

レッドフォード王国

ジオルド

王国の凄腕騎士。
二つ名は「黒き稲妻」。

ライアン

国王。

カロルス

皇太子。
前王の忘れ形見。

ラライア

王妹。
病気がち。

ブルーハイツ王国

カイト

ミーシャの父に
仕える騎士。

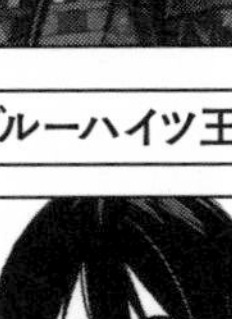

Little witch
at the edge of the
forest.

第四章 ✳ レッドフォード王国の危機

一　お祭りに行こう

長年の習慣で、いつもの時間に目を覚ましたミーシャは、ベッドの上に体を起こすとぼうっと虚空を見つめていた。

昨夜の舞踏会を途中退場したとはいえ、ベッドに入れたのは深夜に近かった。そのため、いつもに比べて圧倒的に睡眠時間が足りず、頭が働いていない様子である。

しばらくベッドの上でぼんやりと時間を潰した後、ミーシャはようやくのろのろと体を起こした。

(……そういえば、今日は侍女さんの数も少ないし、朝の始まりも遅くなるってティアさんが言ってたっけ……)

国をあげての祭りの間は、みんな羽目を外して騒ぐのが通例のため、王城で働く人も半数ずつ交代で休むとティア達に教えてもらっていた。

祭りは前夜祭と後夜祭の二日にわたって行われるので、それで皆、祭りを楽しむことができるそうだ。

もっとも、王城の舞踏会は初日しか行われないため、後夜祭といっても二日目は城で大きなイベントは存在しない。

その代わり、王湖の側に祭壇が設けられ、大聖堂でミサが行われるので、ライアンやライアは王族としてそちらに参加するようだ。

大聖堂のミサには限られた人々のみが招かれる為、その他の貴族は町にお忍びで出かけて楽しむか、それぞれの屋敷で集まってパーティーをして後夜祭を楽しむのが一般的だ。ミーシャも薬草園のメンバーや医師仲間など、親しくなった人達から誘われていた。

しかし、初日の舞踏会の事で頭がいっぱいだったミーシャは、その全てに断りを入れていた為、本日の予定は真っ白だった。

(……とりあえず、顔を洗おう)

いささか重く感じる体を動かして水場へ移動したミーシャは、まだ早朝の冷たい水のおかげでようやく頭をシャキッとさせると、身だしなみを整え、自分の小屋へと戻っていった。

早朝の庭は、空気がまだ少しひんやりとしていて、昨夜の喧騒《けんそう》が嘘のように静かだった。

行き合う侍女や下働きの人達の姿もいつもより少なくて、昨日のティア達の言葉が真実であったことを伝えていた。

ちなみにティアとイザベラはどちらも二日目に休みを取っていた。ミーシャの傍につくため別々に休む案も出たのだが、元々ミーシャがこの国に来る前からの予定だったのと、昨夜の舞踏会でのミーシャの支度を他の侍女に譲りたくない！　との熱烈な主張で同日の休みになったのだ。

朝露に濡れた花々で目を楽しませながら、ミーシャは、朝食のメニューを頭の中で組み立てる。

(卵がまだあったから、ドライトマトと炒めて………、スープは野菜だけであっさりが良いかな？あ、ソーセージ、もう食べないとダメかも)

鼻歌交じりに歩けば、お腹が空腹を訴えるように小さく鳴った。

「おはよう、レン」

扉を開ければ、尻尾をパタパタと振りながら、レンが嬉しそうにお座りをして出迎えてくれた。

まだ子供とはいえ狼のレンを怖がる人達もいる為、ミーシャは基本王城内にはレンを連れて行かないようにしていた。

ライアンは連れて歩く許可をくれたが、王城内を狼が闊歩《かっぽ》している風景は、さすがに非常識だろうと世間知らずのミーシャでも分かる。

でも、手放すなど論外のミーシャは、一緒にいる為にこの小屋に移って来たのだった。

中に入れないなら、自分が出れば良いと軽く思ったのだ。

たまたま散歩の途中にこの小屋を見つけた時は、ミーシャはちょうどいいと小躍りしたものである。

まぁ、「たくさんの人に囲まれての生活が少し苦痛になってきた」という、表向きの理由だってまるっきりの嘘ではなかったが。

「すぐに朝ごはんにするね。今日は特別に、レンにもソーセージ分けてあげる」

まだ子供の柔らかさを残した毛を撫でてやれば、レンは気持ちよさそうに目を細めた。

スリスリと頭を擦り付けて、お気に入りの耳の後ろを掻いてもらおうとするレンに笑いながら、ミーシャはリクエスト通りの場所をしばらく撫でてやった。

「さ、いい子だから大人しくしてて。お腹減っちゃった」

昨夜は軽食を摘まんだだけで終わりだった為、食事は毎食しっかり食べるミーシャのお腹はペコペコだった。

少しでも早く食べようと、スープの具材は火が通りやすいようにいつもより小さめに切り、フライパンでは卵を焼く傍らでソーセージも同時に調理する。

「いつもより、一本多く食べちゃおう」

つぶやきながらも、ミーシャの身体は止まることを忘れたかのようにクルクルと動く。

そうして出来上がった朝食をミーシャが食べ出した時、トントンっとキッチンの窓がノックされた。

「よう。美味そうなもの食ってんな〜」

「ジオルドさん」

窓枠に体を預けて眠そうに欠伸《あくび》をしているジオルドの姿に、ミーシャは目を丸くした。

「どうしたの？　こんな朝早くに」

ミーシャが慌てて駆け寄れば、笑顔が返ってくる。

「たんに仕事帰り。昨日は夜間警備してたんだよ」

「姿が見えないと思ったら、昨夜はお仕事だったの？」

驚いたようにミーシャの目が見開かれる。

それに、ジオルドはいささか決まりが悪そうに肩をすくめた。

「そ。一応、お役目柄爵位は貰ってるんだけど、どうにもお貴族様の集まりは居心地悪くてな。毎年、初日は警備の方に回してもらってんだ。その代わり、次の日休みになるから、結構平民や爵位の低いやつらは喜んでるんだぜ」

ミーシャが、立ち話もなんだしと部屋に招き入れれば、ジオルドは、手渡されたお茶を飲みながら、あっけらかんと話した。

「……ジオルドさんらしいけど」

「昨夜は、大広間の隅に隠れて見てたんだぜ？　ミーシャ、随分ダンスが上手くてびっくりした。

ドレスも綺麗だったしな」

呆れ顔のミーシャは、ジオルドにサラリと賛辞の言葉を投げられて、なんだか恥ずかしくなって頬を赤らめた。

「あれは、相手の方達が上手にリードしてくださったの。じゃなきゃ、初心者の私があんなに踊れないよ」

「まぁな。ダンスが苦手な俺じゃ、あのレベルで踊らせるのは、とても無理だな」

謙遜するミーシャに、ジオルドはケラケラと笑った。

そう揶揄《からか》うように笑われて、ミーシャの頬が不満そうに膨れた。一応、ダンスの練習は頑張ったのだから、謙遜したとしてもやっぱそこは認めてもらいたい。

（まぁ、付け焼き刃だった自覚はあるけど……）

「そんな顔すんなって。悪かったよ。そうじゃなくて、町の祭りに行かないか誘いに来たんだよ、オレは」

プックリと膨れた頬を指で突いて潰しながら、ジオルドが苦笑する。途端に、ミーシャがコテンと首を傾げた。

「……町？」

「そ。町の方では、今日も一日中お祭り騒ぎだ。いつもの倍以上に屋台は出るし、町中、花やランタンで飾られて賑やかで綺麗だぞ。見たくないか？」

ジオルドの言葉にミーシャの目が丸くなり、すぐに満面の笑みにとって代わられた。

初日は舞踏会に行かなければならないと言われて諦めていたが、お祭りはまだ続いていて、本日のミーシャの予定は空いている。心配していた体力も一晩眠ればいつも通りで、方々からの誘いを断ってしまったことを少し後悔していたところだったのだ。

ミーシャにジオルドの誘いを断る理由はなかった。

「行きたいです。お祭り、見たい！」

ハイっと手を挙げて宣言するミーシャに、ジオルドは同じように満面の笑みを浮かべた。

「了解。しっかり祭りの楽しみ方を伝授してやるよ」


朝食をしっかり取って待ち合わせの門の所へと急げば、すでにジオルドが待っていた。

仕事明けだったため先ほどは近衛《このえ》の隊服姿だったのが、見慣れた白シャツとベスト、黒いズボン姿に変わっている。

「ごめんなさい、お待たせしました」

汗を流してくると言っていたから、絶対自分の方が早く着いているだろうと思っていたミーシャは、慌ててジオルドの元に駆け寄った。

小走りに駆け寄ってくるミーシャに、門柱にもたれるようにして立っていたジオルドは、軽い身のこなしで体を起こした。

「アァ、大丈夫。今来たばかりだ」

ニッと笑うと、ジオルドは、のんびりと歩き出した。

ゆったりと運ばれる足は、一歩は大きいものの、ミーシャの歩く速度に完全にマッチしている。

隣を歩きながらそんな細やかな気遣いに気づいたミーシャは、なんだか嬉しくなってニッコリと笑った。

「なんだか、こうして歩いていると、旅の時みたいだね」

「だな。………頼むから、厄介ごとを拾ってくるなよ?」

城下町に向かいながら、ふと呟いたミーシャに、ジオルドが悪戯っぽく微笑む。

ミーシャの脳裏に、旅の間にあったいくつもの出来事がよぎった。

「……厄介ごとなんて、拾ってないもん! みんな素敵な出会いでした」

胸を張って言い返しながらも、絶対にジオルドの方を見ようとしないミーシャの横顔を見ながら、ジオルドはくつくつと笑い続ける。

「まぁ、そういう事にしといてやろう」

機嫌よく笑うジオルドの横で、肩をすくめながらミーシャも足を止める事なく歩く。

王城から祭りの会場となっている王湖付近まではミーシャの足で三十分ほど歩く事になる。とはいえ、山育ちのミーシャにとってそれぐらいの距離を歩く事は苦痛ではないし、祭りの飾り付けがされた町はどこか浮足立った華やかさで満ちており、ただ歩くだけでも楽しかった。

足元では、そんな二人を不思議そうにレンが見上げている。

いつもは置いていかれるレンも、今日は相手がジオルドだし、遊びに行くだけだからと一緒に連れてきてもらっていた。

人気の多い所に行くのに、さすがにいつも町に出る時のように放したままにはできない。みんながみんな動物が好きなわけではないし、小さなレンは人ごみの中では気づいてもらえずに踏みつぶされる危険もある。

そのため、周りへの「無害ですアピール」と迷子防止の為に首には縄が結ばれていたが、元々歩くときミーシャのそばを離れることの無いレンにとっては、さほどストレスでも無いようだった。それよりも、ミーシャの側に居られる事の方が何倍も嬉しいらしく、フサフサの尻尾が歩く度にユラユラと機嫌良く揺れている。

そうして、年齢差のある男女と獣という不思議な組み合わせの二人と一匹が会場付近に着いたのは、丁度、朝食の時間帯が終わり少し落ち着いた屋台街の真ん中を、綺麗に飾り付けられた何台もの山車《だし》が練り歩き出したところだった。

鮮やかな青に塗られた山車は、色とりどりの花やリボンなどで飾り付けられていた。それぞれの飾りにも工夫されており、行列を組んで進むそれは眺めているだけで楽しかった。

「すごい！　あっちは果物で飾ってあるし、あっちには人形が載ってるわ！　すごく可愛い！」

側のジオルドの袖を掴みグイグイと引っ張っては、興奮したように山車を指さすミーシャは、年相応に幼く見えた。

それに笑って頷きながらも、ジオルドはさりげなく周りの人の流れからミーシャを庇い、通行の邪魔にならないように誘導していく。

そうして、沿道の見物人のスペースの一角に落ち着くと、いつの間にか購入していた果実水をミーシャの手に手渡した。

「ありがとう！」

興奮して騒いでいた為、喉の渇きを覚えていたミーシャが、素直に受け取りながらお礼を言うのに、ジオルドがにやりと笑う。

「どういたしまして。残念ながら炭酸は入っていないから、安心して飲んでくれ」

故郷で街歩きをした時、偶然会ったジオルドに分けてもらって飲んだ炭酸ジュースで盛大に咽《むせ》た過去を揶揄われて、ムッとミーシャの唇がとがる。

「もう飲めるようになったもの！　意地悪！」

「はいはい。お子様仕様のやつなら最初から飲んでたもんな。悪かったよ」

ちっとも悪いと思っていない顔で謝りながら、ジオルドはごまかすように丁度目の前を通りかかった山車を指さした。

「山車《あれ》は二日目の名物だ。毎年工夫を凝らした十の山車が、こうやって朝晩二回決まった時間を練り歩く。間に合って良かったな」

「そうなんだ〜。それぞれに衣装も違って面白いねぇ」

次々と目の前を通過して行く山車に、ミーシャはあっという間に意識を持っていかれた。

見とれるミーシャを、ジオルドは満足そうに眺めている。

好奇心旺盛で感情表現が素直なミーシャの反応は、見ているだけで癒しだ。

その表情を見たいが為に旅が長くなりトリスに怒られたのだが、ジオルドは、ちっとも反省していなかった。

ちなみに今回連れ出したのも無断であり、他に表立った護衛は付いていない。

慣れた町の中で、自分一人いれば不測の事態もないだろうと、勝手にジオルドが判断しての行動だった。

一応置き手紙を残してきたので、今頃報告が届いたトリスが青筋を立てて怒っている事だろう。

（それにしても、ごまかされるの早くないか？　相変わらずチョロいな、ミーシャ）

先ほど揶揄われたこともすっかり忘れたように、手に持ったジュースを飲むミーシャに、ジオルドは笑いをかみ殺しながら自分用に買ってきていたエールを飲んだ。

「夜になれば山車に括り付けられたランタンに火が灯されて綺麗なんだけど、さすがに夜間は、な」

ジオルドにポンポンと髪を撫でられ、ミーシャはそちらに顔を向けるとニッコリと笑った。

「充分、綺麗だもの。連れてきてくれてありがとう」

全ての山車を見送った後、今度は幾つもある屋台を渡り歩く。

沿道を埋め尽くす屋台は、いつもと違い、射的や輪投げなど遊戯を提供する店も沢山あった。

興味の引かれるものにチャレンジして景品を貰ったり、玩具の弓で行う射的が上手く当たらずに、大人げなくムキになって何度も挑戦するジオルドに笑ったりする。

失敗して冷やかされるのも楽しいのだと、ミーシャは初めて知った。

また、平民出身だと言っていたジオルドは町に知り合いも多く、沢山の声をかけられていた。

中には出店の主人もいて、飲み物や食べ物を奢ってもらったり、酒を酌み交わしたりと非常に賑やかだった。

驚いたのは、その中にシャイディーンの姿を見つけた事だった。

前に会った時に宣言していた通り、ちゃっかり住み込みの仕事を見つけていたのだ。

宿屋の下働きだそうで、そこの女将が祭り期間限定で食事の屋台を出すのに用心棒がてら付いてきたと、ミーシャに串焼きを渡しながら笑っていた。

すっかり周囲の人とも馴染んでいるようで、いろんな人に声をかけては笑いながら串焼きを売っていく手腕は見事だった。声をかけられた人たちも「金とるのかよ！」と軽口をたたきながらも楽しそうだ。

いかにも下町の祭りといった明るい雰囲気に、ミーシャも一緒にたくさん飲んで食べて笑って、十分にその雰囲気を楽しんだ。

一緒に連れているレンも町の人々に好評で、肉の切れ端を貰ったり首に綺麗なリボンを結んでもらったりと存分に構われていた。

普段ミーシャが連れていけない時、閉じ込めているのは可哀想だと、門番や馬番のところに預けられたり、裏庭で遊んでいたレンは人馴れしており、伸ばされる手にも嫌がることなく大人しくしている。

さらに、城の番犬たちと共に受けていた訓練の実践とばかりにレンはミーシャの足元にピタリと張り付いて周囲に目を配っていて、その様子に気づいたジオルドに「立派なボディーガードだな」と褒められていた。

そうして時間を過ごしている中、ミーシャはふと目の端を見知った影が過るのを見つけた。

小さな男の子の二人組。

「ユウ！　テト！」

人混みの中で見つけた小さな友人達に、ミーシャは思わず声をかけた。

人混みに揉まれることなく、器用にすり抜けていた小さな影がピタリと止まる。

「お姉ちゃん！」

「お祭り、来れたんだ〜」

嬉しそうな笑顔で駆け寄ってくる二人を抱きとめて、ミーシャはにこりと笑った。

「連れてきてもらったの。二人もお祭りに来たの？　あれ？　アナは？」

柔らかな金と黒の髪をかき混ぜながら、ミーシャは、小さな影がひとつたりないことに気づいて首を傾げた。

いつだって二人の後を追いかけていた幼い少女。

「向こうで待ってる。こっちの方は人気の屋台が集まってて人が多いから」

「山車を見てたんだけど、アナは小さいから人ごみに流されやすくって。疲れちゃったみたいでさ」

二人は顔を見合わせて肩をすくめる。

その手に、それぞれ飲み物の入ったコップと甘い焼き菓子の袋を見つけて、ミーシャはにこりと笑った。

「それで、甘いものと飲み物を買ってきてあげたのね」

「オォ、優しいな兄ちゃんたち」

三人のやり取りを見ていたジオルドも頬をゆるめた。

「ね、私もいっしょにいっていい？　アナちゃんに会いたいな」

立ち止まっていた二人の背を押して、ミーシャは歩き出した。

小さなアナを、あまり一人で待たせるのもかわいそうに思ったのだ。ちらりと背後をうかがえば、ジオルドも軽く頷いている。

「もちろん！　最近会えてなかったから、アナも喜ぶよ」

嬉しそうにうなずく二人の足に、レンが自分もいるというように体をすりつける。

「わ！　レン！　転んじゃうよ～」

ユウがバランスを崩して、手に持っていたコップからジュースがこぼれてしまう。落ちてきた甘い雫を顔にかぶったレンは、驚いたように目を丸くした後、おいしそうに舐めとっていた。

「もう！　レンったら！　しょうがないなぁ」

「良かったじゃん。天からの恵みだな」

嬉しそうに揺れる尻尾に怒ることもできず、大人びた仕草で肩をすくめてため息をつく子供たちに笑ったジオルドが、通りすがりの屋台からきれいにカットされた果物の盛り合わせを購入した。

「ほら、こっちならこぼさないだろう。コップは持ってやるから交代だ」

「え……、いいの？」

国外の珍しい果物がたくさん盛られた皿に、ユウが戸惑うように視線を揺らす。

甘みが強くおいしいと噂の果物ばかりだが、船便で運ばれてくるため他の果物に比べると割高だ。

祭りのために大切にためた小遣いをはたけば小さな皿くらいは買えるが、そうすると他の物は何も買えなくなってしまうため、憧れの目で見て素通りしていたのだ。

それなのに、手渡された深皿は一番大きなもので、幼いながらもお金を稼ぐ大変さを知っているユウには、ミーシャと一緒にいる人とはいえ、知らない人に簡単に貰っていいものとは思えなかった。

「子供が遠慮するな。みんなで食べたほうが美味いだろ？」

少年たちの戸惑いを、ジオルドがカラリと笑って受け流す。

「俺もガキの頃、同じように祭りの時はおごってもらってたんだ。おまえらも気になるなら、大人になったら同じようにしてやりな」

「……うん！　ありがとう、おじさん！」

その言葉に嬉しそうに笑ってお礼を言ったユウとテトの頭を、ジオルドが少し乱暴にかき回す。

それでも片手に持った二つのコップからほんの一滴もジュースがこぼれることはなくて、ミーシャは「器用だな」と眺めながら、自分まで嬉しくなって笑ってしまう。

「さ、急ごう！　きっとアナが待ちくたびれているわ」

そうして和気藹々《わきあいあい》とアナの元へと向かうと、人波から少し外れたところにある木陰のベンチでアナが、退屈そうに足をぶらぶらと揺らしながら大人しく待っていた。

「アナ！　お待たせ！」

その姿が小さく目に入った途端、ユウとテトが再び走り出す。

「もう！　遅いよ、お兄ちゃん！」

ぷっくりと丸い頬をさらに膨らませて文句を言おうとしたアナは、兄の背後に立つミーシャを見つけて目を丸くした。

「ミーシャお姉ちゃん！　すごい！　お祭りの日に会えるなんて!!」

アナはベンチから跳び上がるように立つと、ミーシャのもとに駆け寄ってきた。

勢いのまま飛びついてくる小さな体を受け止めて、ミーシャも楽しそうに笑った。

「ね！　約束もしてなかったのに、こんな人が多い中で会えるなんてすごいね！」

そのまま抱き上げて、前にジオルドにされたようにくるくると回ると、アナが歓声を上げた。

楽し気な笑い声に、つられたように興奮したレンが、その周りをピョンピョンと跳び回る。

「飲み物もお菓子も、果物もあるのよ！　みんなで食べよう」

ミーシャの言葉に、ユウとテトがそれぞれ手にもった戦利品をかかげて見せる。

「すごい！　アナ、のどカラカラだったの！」

ベンチに腰を下ろして、みんなで思い思いに食べ物をつまむ。

人の少ない木陰は適度に風も吹いて、思っていたよりも涼しく過ごしやすい。

「すごい。この果物おいしいね」

「それは桃の仲間だな。確かマリュージュって言ったかな？　果汁が多くて甘いから子供に人気だ」

顔中、果汁でべたべたにしながらおいしそうにかぶりついているアナに、ジオルドが笑ってハンカチで拭いてやる。

「なんで一口サイズに切られてるのにそんなにこぼすんだよ」

「アナの口には大きいみたいだし、しょうがないわ」

あきれ顔のユウに、ミーシャは果物をさらに小さく切ると、食べやすいようにいくつか串に刺してアナに渡した。

「ありがと～～」

兄のあきれ顔は見ないふりをして、アナは渡された即席の果物串を素直に受け取り口に運んだ。

だけど、食べる前にケホッと小さく咳がこぼれて手が止まってしまう。

「大丈夫？　何か喉に詰まらせた？」

ケホケホと咳を繰り返すアナに、ミーシャは心配そうにその小さな背中をさすった。

「ん～ん、大丈夫。なんかね、少しのどが変だったの」

すぐに咳が治まったアナは、何でもないというように、にこっとほほ笑んだ。

だが、その頬が、いつもより少し赤い気がして、ミーシャはそっとその小さな額に手を添える。

「ん～、少し熱い気もするけど。アナちゃん、お口あーんってして？」

素直に口を開けたアナの喉の様子を観察して、ミーシャは首を傾げる。

「別に腫れている様子もないし、のぼせちゃったのかな？　大丈夫とは思うけど、今日はもうお家に帰る？」

「えぇ～。アナ元気だよ？」

不満そうに唇を尖らせるアナの様子に、ミーシャは笑ったけれど、そっとその髪を撫でた。

「人が多いから、気づかないうちに疲れちゃってるんだよ。今お昼寝しとかないと、夜に眠たくなっちゃうかもよ？　お母さんたちとランタンを祭壇に持って行くのでしょう？」

祭りの始まる十日ほど前から町中に飾られたランタンは、町の住人の手作りで、みんなそれぞれに美しく色を塗ったり紙で飾りを作って貼りつけたりと工夫を凝らしていた。山車と同じくこの祭りの名物の一つでもあり、それを見て歩く事が目的の観光客もいるほどだ。

当然、アナたちも自分のランタンをそれぞれに作っていて、家の前に飾っていた。

そして後夜祭の夜には、湖の側に造られた祭壇へと捧げに行く。

集まったランタンは、決められた時間になると五穀豊穣《ことほ》を願いながら司祭が火を放つのだ。

赤々と湖面を照らす炎は美しく壮大で、夏の到来を寿ぐ祭りのクライマックスとも言えるだろう。

普段はベッドに押し込まれる遅い時間まで子供が起きていることを許される、特別な日なのだとアナ達が嬉しそうに話してくれたのをミーシャは覚えていた。

「それはいやぁ」

昨年は眠気に負けて、祭壇までたどり着けず悔しい思いをしていたアナは、泣きそうになりながら首を横に振った。

「だな。一回家に戻って夜に備えようぜ」

「ま、十分昼の祭りは楽しんだし、いいんじゃねぇ？」

ゲームや食べ物など、お目当ての屋台はあらかた回って満足していたユウとテトも、首を縦に振った。

どうせそろそろ貯めていたお小遣いも尽きたし、後はダラダラと屋台を冷やかして歩くくらいしかやることもなかったのだから頃合いだ。

「じゃ、これも持って帰れよ。今日中に食べればまだ大丈夫だろう」

子供たちの相談が終わったところで、ジオルドがまだ半分ほど残った果物の皿を差し出した。

「もらっていいの？」

途端に泣きそうになっていたアナが、ピョンと跳び上がって喜んだ。

コロリと変わった表情に、ジオルドが思わずというように噴き出す。

「あぁ。いい子のアナにお土産だ」

小さな頭を撫でてやれば、ユウとテトも嬉しそうに笑った。

「ありがとう、おじさん」

「家族にも食べさせていい？」

「ああ。好きにしたらいい」

真っ先に家族を気にする子供たちをほほ笑ましく思いながら、ミーシャとジオルドは元気に帰っていく三人を見送った。

小さなアナを真ん中に、大事そうに器を抱えた背中が街角に消えていく。

その姿を見つめているミーシャの瞳に、微かな影がよぎるのを見つけてしまったジオルドは眉をしかめた。

ここにいない家族を思い、おいしいものを分け与えたいと笑顔を浮かべた子供たち。

その姿にミーシャは何を思ったのだろう。

一瞬の迷いの後、ジオルドは気づかなかったふりで明るい声をあげた。

「さて。チビ達は帰っちまったが、この後は何がしたい？　ミーシャは夜に出歩けないんだから、その分を堪能しなきゃな！」

ジオルドの言葉に、まるで夢から覚めたようにハッとした顔をしたミーシャは、次の瞬間、にっこりと顔をほころばせた。

「私、湖の側に造られた祭壇を見てみたいわ。今日の夜に来れない人たちが先にランタンを置いて行くから、もうたくさん集まっているんですって。お花も飾られてるから明るい時に見ても綺麗だって、さっきシャイディーンさんに教えてもらったの」

「いいな。ついでに俺たちもランタン買って、持っていこうぜ。あそこに置いとけば、係の人間が夜に火を灯して、最後には燃やしてくれるからさ」

歩き出したミーシャの瞳に、もう先ほどちらついた影は欠片も見えず、その事にほっとしながらジオルドも隣を歩いていく。

そうして、結局二人は、時間もあることだしと出来合いのランタンを買うのではなく、骨組みだけのものを購入して、その場で絵をかいたり飾り付けをしたり出来るという屋台を見つけ、挑戦する事にしたのだった。

色紙や絵の具、きらきら光る小石の欠片。すでにいろいろな形にくり抜いた色紙などもあり、自由に使っていいそうだ。工夫次第では他にはない美しいランタンも個性的なランタンも、好きに作れそうである。

「おや、お嬢ちゃん、上手だねぇ。その花飾りはどうやって作るんだい？」

屋台の女性が、薄紙を器用にくるくると巻いて花の形に作っていくミーシャに、感心したような声をあげる。

お世辞ではない本気の賛辞に、ミーシャが面映《おもは》ゆそうに笑うが、実際ミーシャの手の中で大小さまざまに作り出される立体的な花飾りは、まるで売り物のような見事さである。

「意外と作りは簡単なんですよ？　この白い紙を半分に切って、端っこの方だけ色を付けて～」

屋台の女性に作りながら説明するミーシャに、同じように隣でランタンを作っていた女性二人組が「自分にも教えてほしい」と声をかけてくる。

それにも快く頷いて、楽しそうに屋台の女性やほかの客と話しているミーシャの姿にホッとしたように一息つくと、ジオルドは、改めて自分の前に置かれた現実《ランタン》に向き合った。

自覚もあるが、芸術的な事にはとことん向いていないのだ。ミーシャが興味を示したから手を出したが、自分一人なら絶対に挑戦しなかっただろう。

「……ミーシャ、これ、こっからどうにかなるか？」

『花月祭』の名を冠する祭りだけあって、ランタンも花をモチーフにしたものが多い。

とりあえず花の絵でも描いとけばいいかと筆をとってみたはいいものの、出来上がったのはカラフルに塗られた何か、だった。

ひとしきり花飾りの作り方を教え終わったミーシャは、ジオルドの声に振り向いて目を丸くした。

一面極彩色に塗られたランタンを前にしたジオルドは、間違って苦いものを口にしてしまったかのようなしかめ面である。

明かりを入れれば、これはこれでカラフルに光が滲んで綺麗だろうと思うが、ジオルドの顔を見る限り現状は不本意なのだろうと、ミーシャは少し考えこんだ。

「……ジオルドさん、ナイフ使うの上手でしたよね」

ランタンに巻き付けられた紙をそっと破らないようにはがすと、シンプルな線で花の形を描いていく。

「この線でくり抜いてみて。できれば、くり抜いた紙もその形のままにできたら最高だけど」

「わかった」

ジオルドは、用意されていた小刀ではなく使い慣れている自前の物を取り出し、ちまちまと紙を切り刻み始める。

芸術的センスが壊滅的なだけで、指先は器用な方である。

ジオルドが線通りに綺麗にくり抜いてみせると、ミーシャはそれにさらに薄い白い紙を重ねたり、くり抜いたものを別の場所に貼り付けたりと加工していく。

「おお！　なんかすごいな」

出来上がったランタンは、花の形にくり抜かれた部分から明かりがもれるようになっていて、火を灯したらさぞかし綺麗だろうとジオルドでも想像がついた。さらに地の色が派手だからか、立体の花飾りは白かほんのりと薄く色付けされているもので不思議と上品に見え、ジオルドが感心したような声をあげた。

「せっかく、きれいな色に塗られてたから」

そう言って笑うミーシャの手にあるランタンには、逆にくり抜かれた方のカラフルな花が貼り付けられていて、ジオルドのものとの一体感もバッチリだ。骨組みの部分には立体的に作られた紙の花飾りが、同じように紙で作られた蔓や葉と共に綺麗に飾られている。

「へぇ。そうするとセットみたいでいいね。恋人や友人同士で作る子たちに勧めてみるよ」

商魂たくましい屋台の女性が、さっそくミーシャに作り方を教わった花飾りを作りながら、笑顔で呟いた。

不器用な人や時間をかけられない人用に、出来合いの飾り用パーツを有料で売っているのだ。ちなみに、凝ったものほど高額で、ミーシャの教えた花飾りもそれなりの値段がつけられていた。

「夜に明かりを灯す場面を想定して作ることが多いけど、こうして立体的な飾りをつけると明るいうちでも楽しめるね。いい事教えてくれてありがとうよ」

にんまりと浮かぶ笑顔は、あと半日でどれほどの金額を売り上げられるかと計算でもしているのだろう。同じようにランタン作り体験をうたっている屋台は数多くあるから、他との差別化を図れそうなアイデアは大歓迎なのだ。

「こっちこそ、楽しかったです」

情報料だと一つ分のランタンを無料にしてもらったミーシャも、にっこりと笑いながら手早く作

った紙の鳥を、チョコンと側に飾られていた見本のランタンの上にとまらせた。一枚の紙を折って作られたとは思えないその鳥に、女性が目を丸くしているうちに、二人はいそいそとその場を後にする。また「教えてほしい」と強請《ねだ》られたら、時間がいくらあったとしても足りなくなりそうだった。

「じゃあ、奉納に行くか」

「うん」

出来上がったランタンを手に、ミーシャとジオルドは湖の側にあるという祭壇へと向かう。

もっとも、ランタン作りの屋台は、その性質上湖の近くにあったため、少し歩けば目的地はすぐ見えてきた。

ミーシャ達と同じように手にランタンを持った人たちも周囲に増えてくる。

「あれが受付、かしら？」

白木で造られた祭壇の横に、並んでいる列を見つけミーシャが指をさす。

「そうみたいだな。今まではみんな勝手に置いていってたからごちゃごちゃになっていざ火を灯すときが大変だったみたいで、今年から受付と並べる係を手配したって、そういえばトリスが言ってたわ。たぶん、騎士団からも人を貸し出してるはずだ」

思い出したようにつぶやくジオルドに、ミーシャが呆れたような目を向ける。

「いくらお休みだからって、もう少し興味もとうよ。またトリスさんに怒られちゃうよ？」

柄にもないと嫌がっているのは知っているが、ライアンの側にいることが多いジオルドも騎士団の中では上位の地位を与えられているのだ。部下の指揮をとるのはともかく、会議等に参加する必要もあるはずなのに、うまく補佐官に押し付けて逃げてしまうとトリスが愚痴を言っているのもミーシャは聞いていた。

「大丈夫だって。ちゃんと仕事はしてるさ」

ジトリと自分を見上げるミーシャに肩をすくめてみせながら、ジオルドは列の最後に並んだ。

それなりに長い列ではあったが、受付が複数用意されているようで、思ったよりもサクサクと前に進む。

「次の方、こちらにどうぞ」

いくらも待たないうちに声をかけられ、呼ばれた受付へと足を向けたミーシャは思いもよらない人の姿に、思わず声をあげた。

「モルトさん！」

そこにいたのは、初めて国立図書館に行ったときに案内をしてくれた青年だった。

その正体は、宰相のトリスの末の弟で、身分のある身内がいるとばれると面倒だからと、髪を灰色に染めて目立たないようにひっそりと働いていたのだ。いつも忙しそうにしていたが、図書館で顔を合わせればお薦めの本を教えてくれたりと、何かと気にかけてくれる面倒見のいい青年でもあった。

「おや、お祭りに出てこられていたのですね」

驚いたのはモルトも同じだったようで、目を丸くした後、にこりと微笑んだ。

「こちらに奉納するランタンの数を記入してくださいね」

ミーシャにペンを渡してランタンを受け取るモルトに、ジオルドも手にしていたランタンを手渡す。

「図書館の方からも人手を引っ張ってこられたのか」

「この二日間は図書館は閉館中なので、職員の半分はこちらに回されてます。……もしかして無許可でつれだしてませんか？」

くるりと辺りを見渡して、ジオルド以外に護衛の姿がない事に気づいたモルトが眉をひそめた。

「あぁ。隠れてるだけで何人かいるから気にすんな。それより、早く受付よろしく」

ジオルドは早口で小さくつぶやいてから、後半は茶化すように大きな声でモルトを促した。

「無許可も否定してくださいよ。また兄さんに怒られますよ？」

呆れた顔でランタンを受け取り、二つを並べると首を傾げる。

「出来合いのものを買ったにしては装飾が凝ってますね。あなたが自力で作ったにしては綺麗だし、ミーシャちゃん作ですか？」

ジオルドの壊滅的な美的センスを知っているモルトが少し意地の悪い顔で笑うと、記入を終えてペンを返してくるミーシャに尋ねた。

「一緒に作りました。ジオルドさんも色をぬったり切り抜いたり、ちゃんと頑張ってましたよ？」

「そうそう。立派なもんだろ？」

にこにこと笑うミーシャの言葉尻に乗っかるようにジオルドも胸を張る。

「はいはい。ジオルドの失敗をきちんとカバーできるなんて、ミーシャちゃんは器用なんですね」

まるで見てきたかのように笑うと、ジオルドが不満そうに眉を寄せるが、モルトはそれを知らん顔でミーシャにランタンを返してその背を押した。

「あちらの係りの方に従ってランタンを奉納してきてくださいね。それでは、良い一日を」

文句を言う隙を与えずに先に進むように促され、ジオルドは諦めたように肩をすくめるとミーシャの背中を追った。

ジオルドのランタンが悲惨なことになりかけたのも、それをミーシャがカバーしたのも本当の事だし、列の流れを途切れさせてまで軽口を叩き合うこともないだろう。

「こちらの区画にならどこに置かれても結構ですよ」

穏やかな笑顔を浮かべる神官服の老人に導かれ、ミーシャはくるりと辺りを見渡した。

どうやら、ランタンの形や色味でざっくりと置く場所が分けられているようで、ミーシャが案内されたのは、花の飾りがつけられたランタンが集められていた所だった。

「ここらへんでいいかな?」

ジオルドと二人、なんとなく端の方へとひっそり奉納し、ミーシャは中央に置かれた豊穣の女神の像にそっと手を合わせた。

数多のランタンに囲まれて穏やかな表情を浮かべる女神像はとても美しい。

(幸せな秋を迎えられますように。それから……)

祈りを捧げるミーシャを、湖を渡る風がふわりと撫でていった。

二　祭りの夜

「今日はすごく楽しかったね。レンも楽しかった?」

「クゥ」

祭りから帰ってきたミーシャは、床に座り込んでレンにブラッシングをしていた。

レン専用のブラシは、硬めのイノシシの毛を使ったもので、皮膚をマッサージするように強めにブラッシングしてもらうのが、最近のレンのお気に入りだった。

今も、うっとりとした顔で体を横に倒しされるがままになっている。

「祭壇に奉納されたランタン、本当にいろいろな形や色のものがあって、見ているだけでとても楽しかったね。火が灯されるところが見られなかったのは残念だけど、お城から燃やしているところが見えるんだって。穴場だって場所をジオルドさんから聞いてきたから、こっそり二人で見ようね」

心地よい力加減でうけるブラッシングに夢見心地なレンにとって、楽しそうなミーシャの声は子守唄に等しい。

うとうとしながら「ウゥゥ」と返事とも呻き声ともつかないものをあげるレンに、ミーシャはくすくすと笑う。

楽しそうだったとはいえ、一日人ごみの中でレンも疲れたのだろう。

祭りのためにいつもより人が溢れている町の中にレンを連れていく事に不安はあったが、ジオルドが「大丈夫」と言ってくれたので、思い切って連れて行ってみたのだ。

どうなることかとどきどきするミーシャをよそに、レンはいろいろな所で愛敬《あいきょう》を振りまいて、肉の切れ端などを要領よくゲットしていた。

城で多くの人にかまわれていた為か、知らない人に手を伸ばされても嫌な顔一つせずに大人しくしていたし、ジオルドが言うには、きちんと周囲を警戒もしていたそうだ。そこら辺は、城の番犬たちにまざっての訓練が功を奏《な》したのだろうとの事だった。

ミーシャの知らないところで頑張っていたレンの成長を感じられて、ミーシャはすごく誇らしかった。

夕暮れ時にジオルドに送られて戻ってきたミーシャは、さっさと入浴をすませ小屋の方に戻ってきていた。

夕食も屋台で買い込んできたものですませて、あとは特に予定もない。

ちなみにラライアは、王族の公務としていくつかの教会を回るそうで今は王城にいない。

国王であるライアンも同様だ。

今回の祭りは『花月祭』といって夏が来ることを寿ぐとともに、豊穣を願う神事でもあるのだ。

一国の王族として、楽しいだけでは終われない。

「あまり忙しくして、また体調を崩さないといいのだけど。明日の食事を少し見直した方がいいかな？」

健康になってきたとはいえ、それでも通常に比べれば弱いラライアを心配して、ミーシャは何が効果的だろうと蓄えてある薬草を思い出す。

先ほどと声の調子が変わったミーシャに気づいたレンがちらりと薄目で窺うが、考え込みだしたミーシャは気づかない。

ついに止まってしまった手に（ブラッシング終わり？）と首を傾げたレンは、のそりと体を起こすと、大きく伸びをしてから体をブルブルと振った。

そのまま屋台で買ってもらっていた、牛の骨に皮を巻きつけたものをガジガジとかじり始める。

「あら？　レン、もういいの？」

ふとミーシャが我に返った時には、レンは噛み応えのあるおやつに夢中になっていた。

すでに端の方がかじり取られている様子を見て、思った以上に時間が経過していることに気づき、ミーシャは肩をすくめてからブラシの手入れをして片づけた。

その時、夢中でおやつをかじっていたレンの耳がピクリと動き、身軽な仕草で立ち上がった。

入口の扉に向かい、じっと扉を見つめるレンにミーシャが首を傾げた次の瞬間、小屋の扉をノックする音がした。

「失礼いたします。ミーシャ様、いらっしゃいますでしょうか？」

静かに響く声は、執事のキノのものだった。

レンの尻尾がパタリと一回だけ振られた。

「はい。どうしましたか？」

ミーシャは、急いで返事をすると扉を開ける。

すると、そこにはいつものように黒い執事服を着たキノが立っていた。

「ミーシャ様を訪ねて、カイト＝ダイアソン様がいらっしゃっています。城の方で会われますか？それとも、こちらにご案内いたしますか？」

スッと胸元に手を当て、軽く礼をしてから、キノが淡々と尋ねてきた。

「カイトが？　こんな遅くにどうしたのかしら？」

昨夜の舞踏会で会った時には、訪ねてくるようなことは言っていなかったのに、と不思議に思いながらも、ミーシャは立ち上がった。

「わざわざこっちに来てもらうのも悪いし、私が行きます。このまま案内してもらってもいいですか？」

祭りから戻ってきて入浴したが、後でレンと共に奉納の炎を眺めに行くつもりだったミーシャは、幸いにも普段着のままだった。おかげで身づくろいのために待たせることもないと、キノに案内を頼む。

正装ではないけれど、そこは今更である。

「かしこまりました」

キノも慣れたもので、すぐに先に立って歩き出した。

「レンも行こう！」

少し迷ったものの、ミーシャは、行儀よくお座りをしてこちらを窺っていたレンも呼んだ。

何の話か分からないけれど、長引くようなら炎が灯される時間に被るかもしれない。

お城の敷地は広いため、いちいちレンを呼びに来て、見逃すことになったら大変である。

「ウォン！」

呼ばれたレンは嬉しそうに立ち上がり、軽い足取りでミーシャを追った。

それに、ちらりと視線をやるだけでキノが止めることはない。

そもそも、勝手にミーシャが遠慮しているだけで、レンはミーシャと共にあるならば城内のどこに入り込んでいても良いとしっかりと周知されていたし、慣れてきた今では小屋のある裏庭などの一部の場所なら自由にうろうろしていた。

さらに言えば、聞き分けが良いうえに、気前よく素敵な毛並みをさわらせてくれるレンは、城で働く者たちに人気があるのだ。癒しを求めて休憩時間に、レンに会おうと庭を散策する人間が増えたほどである。

「カイト、お待たせ！　どうしたの？」

通された応接間では、カイトが一人で待っていた。

部屋に入るなり声をかけたミーシャに、少し笑いながら、カイトはソファーから立ち上がってこちらに歩いてきた。

「遅くにすみません。実は、急に明日の早朝に帰国することが決まり、ご挨拶に参りました」

向かいのソファーへとミーシャをエスコートしながら、サラリとカイトが告げる。

貴族モードのカイトに、面映ゆさを感じながらも素直にエスコートされていたミーシャは、耳に飛び込んできた言葉に目を丸くした。

「明日の朝、帰っちゃうの？」

もちろん、ミーシャだってカイトが遊びでこの国まで来たわけではないことは理解している。

カイトたちは怪我の後遺症で長旅が難しい父親に代わり、ミーシャへの届け物を持ってきてくれたのだ。

時季的に『花月祭』に被ってしまったのは偶然であり、さらに言えば王城の舞踏会に参加したのも成り行きに近い。

公爵に託された「うちの子よろしく」な挨拶状を渡すという大役を押し付けられたそうだが、たまたまダンスの練習をしていたミーシャに捕まらなければ、おそらく小規模な謁見のみで済んでいたはずだったそうだ。

「それでも荷が重いと思ってたのに、その後、舞踏会への正式な招待状が送られてきて、エスコートの依頼までされた時はどうしようかと思った」と、二人で街散策中に零していたから確かだろう。

もっとも、荷物の中に正装が仕込まれていたところを見ると、カイトには知らされていなかっただけで時季的にも「招待を受けるかもしれない」との想定はあったと思われる。

とりあえず、もともとのお使いに加えてイレギュラーだった舞踏会も終わった以上、カイト達一行がいつまでも滞在している理由はない。

だから、遅かれ早かれ帰るのは分かっていたことなのだが、予定ではあと数日は滞在すると聞いていた。だから、ミーシャはもう一度くらい一緒に街で遊べるかな、と楽しみにしていたのだ。

「どうして予定が早まっちゃったの？　なにかあった？」

「いえ？　大した理由ではないのですが……」

動揺で声を震わすミーシャの背中を落ち着かせるように軽くたたくと、カイトはミーシャをソファーへと座らせた。

「申し訳ないですが、ここからは公爵家内の事になるので、席を外していただくことはできますか？」

ミーシャの向かいのソファーに腰を下ろしたカイトは、新たにお茶を淹れなおしているメイドを見た後、壁際に控えるキノへと視線を投げた。

「……扉を薄く開けて、外に控えさせていただきます」

しばしの沈黙の後、キノが慇懃《いんぎん》に頭を下げて、お茶を出し終えたメイドを引き連れ部屋の外へと出ていった。

　完全に目を離すことはできないが、声が聞こえない程度には離れるという配慮であり、護衛兼情報収集を任されているキノにとってぎりぎりの譲歩であった。

　少なくとも、公的にはこの場の会話はなかったことになる。

「……ミーシャ、一応聞くが、ローズマリア様やライラ様がどうなったか知りたいか？」

　扉がわずかな隙間を残して閉められたのを確認した後、カイトはミーシャへと身を乗り出した。

　そして、ひそめた声で告げられた言葉に、ミーシャの表情が固まる。

『ローズマリア』と『ライラ』。

　それは、父親の正妻と異母姉の名前であり、母親を虐げ、命を奪った者達の名前であった。

　予期せず耳に飛び込んできた名前は、ミーシャの脳裏に、あの日の光景を浮かび上がらせた。

「あ……ぁ」

　落ちていく母親の伸ばされた指先。

　鼓膜を切り裂いた誰かの悲鳴。

　そして……。

　何か答えなければいけないというように口を開けたミーシャは、頭の中が真っ白で何を言っていいのか分からなかった。ただ、ぐるぐると脳裏を母親の顔が回り、結局、震える唇を無意識のうちにぎゅっと噛みしめるしかできない。

　突如うつろな瞳で固まるミーシャに、驚いたカイトが側に行こうと立ち上がるより早く、その膝に乗り上げたレンがミーシャの一瞬で青ざめた頰を舐めた。

そのまま、ソファーに押し倒しそうな勢いで飛びつくとベロベロとミーシャの顔を舐め、自分の顔を擦りつける。

「ちょ……。レン…、っレン！　ストップ！　やめっ……!!」

突然の猛攻に、ミーシャは慌ててレンを押し返そうとするが、勢いの付いたレンは止まらない。息をつく間も与えないとでも言わんばかりに舐め回され、すり寄られ、鼻で小突かれる。

突然始まったレンの暴挙にあっけにとられて、立ち上がろうとした体勢で固まっていたカイトは、ついに押し倒されてしまい悲鳴を上げるミーシャの声で我に返った。

「ちょっと、落ち着け。どうしたんだ、お前」

成長してきたとはいえ、自分よりはるかに大きなカイトの力にはかなわなかったレンは、ミーシャを助けるべく駆け寄ってきたカイトにヒョイッと持ち上げられ、無念そうに小さく唸る。

「もう！　どうしたのよ、レンったら!!」

ようやくレンから解放されて体を起こしたミーシャの髪はクシャクシャで、逃げようと暴れたためか息が荒く、頬は赤く染まっていた。

だけど、そこに先ほどまでの暗い影はなく、カイトはなんとなく腕の中に捕まえたレンの体をぎゅっと抱きしめた。そして、レンを捕まえたまま、ミーシャの隣へと腰を下ろす。

「カイト？」

突然の近い距離を疑問に思って、荒くなった息を整えながら首を傾げるミーシャに、カイトは困ったように笑いかけた。

「髪がクシャクシャだな。大丈夫か？」

「うん。いつもはこんなことしないのに、どうしたのかしら？　ごめんなさいね？　なんの話してたっけ？」

ミーシャも困ったように笑いながら、大人しくカイトに抱かれているレンの頭を軽く撫でる。

「今日一日お祭りの中を連れ回したから興奮してたのかな？　駄目よ？　レン。カイト以外だったら怒られてたよ、きっと」

「キューン」

咎める口調に耳を伏せたレンは反省したような顔つきだが、尻尾はパタンパタンと緩く振られていた。

そんなミーシャとレンのやり取りを聞いて、カイトは顔にこそ出さなかったものの、内心ひどく困惑していた。

ミーシャの中で、レンが飛びつく直前のカイトとのやり取りがなかったことになっている事に気づいたからだ。

そして、その事に対して、ミーシャが何も気にしていないどころか、その部分だけごっそりと記憶が抜けているように見えた。

迷ったのは一瞬。

カイトもまた、先ほどの発言を蒸し返すことを止めた。理由は分からないけれど、カイトの勘が触れてはいけないことだと告げていたからだ。

「いや。突然悪かったな。実は一緒に来ていた騎士の奥さんが体調を崩したみたいでさ。大したことはないらしいけど、妊娠中だったみたいで一応ってことで伝鳥が飛んで来たんだよ。最初の子供だし心配だからできるだけ早く帰りたいってことで、出発を早める事になったんだ。驚かせて悪かった」

少しぎこちないカイトの言葉に、きょとんとしたミーシャは、次いで目をパチパチと瞬かせた。

「奥さん？　妊娠？　……大変じゃない！」

妊娠・出産は、命がけの大仕事だ。

まして初産ともなれば、不安は尽きないだろう。

そんなときに体調を崩して、さらには夫も側にいないとなれば、どれほど心細い思いをしているだろうと、ミーシャは急いで立ち上がった。

「滋養強壮の薬！　ラライア様用に調薬したものだけど余裕があるから、良かったら持って帰って。すぐに取ってくるから少し待っててね！」

一方的にそう告げて飛び出していったミーシャを、あっけにとられながら見送ったカイトは、行儀悪く音を立てて閉められた扉を見つめて、大きくため息をついた。

「聞きたくない……ってより、思い浮かべるのも辛いんだろうな、まだ」

突然の不幸な事故。

しかし、それは起こるべくして起こったものだろうとは、かかわった人間の総意であった。

いつから掛け違ってしまったのか。

どうして、修正ができなかったのか。

残された者達は自問自答をするしかなく、今も苦しみの中にいた。

その中でも、目の前で母親を亡くしてしまったミーシャの傷が、最も深いのは分かっていたはずなのに、この数日の中で明るい笑顔を浮かべるミーシャを見て勘違いしてしまったのだ。

「……この話題出すには早すぎだったんだよ、やっぱり」

膝に乗せたレンの背中に顔をうずめ、カイトは大きなため息をついた。

毛の中に盛大に息を吹き付けられ気持ち悪かったらしく、迷惑そうに鼻にしわを寄せたレンが、身をよじってカイトの腕から逃げていった。

「あ、悪い」

軽く謝罪しながらも、ため息は止まることがない。しかし、そんなことを言っていられない事態が起こったのも確かなのである。

「……ほんと、迷惑なことを」

天井を仰いで、カイトは、もう一度大きくため息をついた。


今回、急に帰国が早まったのは、領地の保養所に押し込められていたローズマリアが消えたという一報が入ったからだった。

最初は離縁の話も出ていたローズマリアだったが、すでに生家は代替わりしており、なさぬ仲の弟が家を仕切っているため戻っても居場所がない。

さらにハイドジーンに罪はないとして、多少の再教育を施す予定はあるものの跡継ぎとして残すこととなっていた。そのため、生母であるローズマリアをあまり厳しく断罪するのは、後に遺恨を残すのではないかという声も出ていたのだ。

悪辣と思われていたローズマリアも、ディノアークに隠れて散財はしていたがかろうじて許容範囲内の金額であり、子供たちのおかしな教育も本人は無関心ゆえのノータッチで、気を利かせた周りの者たちが暴走した結果だった。

ディノアークが子供たちに関わろうとすると何かと邪魔していたのも、子供たちにかまう時間があるなら自分にかまってほしいという、自己愛ゆえの行動だった。「だって、旦那様は私のものなのに」と主張されて、聞き取りを行っていたディノアークの側近は肩を落としていたそうだ。

そんな調子なので、最も疑われていた不貞はなかった。

形としては歪んでいたが、ローズマリアがディノアークを愛しているのは確かだったのだ。

とはいえ、生家から引き連れてきた侍女や騎士たちの引き起こしていた横領や他者への迫害は無視できる規模ではなく、その主としてローズマリアも当然無罪とはいかない。

そもそも虐待の半数は主人であるローズマリアの関心を引くために行われており、些細なミスで苛烈な罰を受ける様子を共に眺めていたことも報告されていた。

二転三転した刑罰は、結局、すべての権限を取りあげ、領地の保養所の一つへ蟄居《ちっきょ》という形に落ち着いたのだ。

「私は何も知らなかったわ。周りが勝手にした事じゃない！」とわめき散らしていたようだが、聞き入れられることはなかった。

成人したての小娘ならともかく、公爵家に嫁いですでに十数年が過ぎ、二人の子までなしているのだ。女主人として家内を、延《ひ》いては領内の事も管理するべき立場にある者として、そんな言い訳が通るわけがない。

保養所へと移動させられた後は、しばらくは泣いて喚いて大暴れだったようだが、一月もすると大人しくなった。

というか、ディノアークの手のもので固められた保養所の使用人たちが、何をしても暖簾《のれん》に腕押しの慇懃無礼で通したため、諦めたのだろうと思われていたのだ。

浴びるように酒を飲み、昼過ぎになってようやく起きだす自堕落な生活だったが、癇癪を起こされるよりはましとばかりに放置されていた。

そうして、部屋に引きこもる日々が続き、油断もあったのだろう。

ある朝、いつまでたっても部屋に呼ばれないため不審に思った侍女が寝室に様子を覗きに行ったときには、その姿が忽然と消えていたそうだ。

当然、出せるだけの人手を総動員して周辺を捜したのだが、初動が遅かったのもあってか発見することができず、すでに三日が経過していた。

加えて、改めてローズマリアが生家より連れてきていた人員を調べたところ、従者が一人行方不明になっていることが発覚した。

従者とはいっても、普段から表立って側に侍ることはなく、影のような裏方の汚れ仕事を主にしていたらしい。仲間内であるはずの侍女や騎士ですら、ハッキリと容姿を思い出せるものがいないのだから、ある意味異常な状態なのだが、それゆえに捜査の網から漏れてしまったのだ。

辛うじてわかったのは、その従者の名前がアンノといい、もともとはローズマリアが幼い頃気まぐれで拾った行き倒れの子供であったこと。それから下働きとして、体よくこき使われていたことくらいだった。長い前髪で顔を隠しうつむきがちにぼそぼそと話す、どこか気持ち悪い男、という認識しかなかったようだ。

しかし、ローズマリアの生家にくわしく問いただすと、影としての教育を先代付きの影から施されていたようだという、無視できない情報が出てきた。おそらく、その特性を生かして闇に潜み、ローズマリアを救い出す隙を窺っていたのだろう。

もしかしたら、逆恨みをおこしミーシャに突撃する危険もあるかもしれないという事で、カイト達に急きょ帰国命令が出された。

生粋の貴族であるローズマリアが、逃亡生活とはいえ獣道を徒歩で行く事に耐えられるとは考えられないため、主要な道筋を三方ほどに分かれてレッドフォード王国から探索しつつ戻ってくるようにとのことだった。

ついでに、何かあってはいけないからと、ミーシャにそれとなく注意を促してほしいとの事だったのだが、先ほどの様子では、現状を伝える方がミーシャの負担になりそうである。

「それにしても、何がしたいんだろうな」

公爵家の騎士団に入ってまだ二年ほどのカイトは下っ端であり、ローズマリアの姿を見たことすらほとんどなかった。

伝え聞く人となりは、典型的な貴族の奥方様という感じで、領主に続いて守るべき存在ではあるが、周辺は実家から連れてきた騎士や侍女で固めていたため、騎士団としても儀礼的な対応をするのみでほとんど関わり合いがなかった。

同じく、その血を引く子供たちもしっかりと囲い込まれているため接点はなく、どのような教育を施すかも、貴族の通例としては母親が采配するものだったため口出しすることが難しかった。

しかし、嫡男のハイドジーンが跡継ぎとしての教育もあるからと、八つを過ぎたあたりから少しずつ騎士団の方にも顔を出すようになり、母親の息のかかった者達以外との交流も少しずつでき始めてきたところだった。

それに対して、ライラは母親にべったりで、たまにすれ違う事があっても騎士団の人間には、まるで汚いものを見るかのような視線を向けるか、そっぽを向いていないものとするかのどちらかであった。

年頃の多感な少女にとって、危険な武器を振り回す野蛮人と思われるのもしょうがないかと、誰もが苦笑と共に流していたが、年の近いカイトとしては、イラっとするのが本音であった。

ミーシャと初めて会った時の態度がいささか悪かったのも、その経験があったためでもある。

緊急時とはいえ、戦場から戻って汚れた姿のままの騎士に、公爵令嬢がどんな冷遇を向けてくるのかと警戒していたのだ。

もっとも、その警戒はいい意味で裏切られたわけだが……。

「まあ、ライラお嬢様も少しは変わったみたいだけど……」

ふと連鎖的に思い出すのは、最後に会ったライラの姿だった。

故意ではなかったとはいえ、まだ十四になったばかりの少女が、人の命を奪ってしまったのである。

後悔と恐怖にさいなまれ、部屋に閉じこもり食事もろくに取れない日々は、強気な少女から覇気を奪っていった。さらに、眠ると悪夢に襲われるため、まとまった睡眠をとることも難しい状況らしく顔色も悪かった。

それでも、間違った方向に高くなっていた貴族としての矜持からか、決して謝罪をしようとはせず、自分は悪くないとつぶやき続けていたようだ。

そんな中、体調が改善して余裕ができたディノアークが子供たちと話したいと、ハイドジーンも加えた三人で部屋にこもった日があった。

そして、予定していた時間を大幅に超えてようやく部屋から出てきたと思ったら、どういう流れかは分からないが、ミーシャ達の住んでいた森の家を見に行くという話になっていたのだ。

とはいえ、ディノアークはまだ騎乗することは難しいし、その側近も戦後処理で忙しい。

森の家の正確な場所を知るものは少なく、さらに、知る人間を増やしたくないという思惑の下、一度行ったことのあるカイトまでが、森の家へと向かうメンバーに選ばれてしまった。

ライラを乗せるのに一人。自分も行ってみたいと言い出したハイドジーンを乗せるのに一人。

そこに、護衛役でもう二人。

お忍びとはいえ公爵家の子供たちを連れだすのには最低限の構成員数だが、秘匿性を考えればそれ以上は無理との判断だったようだ。

そして、カイトはライラと共に馬に乗ることになってしまった。

断りたくとも上下関係の厳しい騎士団では上の言葉は絶対だ。

大人しく従ったカイトは、数か月前にミーシャを乗せて駆け抜けた道を、今度はその義姉を乗せて走ることとなった。

たどり着くまでに約半日。

それなりに紆余曲折あったものの、森の中にぽつんと立つ小さな小屋に驚き、家の中の貧しい暮らしが透けて見えるシンプルさに絶句した後、帰り道のライラは暗い顔で大人しくなった。

「社交が苦手だからと責任は放棄しているくせに、田舎でその娘と共に贅沢三昧。忙しいお父様の時間も我儘で奪っていると教えられていたのに……。聞いていた話は本当に嘘ばかりだったのね……。私はなんて愚かだったのかしら。ただ母の気を引きたいためだけに、自分で考える事も周りをきちんと見る事も放棄して……」

ただ、帰りの道行の中で、ポツリと小さくつぶやかれた言葉が、不思議とカイトの耳に残ったのだった。

その後、ライラは自ら望んで修道院へと入ったという。

故意ではなかったとはいえ奪ってしまった命の冥福を祈り、静かな環境で自分を見つめ直したいとの事だった。

正式には修道女見習いという事で、今後の過ごし方によっては還俗もあるそうだが、今のところ期間などは不明である。

ライラの傍若無人ぶりを知る者の中では、殊勝な態度も一時的なものだろうと厳しい目を向ける方が多いようだが、それが真実かどうかは時間が教えてくれることだろう。

少なくとも短い旅路を共にしたカイトは、ライラの中で何かが変わったように感じたけれど、それを誰かに告げるつもりもなかった。

薬を取ってくると飛び出したミーシャは、長い時間戻ってこなかった。

「用意していた薬が思っていたより少なかったから、急いで追加を調薬してきたの。ついでに、お父さん用の傷薬と痛み止めも」

そう言って、両手いっぱいに軟膏や薬の入った瓶を抱えてきたミーシャに、カイトはただ頷いて全てを受け取った。

（多分、ミーシャは周りが思っている以上に母親を亡くした現実を乗り越えてなんかいない。もしかしたら、ミーシャ自身が思っている以上に……。今、無理に話をしたって傷をえぐるだけだ。それなら、周りがきちんと把握して、不都合が起こらないように守ればいい）

ミーシャがいない間に、カイトが出した結論がそれだった。

（幸い、ミーシャの側には厳選された手練れがついてるみたいだし、問題ないだろう）

自分を試すように挑発してきた執事を筆頭に、ほほを染めて見せながらも目は冷静だった侍女達。外を出歩いた時に、ミーシャの死角から自分を睨むように凝視していた護衛騎士。さらに姿は見せなかったけれど、存在を知らしめるようにとがった気配を幾度かぶつけてきた、おそらく影と呼ばれる存在達。

（いや、どんだけ厚い護衛体制だよ）

何気なく数え上げてその数の多さと癖の強さに、少々げんなりした気分を味わっている時にミーシャは戻ってきたのだ。

カイトの心が決まるには十分な時間があった。

ミーシャ自身も二人の名前が出てきた事を忘れたままのようで、「もうそろそろ祭壇に火が灯される時間だから一緒に行こう」とカイトの手を有無を言わさず引っ張った。

だけど、カイトにはそれすらもミーシャの無意識の防衛本能に見えた。

それに気づいてしまえば、夜の王城を他国の者が、勝手に歩き回る不都合を分かっていても拒否できるはずもなく……。

そうして、カイトは手を引かれるままについていきて、幼い時以来の木登りに付き合う事になったのだった。

「すごい、綺麗だな」

「ね。お城からも町は見下ろせるんだけど、祭壇を焚き上げる炎が見たいなら、こっちからの方がお薦めだって教えてもらったのよ」

人気のない庭の片隅に立つ大木の上にミーシャとカイトはいた。

一見大変そうだが、うまい具合に枝が茂り、思った以上に簡単に上の方まで登れた。

面白かったのが、どうやって上まで連れて行こうか考えていたカイトの腕を潜り抜け、レンが器用にピョンピョンと枝を跳びはねて、上の方まで登ってしまった事だ。

「犬って木登りできたんだ」

驚いて目を丸くするカイトに、ミーシャは大笑いしていた。

「調べたんだけど、たぶん、レンって「跳び灰色狼」って種族のアルビノみたいなの。後ろ足が普通の狼より太くて大きいからジャンプが得意なんだって。よじ登ることは無理だけど、今みたいに枝から枝に跳び移って高い木の上まで登る事ができるって書いてあったわ。本来はユス山脈の方に多く生息しているみたいなんだけど、餌を求めてこっちに来た群れが定着しちゃったのかもね」

隣に座るレンの後ろ足を持ち上げてカイトに見せようとするミーシャに、レンが嫌そうな顔で一つ上の枝まで逃げて行ってしまった。

その姿にくすくす笑いあって、二人は改めて眼下を見下ろした。

湖の側に建てられた大きな祭壇に火が灯され、捧げられたランタンを燃やして大きな炎になっているのが見える。

飛び散る火の粉が夜空を焦がし湖に映し出される光景は目を奪われるほど幻想的で美しかった。

飾られているランタンにもそれぞれに火が灯されているため、大きな祭壇の炎を中心に小さな明かりが幾つもきらきらと瞬いて見えていた。

「ミーシャ、この国は楽しいか？」

赤々と燃える炎と、それが映りこんだ湖の織りなす幻想的な風景を見下ろしながら、カイトはポツリとつぶやいた。

ミーシャは、隣に座るカイトをチラリと見上げて、すぐに視線を前へと戻す。

「楽しいよ。いろいろなものを見て、たくさんの本を読んで。たまに戸惑う事もあるけど、みんな優しいし……。明日、何しようかなって思えるの」

「そっか……」

すっかりと日が暮れ、はるか眼下の炎は美しいけれどこちらまで照らしてくれることはなく、月や星の光だけでは互いの表情をはっきりと見る事も難しい。

それでも何かを見極めようとするように、カイトはミーシャの横顔を見つめた。

頑なにこちらを振り向こうとしないミーシャを、しばらく黙って見つめた後、カイトはふっと笑って手を伸ばした。

「楽しく過ごしてるなら良かった。まあ、ミーシャは人懐っこいから知り合いが少ない所でも問題ないか。友達も出来てるみたいだし、な」

サラリと。

カイトが優しくミーシャの髪を撫でた。

いつにない優しい手つきに、ミーシャはようやくカイトの方へと顔を向けた。

「なあ、ミーシャ。俺は親を亡くしたことはない。だけど戦で共に戦った仲間を失っているから、その辛さを少しは分かるつもりだ」

穏やかな笑顔は、ちっともカイトらしくなかったけれど、ミーシャはなぜか目を離すことができないでいた。

サラリサラリと優しい手が、風に遊ぶミーシャの髪を梳いていく。

『もう、ミーシャったら、今日は何処で遊んできたの？』

不意にレイアースの優しい声が聞こえた気がして、ミーシャは目を見張る。

一日中森の中を駆け回り、背負った籠に採取したものを持ち帰る。

そんなミーシャの乱れた髪を、いつだって笑いながらレイアースは整えて、話を聞いてくれた。

それは、森での何気ない、だけど大切な日々だった。

「突然もう二度と会えなくなって、会話することも笑いあう事もできなくなる。それが現実だって理解していても、訳わかんないよな。だってついさっきまで笑いあって、明日は何しようって話してたんだから」

少し遠くを見るような視線で、カイトは静かに言葉を重ねる。

初めて行った戦争は地獄のようだった。

必死に駆け抜け、死にたくないから誰かの命を奪う。

騎士を目指した以上、いつかは経験する『命のやり取り』だった。

覚悟はしていたつもりだった。

守りたい人がいるから、後悔はしないと思っていた。

だけど。

それでもふとした瞬間に蘇るのだ。

戦場《ここ》から帰ったらうまい飯を食いに行こうと約束した友の死に顔を。

そして、自分の剣の下で紅に染まった敵の死に顔を。

どちらも同じような表情をしていた。

苦悶。驚愕。後悔。そして、ほんの少しの安堵。

「夜中にふと目が覚めて、静かでさ。いろいろなことが思い浮かぶ。ああしたら良かったんじゃないか、とか。こうしたら、あいつは今も隣で笑ってたのかな、とか。そもそも、なんで戦争なんか始まったんだろう、とかさ」

滔々《とうとう》と語るカイトを、ミーシャは黙って見つめ続けた。

微かな月明かりの中、カイトはミーシャの髪を撫でる手つきと同じく、穏やかな顔をしているように見えた。

「……ごめん。何言ってるのか、分かんなくなってきた。らしくないことをするもんじゃないな」

ふと遠くを見つめていたカイトの瞳がミーシャの方に戻ってきて、微かに笑ったのが分かった。

「ただ. 何があっても、生きてる以上生きていかなきゃいけないし、人間ちゃんと笑えるようになるんだなって、思ったんだ。だから、ミーシャもそのままでいいと思う」

そして、苦笑したままそう締めくくると、カイトは前を向いた。

「この祭りってさ、豊穣の祭りだけど、あのランタンは未来を照らすって意味もあるんだってさ。だから、ランタンを奉納するとき、願い事をする人もいるらしい」

「……ん。教えてもらった」

カイトの視線につられるように湖の方を見下ろす。

遠くてよく見えないけれど、炎の周りにはたくさんの人が集まっているのが分かった。

あの人影の中に、アナたちもいるのだろうかと、ミーシャはぼんやりと思う。

しばらく、その場に沈黙が落ちた。

「ミーシャの幸せもちゃんと祈っといたから、安心して笑っとけ」

突然その沈黙を破ったぶっきらぼうな声は、いつものカイトの話し方で、ミーシャはまるで夢から覚めたようにぱちりと目を瞬いた。

そして、伝えられた言葉を改めて反芻して、ミーシャは小さく噴き出した。

「もって何？　いくつもお願い事したの？　他にどんなお願いしたの？」

「あ〜？　いろいろだよ、いろいろ。大丈夫。ランタンいくつも置いてきたから、どれか一つくらいは叶うだろ」

「なにそれ、よくばりだな〜」

くすくす笑うミーシャに、カイトもつられたように笑いだす。

月と星明かりの中、二人はそのまましばらく炎を見つめ続けた。

「父さんにあまり無理をしないように伝えてね？」

早朝。

まだ陽の昇り切る前に出発するというカイト達を見送るために、ミーシャは王都の入り口まで来ていた。

初めて王都へ着いた時にすり抜けた特別な門が今は大きく開いているが、通常の開門にはまだ早い時間のため人影は少ない。

昨日も遅くまで起きていた為、カイトには見送りはいらないと言われていたが、次いつ会えるかは分からない以上、きちんと見送りたいと思ったのだ。

「了解。きちんと持たされた薬も渡すから、心配するなよ」

軽く肩をすくめるカイトは、鋼の胸当てにマントをつけ、腰には剣を装備していた。

一応整備された道を行くとはいえ、山賊などが出ない保証もないため必要な備えである。

自身も、レッドフォードまで同じように装備を整えた騎士たちに護衛されながらの旅路だったので必要なことだと分かっていても、剣を身につけている姿を見れば不安が募る。

「カイトも気を付けて。旅の無事を祈ってるね」

「来るときも何事もなかったし、そんなに心配はいらない。とはいっても不安だろうから、無事についたら鳥を飛ばせるように頼んでみるよ」

不安そうに眉をひそめるミーシャになんでもない事のようにつぶやいて、それでも気を使って見せたカイトに、ミーシャはようやく笑みを浮かべた。

「うん。妊娠中のお嫁さんも気になるし、早く帰って安心させてあげてね」

背後に控えていた一人にミーシャが声をかけると、ぺこりとお辞儀を返された。

「お気遣い、ありがとうございます」

少し硬い声で礼を言うのは、昨日ミーシャがその場から逃げる口実にした薬を渡された騎士だった。

実際は、嫁が妊娠しているのは本当だが元気いっぱいで、むしろ大人しく座っていてくれと周りに悲鳴をあげさせている女傑だったが、言わぬが花である。

妊娠中は何があるのか分からないし、今後の備えに良いだろうと周りにも言われてありがたく受け取ったが、一部嘘をついているため居心地が悪そうであった。

「じゃあ、行くな。シャイディーン隊長の事、よろしく」

宣言通り、仕事と居候先を決めてきたシャイディーンは、一人この町に居残りである。

行きはシャイディーンが務めていた御者の方も、帰りは荷物を下ろして比較的軽いため、皆で交互に務める予定だった。

「まだミランダさんが帰ってこないから話せてないけど、橋渡し頑張るね！」

ぎゅっとコブシを握って宣言するミーシャに、カイトが笑って力の入った肩をポンポンと叩いた。

「まぁ、無理しないでいいからな。たとえ断られたとしても問題ないから。そもそも、森の民に会って自在に動く義手を作ってもらえないか聞きたいなんて、ただの隊長の我がままなんだしさ」

戦争や事故などで手足を失くす人間のために、義手や義足は存在する。

とはいえ、足や手の形に木材を削り出してして紐などで固定するのが一般的だった。

精巧なものなどは、一応肘や膝など大きな関節部分は動くようになっているが、操り人形のように外部からの力で形を変えられるものでしかなかった。

「自分の意思で自由に動かせる義肢、かぁ。本当にあったら良いのにね」

ミーシャが治療に関わった戦争帰りの負傷兵の中には、シャイディーンのほかにも手足を無くした兵士たちがいた。

「命があるだけありがたい」

そう言って笑っていたけれど、その後も人生は続いていくのだ。

日常生活を送るのも仕事をするのも、人の何倍も苦労することになるはずだ。

今の張りぼての手足ではなく、本物のように自在に操ることができる義肢があれば、どれほど素晴らしいだろう。

どこかうっとりとした目で夢想するミーシャに、カイトは苦笑した。

(また、なんか治療方法や薬の事を考えているんだろうなぁ)

そんなことが分かる程度には、長い時間をミーシャと共に過ごしていた。

そして、一度考えこんでしまったミーシャがなかなか戻ってこないことも、カイトにはわかっていたのだ。いつもなら、のんびり待っているところだが、残念ながら今は出発の時間が迫っているし、なんだか背後からの視線も気持ち悪い。

「ミーシャ、それじゃあ、そろそろ行くな」

ポンっと頭に手を置かれた感触でミーシャは我に返った。

目の前には少し苦笑したカイトがいる。

「やだ！　ごめんなさい！　ぼうっとしてたわ」

慌てるミーシャに大丈夫と笑って、カイトは踵を返した。

すでにほかのメンバーは騎乗済みでカイトが来るのを待っていた。

「じゃあな」

颯爽と馬にまたがり、カイトは軽く手をあげる。

「うん！　今回はいろいろありがとう。また会おうね～～!!」

少しずつ速度を上げて遠ざかる背中に、ミーシャは声を張り上げた。

だいぶ小さくなったカイトが、もう一度体をひねるようにして振り向き、手を振り返してくれる。

辛うじてわかる表情は、笑っているようだった。

ミーシャも精いっぱい背伸びして大きく手を振るが、カイトが振り返ることはもうなかった。

「また、ね……」

だから、最後に小さくつぶやいたミーシャの表情を知る者は誰もいない。

三　キャロとの別れ

「ミーシャ、こっちだよ」

待ち合わせはいつもの国立図書館の入り口だった。

お祭りの時は時間が取れそうにないからと、後夜祭の次の日にキャロと会う約束をしていたのだ。

辿り着いてすぐに声をかけられて振り返れば、いつもの笑顔で、キャロが立っていた。

「ごめん、待たせちゃった？」

申し訳なさそうに眉を寄せるミーシャに、キャロが慌てて首を横に振る。

「大丈夫だよ、今来たところ。ミーシャの姿が見えたから、嬉しくなって声をかけちゃったんだ」

少し照れたように笑うキャロの笑顔は、まさに天使の微笑みで、ミーシャもつられてホンワリと微笑んだ。

「うふふ。うん。私もキャロに会えて嬉しい。今日はなにして遊ぶ？」

いつも図書館の中で本を読むことが多かった二人だが、「今日は最後の日だから、二人でお出かけしよう！」とキャロに誘われていたのだ。

元々、キャロは花月祭が終わると家に帰る予定だということは聞いていたので、カイトの時と違ってミーシャに動揺はない。

かといって、せっかく仲良くなったキャロとさよならするのが寂しくないわけではなかった。

だからこそ、今日を全力で楽しもうとミーシャは思う。

「そうだね。まずは少しだけ街を歩いてみない？　お祭りは昨日で終わりだけど、まだ色々な屋台が残ってるって聞いたから」

キャロも同じ気持ちなのか、キラキラした瞳で散歩に誘ってくる。

その顔は、レンが散歩に誘いにくる表情とそっくりで、ミーシャは、ひっそりと笑いを噛み殺した。

「いいね！　私、昨日はお祭りに行ったから、少し詳しいよ？　美味しかった屋台、教えてあげるね」

胸を張って昨日の経験を自慢するミーシャに、今度はキャロが笑いを噛み殺すことになった。

毎年のように来ているキャロの方が、花月祭について詳しいのは少し考えればわかりそうなものなのに、先輩ぶるミーシャが面白かったのだ。

だけど、キャロは余計な言葉は呑み込んで、素直に頷くことにした。

「じゃ、案内よろしく！」

エスコートと言いたいところだが、二人の身長差では様にならないため、キャロは普通にミーシャの手を取ると、弾むような足取りで歩き出す。

「まかせて」

頼られたことがうれしいのか、ブンブンと楽しそうに繋がれた手を振って歩くミーシャは年齢以上に幼く見えた。

「まだ、お昼には早いしお腹は空いてないよね？　のどは？　渇いてない？」

屋台が集まっている広場の方に向かいながら矢継ぎ早に質問を繰り返すミーシャに、ついにキャロは我慢できずに声を上げて笑い出した。

「どうしたの、ミーシャ？　テンション、おかしいよ？」

突然弾けるように笑い出したキャロに目を丸くしたミーシャは、次いで恥ずかしそうに頬を染めた。

「だって、お別れの前にたくさん思い出つくりたかったんだもの」

ミーシャが、突然のカイトとの別れを済ませて、まだ数時間しか経っていない。

別れというものに敏感になっていたミーシャは、無意識のうちに気を張っていたのだろう。

指摘されてようやく自分のおかしさに気づいたものの、それをうまく説明することができず、ミーシャは拗ねたように少し唇を尖らせた。

「お昼過ぎまで一緒にいられるから、まだ時間はあるよ。焦らなくても大丈夫だって」

くすくす笑いながら、宥めるように繋いだ手を揺するキャロ。

そんな仕草を見ると、どちらが年上なのかわからなくなりそうである。

「そうだね。焦ってもしょうがない、か」

穏やかなキャロに毒気を抜かれて、ようやく落ち着いたミーシャは、くすくすと笑い出した。

「ね。とりあえず、屋台で何か飲み物買って、飲みながら色々見たいな。今年は異国からの商品もたくさん入ってきてるって聞いたよ」

「それなら、あっちの屋台がいいよ。レガ山脈でしか採れない果実を絞ったジュースや、サリバンから運んできた木の実のジュースがあるの」

「果物じゃなくて、木の実のジュースって何？」

「見てのお楽しみよ」

笑いながら歩いていく二人はとても楽しそうで、少し離れた距離で護衛についていたガンツは、ほっと胸を撫で下ろした。

実家から送られてきた使者の一団が突如帰国することになり、早朝の出発を見送りたいと夜半に連絡が来た時は驚いたが、特に予定があるわけでもないのでガンツは予定を早めて護衛についたのだ。

まだ少し眠そうな顔のミーシャに、早起きさせたことを謝られながら共に外門の方まで見送りに行ったのだが、笑顔で見送った後は、明らかに意気消沈していたミーシャをガンツはひそかに心配していた。

もっとも、口下手なことには定評のあるガンツでは、上手い慰めの言葉を思いつくはずもなく、ただ、いつものように二歩後ろから見守る事しかできなかった。

（しっかりして見えてもまだ成人前の少女だ。家の者に会って、里心がついたのかもしれんな）

しばらく様子を見ても落ち込んだままならジオルドに相談しようと考えていたのだが、一度城に戻って朝食を取ったら、今度はおかしなほどにハイテンションである。

どうしたものかと内心ソワソワしていたのだ。

（どうやら殿下がうまく慰めてくださったようで助かった）

警備の都合上、キャロの正体を知った時には腰を抜かすかと思うほど驚いたガンツだが、ミーシャといい関係をつくっているようで、交流を持つことは問題なしとされていた。

もっとも、キャロの護衛騎士に「無茶振りが二分化される」と喜ばれた時は微妙な気持ちになったものだが……。


「え？　なにこれ？　へんなの～～！」

ミーシャに連れて行かれた屋台で噂の木の実ジュースを見たキャロは、思わず声を上げていた。

キャロの頭くらいありそうな大きな木の実に、店の男がナタを振り上げる。ガンガンとかなり硬そうな音を立てながら、木の実の上部が削られて、男がおもむろに木の実を大きな鍋の上でひっくり返した。

すると、木の実の中から紫色をした液体がドボドボと出てきたのだ。

「こいつはドリュドスっていって、サリバンにしか生えてない珍しい木の実だ。硬い殻の中に水分を溜め込んで、乾季に備える性質があるのさ。熟して甘味が強くなるほどに果汁の色が濃くなる。

コイツは甘いぞ」

キャロの反応も珍しいものではないようで、男は笑いながら味見用の小さなコップに紫の液体を掬って渡した。

「ふぅん。いい香りだね」

キャロは軽く香りを確認すると、少し離れた位置にいた護衛たちが止める間もなく、口に入れてしまった。

「あ、甘いけど意外に爽やかな味でおいしい。ミーシャも、このジュースでいいの？」

ケロッとした顔でそう言うと、キャロはミーシャを振り返って確認した。

「うん。昨日も飲んだけど美味しかったし、サリバン産の木の実だと、次はいつ飲めるかわからないから、今のうちにたくさん飲んでおこうと思うの！」

嬉しそうに頷くミーシャの言葉に納得しながら、キャロは二人分注文する。

「勝手に頼むんじゃなくて、相手の飲みたいものをちゃんと確認するなんて、兄ちゃん、ちっさいのに紳士だねぇ」

販売用のコップにジュースを注ぎながら冷やかしてくる屋台の男に、キャロはツンっとそっぽを向いた。

「小さいが余計だよ、おじさん！」

「そいつは失礼。お詫びにコイツをおまけにつけてやるよ」

男は笑いながら、くし切りにした鮮やかな赤い色の果実をコップのフチに飾って渡してきた。

「コレは？」

「シュプシュプっていうオレンジみたいな果物だ。少し酸味があるが、美味いぞ」

首を傾げるキャロにミーシャが嬉しそうな顔で笑った。

「私、昨日食べたわ。美味しかったからまた食べたいって思ってたの。ありがとう、おじさん！」

自分の分のコップを受け取りながらお礼を言うミーシャに、キャロは指先で果実を摘まんで齧ってみた。

いつも食べているオレンジよりは酸味が強いが、甘いドリュドスと合わせるとさっぱりして良さそうだ。

「おじさん、このドリュドスって、木の実のまま売ってもらうことってできる？」

「あ？　気に入ったのか？　もう、今日で店じまいだし一つ二つなら構わないが」

「ありがとう。もし、売れ残りがあったらそれも欲しいな。アイツと詳しい話はよろしく」

にっこり笑って少し離れてガンツと一緒にこちらを見ていた男を指さすキャロに、男が肩を落とす様子が見えた。

何か呟いているようだが、こちらまでは声が聞こえないので、ミーシャは首を傾げた。

が、その横で、キャロがニヤリと笑う。

「適当なことしたら、お前の給料から払わせるからな」

悪い笑顔で呟くキャロの声が聞こえたようで、男から小さく悲鳴が上がった。

「ちょっとだけ離れるから二人をよろしく」

肩を落とした護衛の男がガンツに後を頼み屋台の方に行くのを尻目に、キャロは片手にコップ、片手にミーシャの手を引いてさっさとその場から移動を始めてしまう。

「待ってなくていいの？」

後ろを気にしながら尋ねるミーシャに、キャロがあっさりと首を縦に振った。

「すぐくるから大丈夫だよ。どうせ姿が見えてないだけで、他にも護衛はつけられてるから問題なし」

にっこり笑顔で言い切るキャロに、そういうものかとミーシャも口をつぐんだ。

ここらは国立図書館に通ううちに何度も通ったし、そろそろ顔見知りになってきた店もあるほどなので、危険な目に遭うこともないだろうという思いもあった。

（ガンツがそばにいてくれるし大丈夫だよね）

何より、そう思えるほど、ミーシャはガンツを信頼していた。

「じゃ、次はどこに行く？」

だから、曇りのない笑顔でキャロに尋ねたミーシャは、きっと悪くない。はずだ……。


「ご飯は湖のそばで食べよう」

「いいね。ピクニックみたい」

パンに豪快にステーキを挟んだサンドイッチと串に刺された魚介類。デザートはドライフルーツを練り込んで焼いたクッキーとカットフルーツの盛り合わせ。

なぜだか少しくたびれた様子で合流したキャロの護衛とガンツが持ってくれたので、二人は遠慮なく買い込んだ。

成人男性が二人もいるのだから、多少買いすぎても問題ないはずだ、とばかりに、他にも気になる食べ物を買い込んで、湖のそばに辿り着けば、いつの間にか小さな天幕が張られていた。

用意されていたのがテーブルと椅子ではなく厚めの敷物とクッション、というところは「ピクニックみたい」と言ったキャロの言葉を汲んでのことだろう。

「準備早いね」

「図書館が近いから、そこから持ってきたんだよ。きっと」

予想外の事態に目を瞬かせたミーシャにキャロが鷹揚に笑う。

（こういう「やってもらって当然」ってところが貴族様っぽいよね）

内心、コッソリと思いながら、ミーシャは促されるままに敷物の上に上がった。

地面の硬さが気にならないほどの厚さがある敷物に、（運ぶの大変だっただろうな）とも思ったが、もうここは突っ込んだらダメなところだろうとミーシャは言葉を呑み込んだ。

買ってきたものを手早く広げて、いつの間にか用意されていた茶器でお茶を入れたら、ピクニック会場の出来上がりである。

天幕が強くなってきた日差しを遮り、湖を渡る風は思っていたよりもずっと涼しい。

普段はほとんど口にすることのない屋台の料理は、いつも食べている丁寧に作りこまれた料理に比べるとシンプルで粗野な味だったが、キャロは不思議と美味しく感じていた。

それが、隣で幸せそうに食事をほおばるミーシャの影響であるのは考えるまでもなく、気がつけばいつもよりもたくさん食べていて、キャロはパンパンに膨れた腹をさする羽目になった。

（自分の心ひとつで、こんなにも全てが変わってしまうんだ）

食事など栄養があって腹が膨れればそれでいいと思うようになっていたキャロは、そんな自分の変化が面白くてしょうがない。

食後のお茶を飲みながらクスクス笑うキャロを、フルーツを摘まみながらミーシャが不思議そうに眺めていた。

快適に昼食をとった後は、貸し出ししていたボートに乗って湖へと繰り出した。

小さな手漕ぎボートは、静かに湖を滑っていく。

「キャロ、ボート漕ぐの上手ね」

キャロがミーシャと二人がいいと言い出した時にはびっくりしたが、キャロは器用にオールを操ってみせた。

「ずっと田舎に住んでるから、こういう事を練習する機会が多いんだよ。他にも乗馬とか、……馬車も走らせられるよ?」

なんでもないことのように言うが、キャロの年でそれだけできるのは凄いことだ。

ミーシャはそう伝えようとしたけれど、どこか険しい表情のキャロに何も言えずに黙り込んだ。

奇妙な静けさの中、ボートはゆっくりと岸から離れていく。

「あのさ、ミーシャ……」

岸に残る人たちの姿が顔の判別がつかないほど沖に来て、ようやくキャロはボートを漕ぐ手を止めた。

上手に漕ぐ事が出来ていても、キャロの体は子供で、小型ボートとはいえ一人で漕ぐのは大変だった。

キャロの額から汗が流れ落ちるのをみて、ミーシャはハンカチを取り出した。

「お疲れ様。少し、ゆっくりしよう」

「……ありがとう」

差し出されたハンカチを素直に受け取って汗を拭くと、キャロは大きく息をついた。

「あのさ、ミーシャ。色々と変な事あったと思うのに、どうして僕のこと聞かなかったの？」

ハンカチを握りしめて、思い切ったように尋ねたキャロに、ミーシャはパチパチと目を瞬いた。

「どうして……って、言われても」

キャロの唐突な問いかけに戸惑って口ごもるミーシャは、改めてキャロと出会ってから今までのことを思い浮かべた。

国立図書館で突然声をかけられて、不思議な小部屋に招待してもらった。

お茶をご馳走になって、面白かった本の話で盛り上がった。

図書館の外ではアナ達と遊んで、怖い思いをした時には助けてくれた。

その全てが、大切な思い出だ。けれど、思い詰めたような顔で目の前に座るキャロが聞きたいのはそんなことではないだろう。

「う～ん？　キャロが、キャロだからかなぁ？」

少し考え込んだ後、ミーシャが自信なさげに呟いた。

「僕が、僕だから？」

返ってきた思わぬ言葉に、キャロが首を傾げる。

「確かに、行動や周りの反応からキャロが身分が高い人の子供なのかな？　とは思ったけれど」

ミーシャたちが会っていたのは、国立図書館なのだ。

たとえ大商人の息子だとしても、秘密の小部屋を我が物顔で利用できるのはおかしいと、世間知らずのミーシャだって気づく。

お金を積んでも手に入れられないものは、この世にはいくらでもあるのだ。

何より、王様から護衛としてつけられたはずのガンツが、ミーシャの行動を止めることなく許容していたのが決め手だった。

「だけど、キャロは隠したがってたみたいだし、正直一緒に本読んだり遊んだりするのに、親の身分なんて関係ないかな、って思って」

「関係ないの⁉」

「キャァ」

予想以上にバッサリと切り捨てられて、キャロは思わず声を上げてしまった。

反射的に立ち上がりそうになり、不安定なボートが揺れた事で我に返って再び座り込んだ。

泳げないわけではないけれど、こんなところで転覆しては大変だ。

揺れるボートに小さく悲鳴をあげたミーシャは、怖がっていると言うより楽しんでいるようだったが。

「う～ん。キャロが自分は偉いんだぞ！　って威張って、意地悪な事をするなら考えたけど、そうじゃなかったし。アナたちにも優しかったでしょう？」

平民のアナたちと対等に遊んでいたが、本来なら不敬だと咎められることもあったはずだ。

「……だって、楽しかったし」

平民の子供が身近にいたことなどなかったから、驚きの連続だったけれど、不快ではなかった。

キャロは、あんなふうに声をあげて笑ったこともはじめてだった。少なくとも、物心つく頃にはした記憶が無かった。

大口を開けて笑うのも、大きな声を出すのも、品がなくみっともない行為だと咎められていたからだ。

歩き方、座り方。話し方に食事のマナー。自分の行動の端々に至るまで指示しようとするマナー教師は面倒だったが、逆らって怒らせる方がもっと面倒な事になるとわかってから、これまでのキャロは、言われるままに行動していた。

だけど、それは知らなかったからだと、ミーシャに会ってやっと気づいた。

明るい日差しの中帽子の陰でうつむくのではなく、大声をあげて笑い、息が切れるまで走り回る、その楽しさを。

少し形のいびつな丸ごとのトマトを差し出され、一瞬迷ったけれど思い切ってかじりついたあの味を、きっと自分は生涯忘れないだろうとキャロは思った。

「そうね。すごく楽しそうだったし、私も楽しかったから、聞かなくてもいいかな、って思ったの。知ってしまったら、もしかしたら遠慮して今迄みたいに過ごせなくなるかもしれないでしょう？」

少し困ったようにミーシャが笑う。

森の中で暮らしてきて世間知らずな自覚があるミーシャだが、それでも教育はきちんと受けてきたのだ。実感は薄くとも貴族の階級や平民との関係なども理解はしていた。

だからこそ、そっと見ないふりを選んだのだ。

同じ年ごろの子供たちと比べて圧倒的な知識を持ち、洗練された仕草を息を吸うように自然に行う、冷めた目をした少年《キャロ》のために。

ミーシャの言葉を受けて、キャロも少し困ったように笑った。

「……僕も、遠慮されるのは、嫌だなぁ」

キャロの脳裏を、慇懃にふるまう大人たちの顔がよぎる。

自分に対して、あけすけにふるまう他人なんて、いつも側についている護衛の男くらいだった。

いや、だからこそ側にいる事を許したのだけれど……。

また少しうつむいてしまったキャロを見て、ミーシャは、二人きりのこの瞬間ですら目深にかぶられた帽子にそっと手を伸ばした。

「ねぇ、キャロ。あなたの瞳の色も髪の色も、とても綺麗で大好きよ」

午後の日差しを浴びたキャロの髪を、湖を渡る風がそっと揺らし、キラキラと光が振りまかれた。

光のまぶしさにキュッと目をすがめたキャロは、一瞬何かに耐えるような顔をした後、そっと口角をあげる。ふいに胸を引き絞られるような痛みがこみあげてきたのだ。それは、苦しいのに不思議と甘美で、その表現できない痛みをキャロは嬉しいと思った。

(ミーシャはいつだって、僕にない気持ちを教えてくれる)

ミーシャの存在を知ったのは叔父の執務室の中だ。

あきらかにつくられた偶然で、それでも興味を持って近づいたのは自分自身だった。

最初に感じた同族を求める好奇心はすぐに勘違いだと分かったのに、キャロはミーシャを知れば知るほどもっと興味をそそられて、気がつけば目を離せなくなっていた。

何にも執着しない冷めた子供だったキャロが、こんなにも執着するなんて、きっと出会いを画策

しようとした誰かさんだって思いもしなかったことだろう。そう思うとおかしくて、キャロはこみあげてくる笑いを耐える事ができなかった。

「……僕は、ミーシャの髪の方が好きだな。とてもやさしい色だ」

キャロは小さくつぶやくと、同じように風に揺れたミーシャの長い髪を掴まえて、そっと口づけた。

あまりにも自然に行われたきざな仕草に軽く目を見張ったミーシャが、少しくすぐったそうに笑う。

「王子様みたいね、キャロ」

くすくす笑うミーシャに、キャロは心の中で（みたいじゃないけど、ね）と呟きながら、笑ってパチンとウィンクして見せる。

「そう？　かっこいい？」

「うん。とっても！」

戯れるように言葉を交わし笑いあう二人を取り巻くように、湖を渡る風が涼やかに通り抜けていった。


ボートで岸辺に戻ると天幕はいつの間にか撤去され、護衛二人が待ち構えているだけだった。

その様子に別れの時を感じ取って、ミーシャとキャロは顔を見合わせた。楽しい時間はあっという間に過ぎていくものだ。それが、少し寂しい。

いつもキャロの側にいた男性が、そっとキャロに持っていた箱を手渡した。

「ねぇ、ミーシャ。これ、お別れのプレゼント」

キャロは、少し寂しそうな顔をしてそれを受け取ると、そのままミーシャへとうけ渡す。

「これ？」

綺麗なリボンで飾られた箱を受け取って、ミーシャは小さく首を傾げた。

「便箋とペンが入ってるんだ。直接家に届けてもらうことはできないけど、図書館に預けてくれたら僕に届くようにお願いしてるから、手紙書いてくれない？」

「手紙？」

思わぬお願いに、ミーシャは目を瞬いた。

そんなミーシャの手を、キャロがぎゅっと握りしめる。

「いろいろ考えたんだけど、僕、ミーシャとこのままお別れするの嫌だなって。でも、次にいつ王都に来られるかは分からないし。手紙でいろんなお話できたらいいな、って……」

下から見上げる青い瞳は、断られることを恐れるように不安に揺れていた。

そんなキャロを安心させるように、ミーシャはニッコリと笑いかけた。

「私、お友達と文通するの初めてよ。嬉しい。キャロも、お返事頂戴ね？」

途端に、キャロの表情がパッと明るくなる。

「もちろん！　僕の手紙も図書館に届けるから受け取ってね！」

嬉しそうなキャロに笑いながら、ミーシャはキャロの首にそっとお守り袋を下げた。

それは、茶色の布につる草を図案化した、どこか異国情緒の漂う刺繍が施されていた。素朴だが、丁寧に刺された幾何学的模様が均一に施されている様は美しい。

「これ……」

「あのね、お母さんの故郷に伝わる幸運を願う刺繍なんだって。お母さんみたいに上手じゃないけど、お手本にして頑張ったからもらってくれると嬉しいな」

少し恥ずかしそうに笑いながら、ミーシャは自分のお守り袋を首元から引っ張り出してキャロに見せる。そこには、キャロの首にかけられたものと同じ図案の刺繍が施されていた。

少し色あせたお守り袋は、ミーシャと共に長い時間を過ごしてきたことが感じられた。

「なにが入っているの？」

ミーシャのお守り袋は丸く膨らんでいた。その膨らみに興味をひかれて尋ねたキャロに、ミーシャは大切そうにお守り袋を撫でる。

「いろいろ。宝物が入っているの。そうやって、自分で大切なものを集めていくんだって教えてもらったから」

その瞳が、どこか寂しそうにも感じて、キャロは自分の首にかけられたお守り袋に触れた。

その中に、何か硬い感触を感じて首を傾げる。

「これの中にも、もう何か入ってるの？」

「それ？　私が小さな頃に故郷の森で拾った綺麗な石。ずっと私のお守り袋に入れていたんだけど、キャロの瞳の色みたいだったから、キャロにもらってほしいなって思ったの」

キャロが袋を開けて逆さにすると、親指の先ほどの石がコロンと転がり出る。

「これ……」

ミーシャの言う通り、まるで夏空を写し取ったかのような美しい青の石だった。

「……母さんの持っている指輪の石にそっくりだ」

違いは、中に金の光が宿っているところだろうか。

よく見れば、青の中に星屑のように金色がちりばめられているのが見える。

じっと見つめるキャロに、ミーシャがいたずらっ子のように笑った。

「ね、キャロ。その石、光にかざして見て」

こうやって、と手を空に向けるミーシャにつられたようにキャロが石を空に掲げる。

そして……。

「え？　色が、変わった？」

スウッと、光を通した瞬間に青い石が翠へと変化したのだ。

「不思議でしょう？　光を通すと色が変わるの。ね、キャロと私の色。仲良しの証しみたいで嬉しくならない？」

驚くキャロに、ミーシャが嬉しそうにクスクス笑う。

どんな時も母親の指に飾られた青い石の指輪。

父親の瞳の色だと聞かされていたその石は、キャロにとって複雑な気持ちを掻き立てるものだった。

その石とそっくりな青をわたされて、一瞬心に浮かんだ黒い影は、光を通す翠にあっという間に塗り替えられてしまった。

透明な翠の中に輝く金がさらに心を掻き立てる。

「うん、とても綺麗だ。大切にするよ。ありがとうミーシャ！」

ぎゅっと石を握り締めて、キャロは一点の曇りもない笑顔を浮かべた。

「決めた！　ミーシャ。僕の正体は、もう少し秘密にするね」

本当は、自分がこの国の後継者として育てられている先王の息子だと告げるつもりだった。

それが、自分の最大の価値だと思っていたからだ。

だけど、今、ミーシャと話してキャロははっきりと理解した。

その情報は、ミーシャにとっては利益どころか、障害にしかなりえないのだという事を。

(きっと、今僕が先王の子供だって言っても、ミーシャが態度を変える事はないけど、線を引かれる気がする)

それは、利益に群がろうとする大人たちを見てきたキャロの直感だった。

ミーシャの瞳はそんな大人達とは正反対の光を宿していたから。

「僕がもう少し大きくなって、自分自身に自信が持てたら。その時、話を聞いてくれる?」

真剣なキャロの瞳を見て、少しの戸惑いを感じながらも、ミーシャはコクリと頷いた。

そっとキャロの手を両手で包み込み、青い瞳をひたりと見つめ返す。

「キャロのタイミングで、話してくれたらいいと思う。私で良ければ、いつでもお話聞くよ?」

真剣な表情のミーシャに、キャロは、きっと自分が考えているのとは違う方向で心配してくれてる気がするな、とうすうす気づきながら、口をつぐむことにした。

(秘密があるほうが、相手の気を引けるって書いてあったの、なんの本だったっけ?)

少しずるい事を考えながら、キャロは天使と称される笑顔を浮かべた。

「お手紙、書くよ。ミーシャも、書いてね? 楽しみにしてる」

「うん!」

かくして、ミーシャは人生初の文通仲間を手にいれたのである。

四　平穏を壊す影

カイトが自国へと戻り、国立図書館からキャロもいなくなり。

突然に巻き込まれた舞踏会参加に付随するあれこれで少し疲れがたまっていたミーシャは、出かける気にもなれず、城でのんびりと過ごしていた。

折しも、不安的中とばかりにライアが倒れてしまったせいもある。

健康なミーシャですら、疲れを感じたのだ。

最近体調が良くなってきたとはいえ、もともと虚弱体質のライアが体調を崩すのは予想の範囲内だった。

慌てることなく前もって準備していたあれこれを出してくるミーシャに、ライアお付きの侍女たちだけでなく、なぜか医師であるコーナン達にまで少し引きつった顔を向けられた。

（え？　予想できていたんだから備えるよね？　どうせ「体調崩すからほどほどに」って止めたって無茶するんだから。倒れた時の準備するの、おかしくないよね？）

周囲の反応に納得いかず、ミーシャまで微妙な表情になったのはご愛嬌だろう。

当のライアは、自分が寝込む事は今までの経験から何となく予想していたから、ミーシャに差し出された、いつにもまして変な色になっているジュースに抵抗することもなく、大人しく飲んでいた。

った。

「無理してはダメって言っていたのに」

「そうね。でも、おかげでいつもよりいろいろな集まりに参加出来たし、いろいろな人の声を聞く事が出来たから助かったわ」

ミーシャのお小言にも素直に応じたため、「姫様が大人になられた」とキャリーをはじめとする侍女たちに涙ぐまれ、たまたまその場に居合わせたコーナン達は顔を見合わせた。

挙句にミーシャが眉をひそめ、ラライアの額にそっと手を当て熱を測る。

「なんなのよ、その反応は！　不敬だわ！」

結果、あっという間にいつもの癇癪が破裂したわけだが、それすらも和やかな笑いを誘うだけだった。

そんなこんなで気がつけば祭りから三日ほどが過ぎていて、ラライアの体調も改善してきたため、ミーシャは、久しぶりに国立図書館へと顔を出すことにした。

どこまで帰るかは聞けなかったけれど、国内の移動であれば、そろそろキャロも自宅にたどり着いたころではないかと思い出したのだ。

別れのあの勢いなら、もしかしたら、手紙の第一弾が国立図書館へと届いているかもしれない。

たとえ届いていないとしても、こちらからの手紙を預けたらいい。

あの日もらった箱の中には、軸の部分に綺麗な花の細密画が彫られたペンと、淡い緑色の紙のふちがペンと同じ意匠の花の模様で飾られた美しい便箋が入っていた。特に便箋は向こうが透けて見えそうなほど薄いのに頑丈な紙でできていて、なんと防水性もあるものだった。伝鳥の足に結んで運んでもらう事もできそうで、ミーシャは珍しさに喜んだ。

とりあえず、一番最初の手紙はもらった人に出すのが礼儀だろうと、ミーシャはいそいそとお礼をしたためた。

外出したいことをキノに伝えれば、たまたま暇だったからと、本日の護衛をジオルドが買って出たのは嬉しいサプライズだった。

いつもメインで護衛してくれているテンツに不満があるわけではないが、濃密な旅の時間を共に過ごしたジオルドは、やはりミーシャにとっては特別だ。

何かあっても多少の無理ならばサラリと叶えてくれるジオルドは、ミーシャの中で頼りになる大人であり、一緒に遊べる友人でもあったのだ。


「今日はお付き合いありがとうございます」

「おう。おかげで書類仕事から逃げだせて助かった」

待ち合わせの城門の前でぺこりと頭を下げたミーシャに、ジオルドがにやりと笑う。

「えぇ？　お仕事逃げてきちゃったの？」

すたすたと足を止めることなく城門を出てしまうジオルドを、目を丸くしたミーシャが慌てて追いかける。

「あぁ、息抜きだよ、息抜き。絶対俺じゃないと駄目な仕事は終わらせてきてるから大丈夫」

「もう！　怒られても知らないからね」

どこかで聞いたような会話を繰り返しながらも二人の足が止まることはなく、結構なスピードで城が遠ざかっていく。

「ところで、今日は帽子をかぶってないみたいだが、いいのか？」

ある程度城から離れたところで、ジオルドがふと気づいたように首を傾げた。

「え？　帽子？」

突然の指摘に、きょとんとしながら自分の頭に手をやったミーシャは、サラリと指になじんだ髪の感触に足を止めた。

「いやだ！　久しぶりの外出で、すっかり忘れてた！」

もともとあまり髪を結う習慣がないミーシャは、隠す必要のない城内では髪をほどいたままでいる事が多かった。

おまけに、髪を隠さなければいけないという意識も低いため、なかなか習慣化しない。

一応、ティアが机の上に帽子を用意してくれていたのだが、直前で手紙を書くことを思いついたため、そちらに気をとられて忘れてしまっていた。

「どうしよう。取りに帰った方がいい、よね？」

足早に進むジオルドを追いかけてきたため、結構な距離を進んでしまった。

遠くに見える城門を振り返って迷っているミーシャの頭に、ばさりと何かが被せられた。

「戻るの面倒だし、今回はそれでも巻いていろよ」

突然ふさがれた視界に目を白黒させながらミーシャが頭に被せられたものを手に取ると、それは大きなスカーフだった。

「なんか、朝、押し付けられてポケットに突っ込んでたんだわ。ラッキーだったな」

「……お借りします」

ベージュに緑で波のような模様の入ったスカーフは男女どちらが使ってもおかしくない柄だったため、一瞬迷った後、ミーシャはありがたく拝借することにした。

手早く髪を編み込むとスカーフで包むようにして髪を隠す。

「それにしても、押し付けられたって誰に？」

今度はのんびり歩きだしたジオルドに、ミーシャは隣に並びながら聞いてみる。

「祭りの時にランタン作った屋台のおかみさんに捕まったんだよ。この間のお礼だってさ。今まで最高の売り上げだったらしい。ミーシャにもお礼を言いたいって言ってたぞ」

「ランタンって、あのお花の飾りを作った？　お礼を言われるようなことしたかしら？」

首を傾げるミーシャにジオルドが笑う。

「いろいろな花が可愛いって、評判になったんだとよ。まぁ、あんな立体的な花飾りを紙で作るって発想がなかったから、珍しさが受けたんだろ」

「そうなの？　でも、布で作った花飾りなら見たことあったよ？　髪飾りについてたのが可愛かったから、再現できないかなってやってみただけだし」

前に街の散策をした時に、カイトにもらった薄紅の花の付いた髪飾りを思い出しながらつぶやいたミーシャの口元が、ほんのりとほころんでいた。

その微笑に気づいて、ジオルドはわずかに首を傾げた。

いつものミーシャの笑顔と少し違うような気がしたが、その違いを言葉にすることができず少しモヤッとする。

「あぁ、それか。今までの髪飾りの花とは作り方が違っていて、それよりもずっと簡単だからいいって言ってたのは。改めて布で作ってみたものを、髪飾りや小さなカバンなんかにつけてみたらそれも評判がいいってさ。ちゃっかり商売につなげてるんだから、たくましいよな」

説明できないモヤモヤを振り切るように、ランタン屋台のおかみの話を続けると、ミーシャが、今度は楽しそうに笑った。

「本職は小物屋さんだったのね。役に立ててるなら良かったわ。そうね～、布だけでなく、幅広のリボンやレースで作ってもかわいいかも。少し縫い縮めてひだを作ってあげたりして、ね」

クスクスと笑いながら思い付きを口にするミーシャを、ジオルドが慌てて止めた。

「ちょっと待て。お礼がしたいから店の方に連れてきてほしいとも頼まれてるから、どうせなら、本人にその話をしてやってくれ。俺じゃせっかく聞いても忘れちまう。商売の芽をつかむのが上手いみたいだし、喜ぶだろう」

「そんな大したこと言ってないのに」

突然話を遮られたミーシャは、驚いたように目を丸くしてからまた笑い出した。

「じゃあ、図書館の後で連れて行ってもらおうかな。お礼とかはどうでもいいけど、可愛い小物は気になるし」

そんなたわいのない話をしながら、国立図書館の近くまで来たミーシャは、向かい側からユウとテトの二人組が歩いてくるのを見つけて手をあげた。

「ユウ、テト。お勉強の帰り？」

その手にパンを持っているのを見て声をかければ、少年たちがハッとこちらを向いた。

「ミーシャお姉ちゃん、ひさしぶりだね。今から図書館に行くの？」

「ジオルドさんもこんにちは。お祭りの時は、たくさん果物ありがとう」

ミーシャの隣に立つジオルドにも気づき、礼儀正しく挨拶をする少年たちに、ミーシャは嬉しそうに目を細めた。それから、先ほどから感じていた違和感の正体に気づき、首を傾げる。

「今日は二人だけなのね。アナはお留守番？」

いつも少年たちに挟まれるようにチョロチョロしているアナの姿がなかったことが不思議で、何気なく聞いたミーシャに、少年たちの表情が曇る。

「どうかしたの？」

突然の変化に目を丸くしたミーシャは、少しだけ俯いてしまったユウの視界に入ろうと膝をついた。

下からミーシャに見上げられて、ユウの瞳が戸惑うように揺れた。

「……アナ、婆ちゃんの風邪がうつっちゃったみたいで熱があるんだ。結構高いから家で大人しくしてなさいって、母さんに止められちゃって」

「アナは今日テストの日だから行きたいってグズってたんだけど、他の人にうつしたら悪いからダメって」

そう言って、ユウとテトは大事に手に持っていたパンとクッキーを見せてくれた。

「テスト……。そうか、合格するとご褒美がもらえるって言ってたもんね」

前に教えてもらった事を思い出して、ミーシャが呟いた。

砂糖を使ったお菓子は高価で、下町の子供たちにとっては特別なおやつだった。

「うん。だから、アナにあげようと思って」

大切そうにクッキーをしまい込むユウをミーシャはそっと撫でた。

「優しいね、お兄ちゃん」

自分だってめったに食べられないおやつを、具合の悪い妹のために惜しげもなく手放そうとしているユウ。それを隣で見ているテトのクッキーはきっと半分に割られるんだろうな、と言われなくとも簡単に想像がついたミーシャは、微かにほほ笑むと手を伸ばしてテトの頭も撫でた。

「それにしても、お婆ちゃんの体調、良くなってなかったのね……」

〝お婆ちゃんの〟風邪がうつったという言葉をしっかりと聞いていたミーシャは、眉間にしわを寄せた。気にしていたはずなのに、日々の慌ただしさにすっかり失念していた自分が嫌になる。

「貰った薬飲んでた間は良かったんだけど、薬なくなったらすぐ元に戻って……」

「言ってくれたら、また持って行ったのに」

ミーシャの言葉に、ユウとテトは俯いてモジモジと黙り込んでしまった。

その様子に、三人を観察していたジオルドはため息をついた。

ミーシャは、隣国の薬草豊かな森の中で暮らしてきたから、この国で薬がどれほど貴重なものであるか、いまいち分かっていない。

旅の途中で聞いた話の中で、母親と共に近隣の村を回っていたと言っていたが、その時も、無償で薬を配り治療していたようだ。対価として受け取っても、せいぜい野菜や肉などと交換していたそうだ。

そんな生活をしていたのなら、薬草園の仕事に関わって王都の薬草事情を情報としては知っていても、実感としては薄いのだろう。

ミーシャにとって薬とは、困っている人に与えるものだったのだ。

一方、王都《ここ》では、薬は基本外部からの輸入でまかなっている事が多く、どうしても割高だ。

子供の友人だからと何度も無償で受け取るのは非常識だと、良識のある大人なら考えるだろう。

結果、子供達にもミーシャに薬をねだらないよう、きつく言い含めたのであろう事は簡単に予想がついた。

「ミーシャ、どうする？」

一瞬、迷った後、ジオルドはミーシャの頭にポン、と手を置いて尋ねた。

現状を説明するのは簡単だが、「人を救いたい」というミーシャの本能とも言える気持ちを優先してやりたいと思ったのだ。

それに、遠慮して手を伸ばせないだけで、救いの手を待っているのは大人も子供も同じだ。

ただ、しがらみとかプライドとか、大人には守りたいものが多くなりすぎて素直に縋れないだけで……。

「……アナのお見舞い、行ってもいいかな？」

少しの逡巡の後、ミーシャはうつむくユウの顔を再び覗き込んだ。

「……いいの？」

ユウの顔がグシャリと歪む。

祖母だけでなく小さな妹までが病にかかり、ミーシャに助けてもらいたいとずっと思っていた。

だが、薬が貴重なものだという事はまだ七つのユウですら知っていた。

それを手に入れるためには、たくさんのお金が必要だということも。

だから、母親に「甘えちゃダメ」と言い含められた時もしょうがないと思ったし、納得出来ずに「なんで？」を繰り返すアナを、テトと二人で宥めてもいたのだ。

（だけど、だけど……）

泣きそうな顔で唇を噛みしめるユウと、それを気遣うように見つめるテト。

そんな二人をミーシャはギュッと抱きしめた。

「前も言ったでしょ？　お友達が困ってるなら助けたいって。私に出来ることなら何でもしてあげたいのよ？　だって三人は私の王都でできた初めてのお友達なんだから」

優しいささやき声が耳に届いた瞬間、耐えに耐えていた涙が、ついにユウの目からこぼれ落ちた。

「な……なんか、みんな変なんだ。婆ちゃんだけじゃなくて、近所でも具合の悪い人が増えてきてて……。なのに、変な顔で隠すみたいにコソコソして……。わか……分かんない、けど、なんか……なんか……怖いよぅ」

堰を切ったように泣きじゃくる様子は、幼い胸に巣くった不安を吐き出すかのようだった。

つられたように、テトの目からもボロボロと涙が溢れる。

子供は、大人たちが思っているよりも、しっかりと周囲を観察しているものだ。

詳しい説明はなされなくとも、いつもとは違う雰囲気を敏感に感じ取り、不安だけを育ててきたのだろう。

「うん。怖かったね。頑張ったね。大丈夫。お姉ちゃんが、怖いものはやっつけてあげるから、ね」

慰めの言葉を口にしながら、ミーシャの顔が険しく歪む。

増えてくる体調不良者。

それを隠そうとする、大人達。

それの指し示す未来は……。

チラリとジオルドへと視線を流せば、同じく真剣な表情を浮かべていた。

「……診てみないと分からないけど……」

子供達の泣き声に紛れるほど小さなミーシャの呟きは、しかし不穏な響きを乗せ、ジオルドの耳に届いた。

「とりあえず、行ってみよう！」

自分を奮い立たせるように声を張り上げ、ミーシャは立ち上がり、少年たちと手を繋いで歩き出した。


訪ねて行った下町は、何だか妙に静まりかえっていた。

前に来た時は、家々の門扉や路地に人影があり和やかに談笑していたし、子供達が無邪気に走り回っていた。

「何だか静かね」

「今はお祭りが終わったばかりだから、その片付けとかに手が空いている大人は駆り出されるんだ。だから、だいたい毎年こんな感じなんだよ」

首を傾げるミーシャにユウが浮かない顔で答えた。

「お祭りで臨時収入があった家も多いし、二～三日のんびりしたり、旅行に出かけたりする家があるのもいつもの事だけど……」

隣を歩くテトもどこか浮かない顔で歯切れ悪くつぶやく。

王都に住まう住人にとっては、お祭りは休みというより書き入れ時なのだろう。

楽しい雰囲気の中、観光客相手にめいいっぱい働いて、祭りの余韻の中まったりと息をつく。

いつもなら、静かでもどこか満ち足りた幸せな時間だったのだ。

ミーシャは、三人と共に歩きながら耳を澄ましてみた。

人の気配を探れば、薄い壁越しに微かに咳が聞こえている。これが、ユウたちが訴えていた病人の気配だろうか、とミーシャは内心首を傾げる。

しかし、いくら病人がいるとはいえ、蒸し暑くなっているこの季節に窓の一つも開いていないのは、どうも不自然だった。

まだ、数えるほどしかここにきていないミーシャですら、なにかがおかしいと感じるのだから、日々を過ごすユウたちが不安におびえてもしょうがないだろう。

心持ち足を速めながら、ミーシャは、チラリと隣を歩くジオルドを窺った。

その眉間に深く刻まれたしわを見つけ、ミーシャは珍しさに目を瞬いた。

いつもうっすらと口角をあげ、楽しそうに目を細める顔ばかり見ていたから、驚いたのだ。

「いやぁ、なんか、変な空気だなぁって思ってな」

そんなミーシャの視線に気づいたジオルドが、へニョリと眉を下げた。

そして、小さく深呼吸すると、いつの間にかピリピリとしていた神経をほぐす。

「大丈夫だ、気にしないでくれ」

いつものようにニッと笑って見せたジオルドに小さく頷くと、ミーシャは少し先を行く小さな背中に問いかけた。

「お婆ちゃんとアナには誰か一緒についているの？」

「爺ちゃんが看てる。でも、婆ちゃんはベッドから動かないしアナも部屋から出ないように言い含められてるから、そんなにすることもないし一人でも大丈夫だって言ってた。父さんたちは片付けとかに出てると思う」

「……そう。じゃあ、本当に町の人たちは出払ってて静かなのね」

この町の人々にとって、観光客の増える祭りの期間は臨時収入を増やす機会だ。

それと同時に無事に寒い季節を越え、次の季節の豊穣を祈るこの祭りは、神に祈る大切な神事でもあるのだ。

だから、苦しい生活の中でもどうにかやりくりして華やかなランタンを灯し、花を捧げる。

祭りが終われば、忙しい中でも人手を出してきちんと片付けまで行うのだ。

「そういえば、テトくんのお家は、大丈夫なの？」

ユウの家とは隣同士で付き合いも多いようなのに、病人は出ていないのか、ふと気になって尋ねると、テトは首を横に振った。

「ウチはみんな元気だよ。だけど、あんまり病人には近づくなって言われてる。だから、最近は婆ちゃんの離れにも入れてもらえないんだ」

ションボリと肩を落とすテトの背中を慰めるようにユウが叩く。

「俺だって同じだよ。最近なかなか婆ちゃんに会わせてもらえないし。アナまで具合悪くしてからは、テトの家にしょっちゅう行かされてるし」

慰め合う少年に、ミーシャの眉がしかめられる。

病人を隔離して健康な子供たちを近づけようとしないその様子は、ただの風邪に対する警戒にしてはずいぶんと厳重で違和感を感じたのだ。

そうして、さりげなく状況を聞き出しながらユウの家についた時、離れの方から悲鳴のような声が聞こえ、ミーシャは反射的に走り出した。

かつて一度だけ訪れたことのある離れは、家と家の隙間にある狭い通路を抜けた先にあった。通りに面した家の奥にある猫の額ほどの狭い土地に、無理やり建てられた一部屋だけの小さな小屋だ。

そして。

「ダメ！　とまって!!」

いち早く駆けつけ、開け放たれた離れの扉の中を覗き込んだミーシャは、両手を広げて後続の人間が来ることを拒んだ。

一部屋しかない離れは、扉のところから全てが一望出来た。

カーテンを閉められた薄暗い部屋の中はムッとした熱気が立ち込め、そこに病人特有の臭いと共に鉄臭い独特の香りが漂っていた。

「メリー！　しっかりしろ！　メリー!!」

正面のベッドの上、乗り上げるようにユウたちの祖父がグッタリとした祖母を覗き込み、必死に名前を呼んでいる姿が見える。

明らかにただ事ではない様子に、ミーシャの後に続いて到着したジオルドが素早く、中に駆け込もうとするユウとテトを抱きとめた。

それを尻目に、ミーシャは、冷静に頭に巻いていたスカーフを取ると目元だけを残して顔を覆い、自分の手に傷がないかを慎重に調べた。

それから、半透明のクリームをポシェットから取り出し、しっかりと手や腕など服に覆われていないむき出しのところに塗りつけた。

「ジオルドさん、私が許可を出すまで、誰も中に入れないで」

しっかりとジオルドの瞳を見つめてそう一言残すと、ミーシャはツカツカと冷静な足取りでベッドへと歩み寄った。

「どいてください。診察します」

取り乱している祖父の肩を軽く叩き、ベッドから離れるように促す。

顔を上げた祖父はそこに見覚えのある少女を見つけ、目元だけを残して頭にグルグルと布を巻きつけている奇妙な姿に固まった。

驚きに反論しようとして翠の瞳に覗きこまれ、思わず言葉を呑み込む。

深い森の色を映したかのような美しい翠の瞳は、何の感情も見えずひどく静かだった。

気がつけば、その瞳に呑み込まれてしまったかのように何も考えられず、祖父は、少女の望むまま後ろにずれて場所を空ける。

ミーシャは、そんな祖父の様子に頓着する事なく、ベッドの上に横たわる二人の祖母、メリーの様子を観察した。

苦しんだのだろう。

寝具が乱れ、横向きに体を丸めるようにして、服装も胸元がかきむしられたように乱れている。

そして、真っ白なシーツを汚す鮮血。それは鮮やかな赤い色をしていた。

瞳はきつく閉じられ、声掛けには反応していなかった様子から意識はないようだが、微かにヒューヒューという音が聞こえているところを見るとまだ息はあるようだ。

そこまで観察したミーシャは、ベッド脇にあった洗面器の中のタオルを絞り、老女の鮮血に濡れた顔をそっと拭いた。

それから、タオルを指に巻きつけ、口の中へ突っ込み口腔内に物が詰まっていないかを確認する。

その時、血液とは別の不思議な香りがふっと鼻につき、ミーシャは首を傾げた。

少し酸味のあるような独特の香りで、どこかで嗅いだことがある気がしたが思い出せない。

気になったものの、それよりは目の前の患者が優先とミーシャは意識を切り替え、観察を続けることにした。

覗き込んだ口腔内は、栄養が取れていなかったせいか荒れていて、喉は真っ赤に炎症を起こしていた。

「メリーさん、聞こえますか？　メリーさん？」

ミーシャは、改めて耳元で呼びかけて反応がないのを確認してから、瞼をめくった。

そして見つけた異常に息を呑む。白目がまるで血で染まったかのように……。

「……紅い」

「ヒィッ！」

ミーシャのつぶやきに、傍に立ち尽くしていた祖父が引きつったような悲鳴と共に後ずさった。

ミーシャはそれを気にすることなく素早くメリーの衣服を捲ると、皮膚の柔らかな肘の内側や腹部を確認した。そこにまるで蛇の這ったような紅い痕を見つけ、眉をしかめる。

鮮やかな赤い血を吐くこと。白目の充血。そして、皮膚に走る蛇の這ったような紅い痕。

それは、かつて王都を壊滅寸前まで追い込んだ奇病の特徴だった。

興味本位で読ませてもらった、当時の記録が脳裏をよぎる。

初期症状は風邪によく似ている。

進行するにつれ高熱、嘔吐や喀血、激しい咳による呼吸困難等の症状が現れ、最後には意識喪失する。全身のいたるところに蛇の這ったようなあざが浮かび上がり、死に至る。

また、症状が最終段階に入ると白目が赤く染まっていく様子から『紅眼病』と称された。

感染経路は不明。発病原因も不明。

原因が解明されていないため、解熱剤や炎症を抑える薬を投与し隔離するしかなかった、とあった。

結局、原因は分からぬまま季節の移ろいと共にゆっくりと終息したが、王都民の約四分の一が道連れとなった。その中には当時の国王や王妃などもはいっている。

「ジオルドさん。すぐに王立診療所に連絡を。『紅眼病』が出ました。状況から判断すると、すでにここら一帯で蔓延している可能性があります。すぐに封鎖の処置を」

ミーシャの言葉に扉のところから心配そうに覗き込んでいた人々から悲鳴が上がった。

いつの間にか、近所の人たちが野次馬として集まっていたのだ。

先ほどまでほとんど人影もなかったのに、どこから集まったのかと言いたくなるほどの数が集まっていたが、皆、一様に顔を恐怖に引きつらせている。

王都に住む人々にとって『紅眼病』の言葉は死と同じ意味を持っていた。

ようやく薄れはじめていた恐怖の記憶が、まざまざと脳裏に蘇った者も多いのだろう。中には素早く逃げ出す者もいた。

「嬢ちゃん！　まさか、そんな……嘘だろう？」

野次馬の中から、年配の男が震える声でミーシャへ向かって問いかけた。

男の家にも、体調を悪くしている人間が寝ていたのだ。

「……私も、実物を目にしたことはありませんから、正式な判断は診療所の先生が下すと思います。けれど、症状を見る限り間違い無いかと」

ひたりと男と目を合わせ、ミーシャはなるべく静かな声で告げた。

集まった人々の中からざわめきが上がる。

その色は絶望に彩られていた。

「ここにいる方々も、申し訳ないですが自宅で待機してください。追って通達があると思います。もし、ご家族の方で体調が悪い人がいらっしゃるなら、接触する場合は私のように口と鼻を何かで覆ってください。血液や排泄物には出来るだけ素手で触れないように。特に、手に傷のある方は気をつけてください。感染経路は分かっていないとのことですが、多くの病気は病人の体液などから感染します」

ミーシャの言葉に皆が顔を見合わせる。

動こうとしない民衆の中、ジオルドが前に進み出た。

「皆、不安も戸惑いも強いと思うが、こちらの指示に従ってくれ。この件は、こちらで預かる」

厳しい表情で宣言するジオルドの迫力に押されるように、残っていた人々がノロノロと動き出す。

さりげなくジオルドの手が、腰の剣に置かれていることも功をなしたのだろう。

それに、明らかに瀕死の老婆の近くから少しでも離れたいという心理もあった。

彼女は『紅眼病』と言われたが、自分たちはまだそうではない。

だが、ここにいる事で何らかの病の原因を拾ってしまうかもしれないという恐怖が心に湧き上がっていた。

「ああ、あえて家族を呼び戻さなくてもいい。家で、大人しくしていてくれ」

その背中に、ジオルドがさりげなく声をかける。

『紅眼病』の発病が確認されたという話が町に広がってしまえば、パニックは免れないだろう。

王都は今、祭りのために近隣からも多く人が集まっているのだ。

そろそろ帰路に就く人々が増えたとはいえ、まだまだ通常よりも多くの旅行客が王都に滞在していた。

ミーシャは、いまだ呆然と立ち尽くす祖父を促して、新しいシーツと寝間着を出させると手早く取り替えた。

意識の無いメリーは、か細いながらもまだ息をしている。その命の火はまだ消えてはいないのだ。

再びの喀血や嘔吐に備えて体を横向きに寝かせると、ミーシャはようやく息をついて扉の方へと向かった。

「……お姉ちゃん」

泣きそうな顔でユウとテトはミーシャを見上げた。

それに小さく頷いてから、ミーシャは庭の水場で手を洗い、頭に巻いていた布を取った。

「シーツと服は勿体無いけど、今回はあのまま捨ててちょうだい。できれば、燃やすか穴を掘って埋めた方がいいかもしれないわ」

フラフラと後を追って出てきた老人にも促して手を洗いうがいをさせながら、ミーシャはユウたちに指示を出した。

「……婆ちゃん、死んじゃうの？」

まるで誰かに聞かれたらそれが本当のことになってしまうかのように、恐々とユウが小さな声で囁いた。

ミーシャは少し迷った後、膝をついてユウと目を合わせ、ゆっくりと首を横に振った。

「ごめんなさい。私には分からないわ。お婆ちゃんのかかった病気は、まだ原因も治療法もよくわかっていないものなの。だから、退治する薬がわからない」

「そんなっ！」

ユウの悲痛な声が響く。

「助けてくれるって言ったじゃん！」

ミーシャの顔が辛そうに歪んだ。

「そうね。だから、今から調べてみる。どうすれば良くなるのか。だから、ユウもお婆ちゃんが病気に負けないように励ましてあげて」

肩に両手をのせ、しっかりと瞳を見つめる。

無言で見つめ合う事、しばし。

泣きそうな目のまま、ユウがコクリと頷いた。

「いい子ね」

その頭をそっと撫でた後、ミーシャは立ち上がるとまだ少し呆然としている老人にいくつかの注意点を伝える。

嘔吐した時、上を向いていては吐いたもので喉を詰まらせる恐れがあるため、今のように横向きを保つこと。

もし、喀血や嘔吐があった場合、直接それに触れず布越しに処理する事。

意識がない時に無理にものを食べさせると危険なので控えた方がいいが、口の中を湿らせる程度ならしても大丈夫な事。だけど、その際、唾液などに触れないように気を付けて。

こまめに手洗いとうがいをして、窓は換気のために開けていた方がいい事。

すぐそばで、老人以上に真剣な瞳で聞いている少年たちに少し微笑みかけると、ミーシャは待っていたジオルドの元へと足早に近づいた。

「先に行ってくださって良かったのに」

「……一人には出来ない」

病の情報に動揺した住人が、理不尽にミーシャに詰め寄らないとも限らない。

そんなところに、戦う術のないミーシャを一人置いていけるはずもないと、ジオルドは首を横に振った。

「じゃあ、急いで行きましょう」

それに軽く肩をすくめると、ミーシャはやや足早ではあるが、落ち着いた足取りで歩き出した。

一刻を争うとばかりに駆け出すことを予想していたジオルドは、後に続きながらも意外なものを見たとばかりにわずかに目を見張る。

「ここで走り出したら、余計みんなの不安を煽りますから。……あの角を曲がったら」

ミーシャが前を見据えたままで、小さな声でつぶやいた。

その手がもどかしげに握り締められていることに気づき、ジオルドも表情を引き締める。

「ここからなら、憲兵隊の待機所の方が近い。そこから伝令を走らせよう」

「じゃあ、そこまで案内をお願いします」

二人は予定の角を曲がった瞬間、弾かれたように走り出した。

五　紅眼病との闘い～始まり

『紅眼病』が発生した。

その日、ミーシャ達によってもたらされた情報は、王城を震撼させた。

そんな中でも、かねてより用意されていた緊急時対応策に基づき、事態は素早く動いた。

王城より派遣された医師団と兵団により、報告のあった町の一角が封鎖される。

そして、明らかに発病しているものは、国の用意した治療院へと入院・隔離措置がとられた。

さらに、その家族も発病の危険がある為、自宅待機もしくは治療院の別の区画へと入ってもらい観察措置となった。

それと並行して町の聞き込み及び巡回により、さらなる患者と患者予備軍を発見。

また、町の中で呼びかけ、体調不良を起こしたものは、速やかに申し出る事を宣伝してまわった。

下手に隠し立てすれば、病は広がってしまう。

家族の一人だけで済んだものが、一家全滅になるおそれもある事を説いて回れば、匿《かくま》おうとする家族の手を振り切って患者本人が、自ら治療院へと足を運ぶ例も少なくはなかった。

もっとも、治療院に入院しても病の原因も治療法も分かっていない以上、できる事は限られていた。

そもそも、感染経路もいまだ定かでない為、隔離したからといって効果があるのかすら不明なのだ。

それでも、人に蔓延する病である以上、過去の例からみても隔離するのが一番だろう、とそんなあやふやな理由での現状であった。

そうして、治る見込みのないまま患者数だけが増えていき、ジワジワと死亡者も出はじめた。

まだ数日しか経っていないにもかかわらず、対応する医師や看護士にも暗い疲労感がのしかかる。

それは、肉体的というよりも、苦しんでいる患者になす術もない無力感からくる精神的なものが大きかった。

解熱剤や鎮痛剤、咳止めなどそれぞれの症状に合わせて処方される薬も一時的には効くのだが、すぐにぶり返してしまう。

何もしないよりは病の進行をとどめている様子はあるものの、それでもじわじわと症状は悪化していくのだ。

なにより、治療法が見つかっていないため終わりが見えない。

さらに、感染経路が不明なため、気をつけていても明日は我が身になるかもしれないという恐怖も常につきまとう。

じわじわと精神的に追い込まれ、それでも、自分たちはプロであるというプライドが、彼らをギリギリのところで踏みとどまらせていた。


めまぐるしく事態が動く中、ミーシャもただ手を拱《こまね》いて見ていただけでは無かった。

過去の資料を読み漁り、自己の知識を探り、少しでも有益そうな薬草があれば全て試す。

ユウ達にした約束を守るため、寝る間も惜しんで薬剤の精製と研究に明け暮れた。

だけど。

「喀血の色は鮮色だったから、病巣の中心は肺にあるのは間違いないんです。実際に、聴診でも肺に異常があるのは確認出来てる。なのに、肺病に効くと言われている薬を試してみても、さしたる効果は得られない。なんで？　何か、見落としてることがあるとしか……」

書き散らされた紙を前に、ミーシャは唇を噛んで俯いた。

あの日、血を吐いて倒れたユウの祖母は辛うじて命は保っているものの、体を走る赤い筋状の痕もじわじわと増え、今では全身へと至っていた。

喀血や発熱はある程度抑えられている。

しかしそれは、解熱剤や抗炎症作用のある薬草の働きのおかげであり、根本の原因がわからない以上、時間稼ぎでしかなかった。

様子観察のため隔離されていたユウと父母は、発病の予兆が見られなかったため、三日後には無事解放されていた。

しかし、アナに続き祖父には感染症状がではじめ、今、家族は別々に暮らしている。

父母だけは面会を許されていたが、ユウはまだ子供ということもあり、危険から遠ざける意味もあって面会禁止となっていた。

その状況にミーシャはさらに首をかしげることとなる。

「同じ家屋で生活していても、発病する人間としない人間がいるのはなんで？　特にユウ君とアナちゃんはほとんど同じ行動をしていたはずなのに」

普通の感染症であれば、接触の時間が長ければ長いほど、発病の危険は高まるはずである。

過去に培った知識からあまりにかけ離れた状況に、ミーシャは困惑した。

いつもなら、患者を診れば不思議なくらいスラスラと自分のなすべきことが頭に浮かんできた。

だが、今は何をすればいいのか、どうすれば正解なのか全くわからない。

「……母さん」

ポツリとこぼれ落ちた声は、ひどく弱々しい響きを持っていた。

しかし、その声をすくい上げ、抱きしめてくれるはずの腕はもうどこにもないのだ。

唇を噛み締め、ミーシャは大きく首を振ると、手元のノートへと目を落とした。

そこには、母に教わった様々な知識が覚書としてしたためられていた。

勉強の為に母の教えを書き溜めていたノートは森の家に置いてきてしまったので、これは、ミーシャが時間のあるときに思い出しながら書き出したものである。

復習のつもりで書き出していたのだが、それだけが自分の味方であるかのように、ミーシャは何度も何度も繰り返し目を通す。

だけど、そこから新たに得られるものはほとんどなかった。

もともとミーシャの記憶の中から取り出したものなのだから当然だ。

「なんで……。いったい何を見落としているの？　普通の病気ではないの？　原因は何⁉　お母さんの教えてくれた事、全部覚えているつもりだったけれど、忘れてしまっているのかしら？　それとも、まだ教わっていなかった病気なの？」

自問自答を繰り返すミーシャの言葉に答えてくれる声はなかった。


そんな日々の中、状況はさらに悪い方へと向かっていった。


ラライアが、『紅眼病』を発病したのだ。

元々、基礎体力のない弱い体だ。

軽い発熱でも、ベッドから起き上がることができなくなるのは直ぐだった。

顔を赤くしてグッタリと寝具に身を沈め、苦しげに咳をするラライアに、ミーシャは、訳が分からず呆然と立ち尽くした。

王宮の奥深く。

虚弱体質故に直ぐに体調を崩すラライアは、触れ合う人間もかなり限定されていた。

本人の気質もあり、引きこもるようにして昔からの馴染みの侍女に囲まれて暮らしていた。

体調の改善してきた昨今では、少しずつ公務に就くことも増えてきたが、『紅眼病』の発見以後はさらに厳重に護られていた為、感染する確率など砂の粒ほどもないはずだった。

それなのに……。

ラライアの発病を受け、王宮内に出入りする貴族達からミーシャを糾弾する声が上がったのは、ある意味必然だった。

突然現れ、王族の近くに侍ることを許されたミーシャを妬む者は多い。

これまでは、『森の民』というブランドと、ラライアの体調が順調に改善していたことで抑えられていた不満は、瞬く間に噴出した。

「お前が、町より病をラライア様へと運んだんだろう」

「いや、それどころか、この度の病も実はお前が広げたものではないのか？　森の民が不思議な病を広め、国を潰したのは有名な話だ」

王宮内を移動の最中、ミーシャは、突然現れた貴族らしき男達に囲まれるといっせいに罵られた。

一緒にいた侍女達が必死に護ろうとしてくれるものの、興奮した様子の男達は止まらない。

実は城下町で『紅眼病』が発生したのとほぼ時を同じくして、貴族の中にも発病する者が出ていたのだ。

城下町と貴族街。

あまりに違う環境の中、しかし、病は同時多発的に発生した。

ただ、家族に発病者が出た貴族は、屋敷の一室へと密かに匿い隠していたため、表に出なかっただけのことで、既に数人の死者も出ていた。

いや。全体が把握できていないだけで、もっと多いかもしれないのだ。

明日は我が身の恐怖は、深く静かに貴族たちすらも蝕んでいた。

その恐怖を前に高潔でいられる人間など、ほんの一握りでしかない。

何しろ、彼らには経験があった。

全身に不気味な痣を浮かび上がらせ、息をすることもままならず、高熱と咳に苦しんで、死に至るその過程を、見て、聞いて、知っていたのだ。

そして、やり場のない恐怖は、丁度いい生贄を見つけてしまった。

突然現れた、不思議な医術を知るという少女。

幻の一族の娘。

かの一族の怒りを買い、滅ぼされた国すらあるという。

ならば、この『紅眼病』も実は、『森の民』の秘術により生み出されたものなのではないか。

そうだ。きっとそうに違いない。

根拠のない言い掛かりと共に伸ばされた手が、乱暴にミーシャを突き飛ばした。

大人の力に華奢なミーシャが耐えられるはずもなく、受け止め庇おうとしてくれたイザベラと共に倒れ込んでしまう。

「おやめください。ミーシャ様は隣国からの大切なお客様です」

倒れ込んだままの姿勢でもミーシャの前で手を広げ、必死に護ろうとしているイザベラの陰でミーシャは、目を見開き固まっていた。

自分たちを囲み、憎憎しげな瞳で非難の声を浴びせてくる大人達。

まっすぐに投げかけられる憎悪は経験したことのないもので、驚きと恐怖に言葉が出ない。

なによりも、ラライアの発病は自分のせいなのではないかという負い目が、ミーシャから言葉を奪っていた。

確証などない。しかし、感染症は媒介があって広がっていくものだという、ミーシャの中の常識が囁くのだ。

常日頃から王宮の奥にこもって、静かな生活を送っていたラライア。

町を歩き回り、自由に過ごしていたミーシャ。

外から戻ってきてラライアを訪ねる時は、ミーシャは必ず入浴をして衣服も替えていた。

だが、感染経路の分からない病を、それで防げたかと言われれば自信など持てなかった。

絶対に守らなければいけないはずの患者を、自分の不注意で感染させたかもしれない。

誰に言われるでもなく、最初に脳裏に浮かんだ可能性は、ミーシャを打ちのめしていた。

感染源も感染経路も、未知のものだと知っていたのに。

きちんと予防対策をしているから大丈夫なはずだと根拠もなく安心していた自分の愚かさに、ミーシャは翠の瞳を涙で曇らせた。

不穏な空気を察知して直ぐに助けを呼ぶために走り出していたティアが、キノを呼んできた時には、ミーシャの心は、立ち上がることもできないほど打ちのめされていた。

「私のせいで……ラライア様は苦しんでいるの？」

「危険だから」と部屋から出ることを禁じられたミーシャは、ホロホロと涙をこぼした。

脳裏に浮かぶのは、苦しそうに咳をするライアやアナの顔。そして、血を吐いて意識をなくしたメリーの姿。

青白い顔で座り込んだソファーから動くこともできずにいるミーシャを、ティアが心配そうに見つめていた。

テーブルの上では、気づいてもらえない紅茶がゆっくりと冷めていく。

その時。

ノックの音もなく、唐突に部屋の扉が開いた。

ビクリと身を竦ませたミーシャの視界に、馴染みのある白金と翠の色が飛び込んでくる。

「随分と情けない顔をしているな、ミーシャ」

皮肉な笑みをうかべ、一人の男がそこに立っていた。

「苦しんでいる患者がいるってぇのにべそべそ泣いてるような根性無しに、俺は育てた覚えは無いんだがな？」

ツカツカと大きな歩幅で歩み寄ってくる男を、ミーシャは呆然と見つめた。

会いたくてたまらなかった人が、そこに居た。

「ラインおじさん。なんで……ここに？」

「あ？　来るって言ってただろ？　伝言届いてないのか？」

呆然としたままミーシャの口からこぼれた言葉に、ラインは怪訝そうに眉を寄せた。

まるで、昨日の夕食の話をしているかのような軽さに、ミーシャの肩が落ちる。

「だって、ここ王城内なのよ？　どうやって入れてもらったの？」

「俺が行きたいと思って、行けない場所なんて無いんだよ。そんな事より、何やってんだ、お前は」

ある意味とんでもないことをサラリと返すと、ラインは冷たい瞳を再びミーシャへと向けた。

「…………何って」

ラインが何を言いたいのかが分からず、ミーシャは口ごもった。

それに、大きなため息が落とされる。

「城下では厄介なモンが暴れてるってぇのに、なんでお前は此処で閉じこもってんだ？　て聞いてるんだよ」

まるで聞き分けのない子供に言い聞かせるかのような口調のラインに、ミーシャはキュッと唇を噛んだ。

「ずっと、閉じこもってたわけじゃないわ！　患者さんに会って診察もして薬だって調薬したし、病気のもとを探ろうといろいろ調べてたわ！　ちゃんと頑張ってたもの!!　頑張って……でも……」

「頑張っただのなんだの御託はいらねぇ。患者死なせちゃ意味ないんだよ、そんな頑張りはなぁ」

ミーシャの血を吐く思いの叫びをザックリと切り捨てられ、ミーシャは返す言葉を失い、呆然とラインを見つめた。

そんなミーシャを見つめるラインの瞳はあくまで冷たく澄んでいて、そこにどんな感情も見つけることはできなかった。

「本当に、やれる事は全部やったのか？　部屋にこもって知識ひっくり返すだけじゃなく、相手に向き合ったか？　顔色は？　身体状況は？　病の進行とともにある変化をしっかりと見届けたのか？　亡くなった患者がいたのなら、なんで中まで見せてもらわなかった」

淡々と、ラインの言葉が静かな部屋に響く。

ミーシャの顔色がどんどん悪くなっていった。

「解剖学も叩き込んでやっただろ？　人の解剖はしたことがなかったからできない、なんて言い訳はするなよ？　何のために、森で狩った命をいくつも無駄にしたんだ。実地に足るほどの知識はもうあるはずだ。だからこそ、俺もレイアもお前の作った薬を人間に処方することを認めたんだからな」

淡々と紡がれる言葉の一つ一つが、それを向けられたミーシャの心を切り裂いていく。

青ざめたミーシャの頬をポロリと涙が伝った。

ミーシャだって、チラリと考えはしたのだ。

だけど……。

「……だって。だって、みんな悲しんでたのに、家族の体を切り刻むなんて。解剖させてくださいなんて、言えなかったんだもの」

ミーシャは当たり前のように教えられていたが、もともと、解剖という知識が一般的ではない事に、ミーシャはラライアの治療でコーナン達と話している時に気づいた。

驚くことに、医師の間ですら解剖の知識は必修の科目ではなく、中には教本をもとに学習しただけで、実際に人の解剖に関わったことのない者もいたのだ。

「お医者様でも解剖したことがない人がいるの？」と驚くミーシャに、死後とはいえ、体を切り裂かれるのを嫌がる風潮が一般的であり、なかなか献体が手にいれられないのだと、コーナンは困り顔で教えてくれた。

驚きに目を見開いたミーシャの脳裏に、ふいに浮かんだのは母親の顔だった。

青白い顔で横たわる母親の体を、森で動物たちにしたように解剖できるだろうか。

すべてが終わった後、元のように縫い合わせ綺麗に整えるとはいえ、自身の学びの糧にするために、腹を裂いて内臓を取り出し、検分することが……。

（そんなこと、出来ない。したくない……）

確かに、自分に置き換えれば拒否感が湧いてきて、ミーシャはそういうものかと納得した。

死後とはいえ愛した人の体を傷つけられるのは悲しい。

だからこそ、『紅眼病』が猛威を振るう中最初の死亡者が出た時、ミーシャは浮かんだ考えに目を閉じ顔をそらしてしまった。

涙を零し、首を振るミーシャの頬がパシッと音を立てる。

ラインが、殴ったのだ。

痛みよりも、殴られたショックでミーシャは固まった。

部屋を静寂が支配する。

「その程度の考えなら、お前は今すぐ薬師を名乗るのをやめろ。お前に命を扱う資格なんざ無い」

頬を押さえ自分を見上げるミーシャに、ラインは、静かな声で囁いた。

「いいか、ミーシャ。確かに、今の世の中の風潮じゃ、人を解剖するのは禁忌感が付きまとう行為だ。だがな、そうしなければ分からないこともたくさんある。俺はあの時、そう、お前に教えたよな？」

幼い頃ミーシャは、森を訪ねてきたラインから、捕まえた動物たちを実験台に様々なことを教わった。

皮をはぎ、一つ一つ確認するように教えられたのは、内臓や血管の位置とその繋がり。

さらには、取り出した内臓も一つ一つばらしてどういうふうになっているのかも見せてもらった。

時には、麻酔で眠らせて生きたまま腹を開き、心臓がどのように動いているのか確かめたり、どの血管を損なうと死に至るのか、そうならないための止血方法など実践的な学びもあった。

幼い子供にはつらい体験だったが、それが大切な知識だとラインの真剣な顔から分かったから、ミーシャは、ベソをかきながらも逃げることなく教えを受けたのだ。

ラインが横たわった獣の体を前に、最初に手を合わせ、最後にも感謝を告げていた背中を覚えている。

ミーシャは、なぜ、そんな事をするのかと不思議に思いラインに尋ねた。

「食べられる事で俺たちの命を繋ぐだけでなく、更に知識の糧になってくれた存在に、きちんと感謝をするんだ。そうして、次の命を救うんだよ」

「次の命を救うための、感謝？」

聞きなれない言い回しに、ミーシャはさらに首を傾げた。それに、ラインは静かに頷く。

「そうだ。これからお前もいろいろな未知の病に立ち向かう事があるだろう。救いきれずに患者を死に奪われる事もあるかもしれない。そういう時は今日みたいに勉強させてもらうんだ。病と闘ってきた体は、その病の教本だ。いろいろなことを語ってくれる。それを読み取り、その命を奪った病を根絶する事が、亡くなった患者への最大の供養と思え。そして、その後の命を救う事で、その死は無駄じゃなくなる」

「そうなの？」

「そうだ。誰も勝てなかった病に勝てるきっかけをくれたんだ。そいつは立派な勇者だろ？」

言い切ったラインの言葉は、その時、確かに幼いミーシャの心を揺らした。

そして、それ以来ミーシャはベソをかくことを止めた。代わりにラインと共に手を合わせ、心の中で感謝を伝えるようになったのだ。

貴重な経験を与えてくれた命に恥じない薬師になると誓いながら。


静かな瞳で語ったラインの言葉を思い出し、ミーシャは、何も言えずにうつむく。

あの日の幼い誓いに、今の自分がきちんと向き合えていない事に気づき、恥ずかしかったのだ。

「少なくとも、今回の件は、お前が勇気を出してそうしていれば、原因がすぐに分かったはずなんだ」

しかし、うつむいたミーシャは、ラインの言葉ですぐにその顔を上げた。

今、耳に飛び込んできた言葉が信じられない。

今回、必死に病の治療法を調べようとしていたのはミーシャだけではない。

『紅眼病』が初めて確認されてからの月日を、研究に費やしてきたレッドフォード王国の医師たちが手がかりすらつかめていない病の原因を、突然現れたラインが知っているというのだ。

「『紅眼病』の原因、分かってるの⁉」

驚きに目を丸くして思わず叫ぶミーシャに、ラインは肩をすくめると、アッサリと頷いた。

「この病の原因は、特殊な寄生虫の一種だ」

六　病の正体

「始まりは、暖冬だったんだよ」

一人がけのソファーに腰を下ろし、ラインは香り高い紅茶を楽しみながら、そう話し始めた。

場所を王家のプライベートな私室へと移し、目の前には国王《ライアン》、宰相《トリス》をはじめとした国の重鎮達に囲まれて、しかし、ラインは怖気付くこともなく、あくまでマイペースだった。

ミーシャの部屋に、突然降って湧いたかのように伯父を名乗る男が現れたという知らせを持って護衛騎士が走ってきた時、ライアン達は、もう何度目になるかもわからない『紅眼病』の対策会議を行なっている真っ最中であった。

突然の報告に唖然としたライアンは、しかし、伯父を名乗る男が『森の民』の色彩《いろ》を持っていたことを聞き、気づけば足早にミーシャの居室へと向かっていた。

そして、そこに涙目で座り込むミーシャと冷たい瞳で立ち尽くす男の存在を確認した途端、ライアンは考えるよりも先に二人の間に体を滑り込ませ、背にミーシャをかばっていた。

ミーシャの頬が片方だけ赤くなっていたからだ。

強い瞳で自分を睨みつけるライアンを見て、ラインの瞳が面白そうに眇められた。

「ミーシャ、伯父上というのは本当か？」

ライアンからこぼれた聞いたことのない冷たい声音に、ミーシャは目を白黒させながらも頷いた。

そして、背中に向かって頷いても見えないことに気づいたミーシャが慌てて、言葉を重ねる。

「はい。身元は保証いたします。どうぞ、不審者といって捕らえないでください」

なぜなら、扉のところに立ちこちらを見るトリスやジオルドも、非常に厳しい顔をしていたからだ。

「不審者とは酷い言い様だな」

「少なくとも、王城のこんな深部まで案内もなく入り込むのは、明らかに不審者だと思うが？」

明らかに面白がっている顔つきのラインに、ライアンが眉根を寄せる。

「外部から呼ばれた薬師のふりしたら、アッサリ通してくれたぜ？　状況的にしょうがないかもしれないが、警備がザルすぎるんじゃないか？」

「伯父さん！」

笑顔で毒を吐くラインを、ミーシャが慌てて遮った。

「申し訳ありません。不敬は承知ですが、どうぞ話を聞いてください。伯父は『紅眼病』についての情報を持ってきてくれたのです」

そして、続けて落とされた爆弾に、その場にいた全員の目が驚きに見開かれる。

それは、今、この王国が喉から手が出るほどにほしい情報だった。

「ここは狭い。場所を移して話を聞こう」

おそらく、自分の後を追ってきたものの、部屋には入れず廊下に追いやられている重鎮達の存在を思い浮かべ、ライアンが短く指示を出した。

「ああ、何度も同じ話をする羽目になるのは面倒だからそれで構わないが、実は昨夜から何も食べてないいんだ。何か軽くつまめる物ももらえるかな？」

笑顔で図々しい要望を出すラインの背を、ミーシャは無言で押した。

再会からの冷たい表情や態度はどこに消えてしまったのか、すっかり記憶の中と同じ飄々《ひょうひょう》としたラインの様子に、ミーシャはコッソリとため息をついた。


そうして、軽食の要望があったためテーブルがあったほうが良いだろうと、急遽客間の一室を整えて大人数が入り込めるように調整し、歪なお茶会のようになってしまった室内で、ラインの話を聞くこととなったのである。

「冬の初め頃に北のほうから毎年渡ってくる大きな白い鳥がいるだろう？」

「アークルの事か？　それがどうした？」

ラインの言葉にライアン達は首を傾げた。

毎年、晩秋から初冬の間に一週間ほど見られる鳥で、冬の寒さを逃れて北から南へ旅をする。別大陸まで渡る鳥で、レッドフォード王国はその中継国となっていた。そして、春になれば、今度は暑さから逃げるように北へと戻っていくのだ。

白い羽毛と額の赤い飾り毛が美しい鳥で、毎年渡りの時期になると、その優美な姿を楽しむために湖を訪れる好事家もいるほどだった。

「そう、そいつが、今年は冬の間中湖にいたはずだ。ここで充分暖かかったから、南まで旅するのが面倒になったやつが残ったんだろうな」

「………確かに、珍しく今年は湖で一冬中アークルが見られたと報告が上がっていました。が、それが今回の件にどうやって繋がるのですか？」

少し記憶を探るような顔で呟いたトリスが、努めて冷静な声で問いかける。が、目が怪訝そうに眇められているのが隠せていなかった。

『紅眼病』の事を語るはずが、ノンビリとお茶を飲みつつ関係のない鳥の話をするラインへのいらだちの表れだろう。

隠せない、と、いうか、隠そうとしない若さに少し笑いながら、ラインは言葉を続けた。

「そいつが腹のなかに『紅眼病』の原因を抱えていたのさ」

ニヤリと笑いながらも、突拍子も無い事を言い出したラインにざわめきが広がる。

「こっちではアークルって言うんだな。北のほうでは、アクルトって呼ばれている。あの鳥が暮らす北の大地の原住民に稀に見られる奇病が、今回の『紅眼病』にソックリなんだよ。原因は、アークルの腹のなかにいる寄生虫だ」

卵のサンドイッチをつまみながら軽い口調で語るラインに、一同は顔を見合わせた。

「つまり、お主は、その寄生虫が何らかの拍子に体に入り込んだ為に、今回の騒ぎが起きたと言うのじゃな？　しかし、アークルは昔から毎年来ておったのに、なぜ今回だけこんな騒ぎになったんじゃ？」

沈黙を破ったのは、コーナンだった。

いかにも医師然としたコーナンに視線を向け、ラインは口の中にあるものをゴクリと呑み込んだ。

「そこで、暖冬に話が繋がるのさ。やけに暖かい冬に調子を崩したのは、何もアークルだけじゃ無い。今年はキャラスの漁獲量が例年よりも多く、サイズも大きいのが多いそうだな」

ライアンが、チラリと隅に座る男に視線をやった。

「さようでございます。漁獲量が上がり、市場価格が落ちてしまっていると報告が上がっております」

ミーシャの脳裏に、バケツの中で蠢くヌメヌメした生き物が思い浮かんだ。

ユウ達が今年はたくさんとれると言っていたから、確かに豊漁だったのだろう。

「キャラスの豊漁が、何か関係あるの？」

ミーシャの疑問に、ラインは今度は甘辛く味付けられた肉の挟まったパンに手を伸ばしながらも頷いた。

「キャラスは水温が一定以下に下がると、泥の中に潜って冬眠する生き物なんだ。カエルや蛇みたいに、な。で、暖かくなったら起き出し、栄養を蓄え繁殖する。だが、今年は水温が下がらなかったために冬眠に入らなかった。エサもそう減ることもなかったんだろう。冬中起きていたキャラスはスクスク育ち、通常よりも早く繁殖する」

「それで豊漁になったのね。でも…」

パクリと大きな口でパンを咀嚼するラインに何か関係あるの？　と言いたげにミーシャは首を傾げた。

そんな姫を見つめて、ラインはつまらなそうに顔をしかめる。

「ミーシャ、本当に鈍ったな。ここまで言っても、分からないのか？」

あからさまな失望を向けられて、ミーシャは唇を噛んだ。

「寒い季節に数日だけ訪れる鳥と寒い季節は眠っている生物。本来出会うはずのないもの達が、今年に限り一緒に生息していたんだ」

「……キャラスに寄生虫が棲み着いたというんですか？」

うつむくミーシャにかわり、トリスが口を開いた。

口の中に物が入っていたラインは、視線をそちらにやると無言で頷き、お茶で中のものを流し込む。

「密林に住む原住民の間でわずかに起こる奇病を、詳しく研究したものは今までいなかった。だから、俺たちもそこにたどり着くのに少し時間がかかってな。最近わかったことなんだが、その虫はなぜか魚類の中では繁殖しないいんだ。患者が咳をしていたことから、おそらく、呼吸器系の違いが問題なんだろうと言っていたな。キャラスは陸でも息のできる生き物で肺の形が人や鳥に近い。良い住処だったんだろう。鳥の落としたフンに卵が入っていて、それを直接かエサの小魚経由かは分からんが、食べたキャラスの中で繁殖。そして、それを食べた人間の中で更に増えた」

室内に沈黙が落ちる。

突然に投げつけられた答えを、誰もが消化できずにいた。

日常の中で普通に食べていた物が、実は毒入りでしたと突然に言われても、理解できなくて当然だろう。

そんな中、いち早く立ち直ったのはミーシャだった。

「でも、それならなぜ私は平気なの？　確かに数は多くないけれど、何度か食べたわ？」

「確かに。王都ではキャラスはよく食される食材じゃ。ここに居るもので、口にしていない者の方が少数じゃろう。ワシも食べたしの」

コーナンの言葉に追従するように数人が頷く。

それに、皿の中身を全て空にしたラインが、すかさず新たに注がれた紅茶を手にしながら、ほう、と大きく息をついた。

「研究したやつも、この国で『紅眼病』が終息してからたまたま興味を持って調べただけで、実際の患者を診られたわけじゃない。だから、これは推測の域を出ないんだが、おそらく食べ方の問題だろうと言っていた」

「食べ方?」

「大抵の寄生虫は熱に弱い。十分に加熱していれば、おそらくは死滅して問題はないんだろう。だが、あんた達はキャラスを生で食べるそうだな?」

ミーシャの脳裏に食卓の情景が浮かぶ。

半透明の身が薄く切られ、野菜とともに綺麗に盛り付けてあった。

「活け造り」と説明され、生食をしたことのなかったミーシャは怯んで口にしなかったが。

「活け造りなら、私も食べたが?　一般的な食し方の一つだ」

ライアンの声は困惑の色がまだ強く残っていた。

キャラスは王家に献上されるものの一つだ。

季節の風物詩でもあるため、早い時期より手に入る。

当然、食卓の場に上ることも多かった。

また、海辺も近い事から王都では新鮮な魚は生で食べることも多く、キャラスも同じ扱いだった。

「おそらく、他の寄生虫の例から見ても、肉には卵や虫の数は少ないんだろう。食物を食べて、最初に入る場所は消化器だ。健康な人間ならある程度の量は、孵る前に消化されて問題ないのかもしれないな。ただな。大抵の場合、虫の卵は内臓や血液に多く含まれているんだ」

追加される情報に、人々の顔色がどんどん青ざめていく。

「ラライア様は、もっとも滋養があるんだって生き血を飲んでいたわ。他にも、心臓や肝を丸呑みしてた……」

ミーシャが呆然と呟いた。

それに、ライアンが続く。

「昔から滋養強壮の薬として、そういうふうに食べてきたんだ。火を通すと効果が薄まると言われている。……体力の弱った者の栄養源として重宝されていて、城下では薬よりも先に与えられると聞く」

ラインはまるで出来の悪い生徒を見守るような瞳でゆっくりと頷いてみせた。

「たぶん、そのせいだろうな。火を通すことで貴重な栄養が壊れてしまう事を、先人は経験で知ってたんだろう。季節の変動に体調を崩した人間に、いつもの習慣でキャラスを与える。おそらく胃腸の弱った患者はうまく消化できず、卵が体内で孵化したんだ。寄生虫に蝕まれ、さらに体調を悪くして……。後は無限ループ、だな」

「……そんな」

ミーシャは言葉をなくして俯いた。

体調を崩した祖母のためにと、全身泥だらけになりながら頑張ってキャラスを捕まえていたユウ達の姿が浮かぶ。

知らぬこととは言え、自分たちが毒を与えていたと聞いたら、少年たちはどれほど傷つく事だろう。

同じようなことを思い浮かべているのだろう。

その場にいるライン以外の顔色は悪い。

「さて、原因はみんな理解したな?」

そんな空気をあえて無視して、ラインは声を上げた。

明るいとすらとれるその声に、俯いていた顔が上げられる。

その視線を受け止めて流すと、ラインは、ミーシャへと視線を向けた。

「では次の問題だ。ミーシャ、体内に入った寄生虫を排除する方法は分かるか?」

その言葉に、ミーシャの頭脳が反射的に答えを思い浮かべる。

「虫下しの薬草を投与すれば良い。とりあえず、どれが効くかは分からないけど、……アークルが虫を運んだというなら、その似ているという北の奇病の薬を参考にすれば良いんじゃないかしら?」

「合格だ」

ミーシャの言葉に、ラインが満足そうに頷いた。

「……治療薬があるのか⁉」

二人のやりとりに、ライアンが食いつく。

かつて王都を壊滅寸前にまで追いやった憎い病を撃退する術がある。それは、一筋の希望だった。

冷静な王の顔を捨て、身を乗り出すようにしたライアンから少し逃げるように体を背後に引きながら、ラインはもう一度頷いてみせた。

「まぁ、人間という新たな宿主に移って時間もたっているから、多少虫の性質が変わっていそうではあるが効果はあるだろう。投与してみなければ分からないけどな」

「それは‼」

ここに来て初めての明るい希望に、わっと人々が沸き立つ。

ただ手をこまねいているしかなかった『紅眼病』についに一矢報いることができそうなのだ。

「だが、問題が一つ」

しかし、その喜びにラインが水を差す。

「その寄生虫に効果のある薬草は、北の果てにしか存在しないんだ。あちらではさほど珍しいものでも無いが、ほとんど流通もしていない為、手に入れる術が無い。一応、伝手を辿って手配はしているが、届くまでにどれだけ時間がかかるかは今のところ不明だ」

困り顔で肩をすくめるラインに、再び部屋を沈黙が支配した。

なまじ希望が見えただけに、その絶望は深い。

暗い瞳で黙り込む一同を見渡してため息を一つつくと、ラインはパンッと大きく手を叩いた。

「差し当たり、キャラスを食べる事を禁止したらどうだ？　とりあえずそれで新たな発病は減らせるはずだ。それから、生き血や内臓の生食をした奴らは発病してなくても集めろ。無駄かもしれんが、発病前なら今ある虫下しでも効く可能性はゼロでは無いからな」

その言葉に、ようやく自分たちのなすべき事に思い至ったらしい人々が動き出す。

コーナンを中心に医療チームが、対策を細かく練る為に話しながら移動していく。

トリスは貴族達をまとめながら、キャラス捕獲禁止のお触れを、どうすれば効率的に広めることができるかの対策に走り出した。

その背中を見送って、ライアンは目の前に座るラインへと改めて向き合った。

「有益な情報、感謝する。できれば、今後も助力をお願いしたいがどうだろう」

その場に残るのは、ライアンとライン、そしてミーシャのみ。

壁際には侍女や執事が控えているが、主人に忠実な彼らがライアンに不利益になる事はない。

完全ではないとは言え、図らずも人払い状態になったその場で、ライアンは座ったままとはいえ深く頭を下げた。

一国の王にあるまじき行為に、ラインは面白そうに目を細めた。

驚いた顔のミーシャが何か言おうとして横で慌てているのを、チラリと見て目で制するとラインは、腕組みをして考えるようにソファーの背もたれに体を預ける。

「オレに助力を求める事がどういう事か、分かっているんだな？」

しばしの沈黙の後、ラインが小さく呟いた。

ラインの翠の瞳が、ライアンを見極めようというようにジッと見つめている。

その瞳をまっすぐに見つめ返し、ライアンは静かに頷いた。

息をするのも憚られるような重い空気がその場を支配する。

フッとラインの肩から力が抜け、空気が緩んだ。

「良いだろう。この国にはミーシャが世話になった。その分は返してやろう」

嬉しそうに名を呼んで抱きついてくるミーシャを、ラインは苦笑と共に抱きとめた。

「ライン伯父さん！」

記憶の中よりだいぶ大きくなったミーシャの顔をまじまじと眺める。

自分と同じ色彩だが、やはり妹の方に良く似ている。

人に何かを訴えかけるような大きな瞳も、口角の上がった少し小さめの唇も……。

胸に湧き上がる感情を押し込めるように、ラインはもう一度強くミーシャを抱きしめた。

力強い腕に包まれて、ミーシャは泣きたくなるような安堵を覚えていた。

母親の嫋やかな抱擁とはまるで違うのに、同じ空気を感じるのはやはり血の繋がりのせいだろうか。

ミーシャは、まるで子供のようにラインの胸にグリグリと額を押し付けた。

存在を確かめるようなその仕草に、ラインが笑いながら優しく頭を撫でる。

そんな二人の心温まる光景を、ライアンはなんとも言えない気持ちで見ていた。

久しぶりに会えた肉親の情は分かるのだが、この国の切迫した状況を思うと、同じようにほのぼのとした心情に浸るのは難しい。

だが、だからと言って二人のやりとりに水を差すような野暮な真似もしづらかった。

なんとなく黙って退室することも出来ず、ライアンは、とりあえず目の前に置かれたカップを口元に運んだ。

丁度いい温度で淹れられたお茶が、優しく喉を潤してくれる。

ライアンの明らかに手持ちぶさたな様子に気づいたラインが、苦笑と共にミーシャから離れた。

そして、おもむろに足元に置かれていた鞄をゴソゴソとあさりだす。

そうして、取り出した小さな包みを机の上においた。

「コレは、さっき言っていた『紅眼病』の治療薬だ」

ライアンの目が驚きに見開かれる。

「持っていたのか？」

「あくまでサンプルだ。約五人分しかない」

それは、残酷な宣言だった。

命を救う為の薬がそこにあった。

しかし、圧倒的に足りない量は、争いの種にしかならないだろう。

身内が『紅眼病』にかかっている人間は、貴族だけをみても多数いるのだ。

「あんたに預けよう。使いどころは任せる。誰かに投与するもよし、研究者に預け、似たような成分を持つ他の薬草を探すもよし。だが、おそらく末期のものに使っても効果はないだろう」

それは、あまりにも重い言葉だった。

ライアンは無意識のうちに唇を噛み締めた。

脳裏を苦しむ妹の姿が過ぎる。

そして、他の多くの民の姿が。

どちらも、ライアンが護らなければならない、大切な存在だった。

ズッシリと重く感じる小さな包みを手に取ると、ライアンは静かに立ち上がった。そうして、無言のまま扉へと向かう。

「……確かに、預かった」

その背が廊下に消える瞬間聞こえた小さな声は、深い苦悩に満ちていた。

七　ミーシャの後悔

ライアンが出ていった後、部屋には沈黙が残された。

閉じた扉を見つめ、ミーシャは、言葉を探すように視線を宙に彷徨わせる。

そんなミーシャを気にする事なく、ラインは、ゆったりと腰を下ろしたままカップを傾けていた。

「……あの、おじさん。この後、どうするの？」

ついには、さらに綺麗に盛られた菓子を楽しみだしたラインに、ミーシャは困り顔で声をかけた。

「さっき、ライアン様に助けを求められてたでしょう？　行かなくていいの？」

そんなミーシャに、ラインは、あっさりと肩をすくめてみせた。

「まぁ、今行ったところで俺に出来ることなんてないしな。……そうだな。暇なら、少し話をしようか、ミーシャ」

そうして、ニッコリと笑った顔がなぜか恐ろしいものに感じて、ミーシャは隣り合わせたソファーの上で少しでも逃げようと無意識に身じろぎしていた。

「そんなに怯えなくても、怖い話じゃないさ。ただの確認だ」

少し青ざめたミーシャの様子にさらにその笑みを深めて、ラインは手にしていたカップをテーブルへと戻した。

「『紅眼病』が発覚した時、更に、対処法がわからず打つ手がなくなった時、なんでミランダを捜そうとしなかったんだ？」

唐突に問いかけられ、ミーシャは、質問の意味を取りあぐねて首をかしげた。

「ミランダならば、お前の知らない情報を持っていたかもしれない。確かに、どこにいるかは分からなかったかもしれないが、最初にミランダからいくつかの拠点があることは聞いていたはずだろ？　詳しい場所は分からなくとも、闇雲に怪しい場所に行き、『森の民』の合図をして回るくらいは出来たはずだ」

じっと目を見て、言葉を重ねられ、ミーシャの表情が徐々に強張っていく。

それも、考えなかったわけではなかった。

世間から見れば奇跡のようにすら映る力を持つ『森の民』の医療の力。

たまに訪ねてくるラインはいつだってミーシャの知らない知識を教えてくれていたし、その知識は、母親の薬草学とはまた違うものだった。

おそらく、他にも色々な知識が一族の中にはあるのだろうと、教えられるまでもなくミーシャも感じ取っていたのだ。

もしかしたら、『紅眼病』の対処法だって知っているかもしれないと、考え付かないはずもない。

しかし、ミーシャはそれをしなかった。

「だって、『森の民』の力は無闇に頼ったらダメだって……」

「お前の知識だって元々は一族のものだろう?」

小さな声での答えは、あっさりと切って落とされた。

ミーシャは、自分の手が小さく震えているのに気付きながらも、どうにか言葉を重ねようとした。

「だって、一族以外に助けの手を出すことは滅多にないって」

「そうだな。だが、お前が救いを求めれば、少なくとも他の誰かがそうするよりも助けてくれる者はいたはずだ。『森の民』の結束は固い。一国の王が懇願するよりも、半分とはいえ同じ血が流れる同胞の手を取るほどに、な。そうミランダから教えられなかったか?」

『いい? 困ったことがあれば、私に会った時のように「挨拶」してみて。同胞ならば、きっと助けてくれるはずだから……』」

ラインの言葉に被さるように、ミーシャの脳裏に、かつてミランダに教えられた言葉が蘇る。

じっと自分を見つめるラインの翠の瞳が、ミーシャは初めて怖いと思った。

心の底まで見透かすようなその色に、隠していたいものが暴かれてしまう恐怖に襲われ、ミーシャはぎゅっと目を閉じた。

（そう。私は知ってた。『森の民』に助けを求める手段を知ってたのよ。だけど、それをしなかった……のは……）

フッとラインのため息をつく気配に、ミーシャはハッと閉じていた目を開いた。

すぐ目の前に翠の瞳があった。

そこには憐れみと憤りが浮かび、じっとミーシャだけを映していた。

青ざめて震える、罪の意識に呑まれた小さな少女。

ラインの瞳に映るその姿に、ミーシャは言葉をなくして見入るしかなかった。

静かな、断罪の言葉がそこに降り注ぐ。

「感謝され、もてはやされ、自分を取り違えたな。最初に教えたはずだ。『無知の知』を忘れるなと。感謝と賞賛の声に天狗になり、恐れたんだろう？　自分以上に特別な者が現れる事を」

「……ちがっ！」

「では何故、動かなかった。随分早い段階で分かっていたはずだ。自分の持つ知識の中に、この状況を打破する力は無いと」

「それ……は。……それは……」

ミーシャの頬をポロポロと涙が零れ落ちる。

ラインは、哀れむようにその涙を優しく拭ってやった。

「確かに、この広い王都の中、闇雲に駆けずり回って『森の民』に会える確率は低い。だがな。お前はそうすべきだったんだ。それが、病に苦しむ人達にお前のできる最善だと分かっていたはずだからな」

ラインの言葉にミーシャは唇を噛み締めた。

一言も、言い返す言葉が思いつかなかった。

それは、ラインの言葉が痛いほどの真実であるからに他ならない。

いつもなら、考える前に浮かんでくる「この症状にはこの薬が必要」などの、病に対する有効な対処法。

それは、幼い頃より蓄積されてきた膨大な知識に基づく無意識の選択だったのだが、その事を不思議に思うでもなくミーシャはこれまで素直に利用してきた。

しかし、今回。

どれほど考えても。初めて意識して過去の知識の山を掘り返しても、どうしていいのかさっぱりわからなかったのだ。

それが、『紅眼病』に対して有効な手段を思いつくための知識不足である事は明らかだった。

しかし、初めての事態にミーシャは混乱すると同時に恐ろしくなったのだ。

良くも悪くも、ここに頼るべき存在はなく、むしろ周囲はミーシャに『森の民』の影を見て期待をかけてくる。

応えられない期待に対するプレッシャーとこれまで積み上げてきた矜持が、ミーシャを雁字搦めにしてしまっていた。

血が滲むほどに唇を噛み締め涙をこぼすミーシャに、ラインはもう一度大きくため息をついた。

（お灸を据えすぎた……か。だけどミーシャ、お前が本当に辛くなるのはこれからだ）

ミーシャがプライドとプレッシャーに動けなくなっていた間にも、進行した病に命を落とした患者はいたはずだ。

その全てがミーシャのせいでは勿論無い。

表立って責める人間も居ないだろう。

ただ一人、ミーシャ自身を除いて。

なりふり構わず走り抜けた結果ならば、悔しさに泣こうが心がボロボロになろうが、ミーシャはやがて立ち上がり前を向けたはずだった。

でも、そうできなかった結果が、今、声を上げず涙をこぼす現状へと繋がっている。

「……辛いか？」

ぼそりと問いかけたラインに、ミーシャは少し俯いたままコクリと頷き、直ぐに打ち消すように首を横に振った。

「死者がお前を追いかけてくるだろう。だが、その辛さを忘れるな。それから逃げるな」

ラインは静かな声でゆっくりと語りかけると、ミーシャの涙で濡れた頬を両手で挟み俯いていた顔をあげさせた。

そして、ミーシャの涙で揺れる翠の瞳をじっと見つめた。

「……薬師として生きていきたいのなら、な」

ラインの言葉にビクリとミーシャの体が揺れた。

「……私……いいの？」

触れ合うほど近くにいてもようやく聞こえるほどの小さな声だった。

しかし、その声をきちんと拾ったラインは、少しだけ口角を上げて見せた。

「それを決めるのはお前自身だよ、ミーシャ」

それは静かな、だけど包み込むような優しい声だった。

「………一人で、辛かったな」

ミーシャの顔が、クシャリと歪んだ。

そうして。

「うえぇぇぇ～～～ん」

まるで、幼子のような泣き声と共にミーシャは崩れ落ちた。

自分の膝の上で泣きじゃくる姪の頭を、ラインは少し困った顔でゆっくりと撫でる。

その手は、ミーシャの涙が枯れるまで止まる事は無かった。


「さぁ～て、反省会も終わった事だし、もう一つの結果も確認に行くとするか」

号泣した影響でシャックリが止まらなくなったミーシャにお茶を渡してやりながら、ラインが軽い調子で呟くと立ち上がった。

すっかり冷めてしまったお茶を飲んでいたミーシャは、そんなラインの言葉に首をかしげた。

「結果って何の？」

泣きすぎて少しぼうっとする頭はうまく動かなくて、ラインの言葉を考える余裕がない。そのせいで、思ったままの言葉が口から滑り落ちる事となる。

そんなミーシャに、ラインはニヤリと人の悪い笑みを浮かべた。

「そりゃ、さっき王様に渡した薬の巻き起こしたであろう騒動の結果、に、決まってんだろ？」

「え？」

ラインの言葉を頭の中で反芻して、やっぱり意味がわからなかったミーシャは再び首をかしげる。

「あのなぁ。こんな状況下であんなちょっとの量の薬、争いの種にならないわけがないだろう？貴人って言われる人間で『紅眼病』にかかってんのがお姫様一人なわけ、ないじゃないか」

「……それって」

考え込んだミーシャの顔色がじょじょに悪くなる。

薬を持っているのはこの国の最高権力者であるライアンなのだから、襲われて怪我をするなんて事はないとは思う。が、大切な存在の命がかかっているとなれば、馬鹿なことをしでかす者も、もしかすると出るのではないか。

「伯父さん、なんて物を渡してるのよ⁉」

「だから〜〜様子を見に行こうぜ。どこにいるかなあ〜」

ガバリと立ち上がったミーシャに、人の悪い笑みを浮かべたままラインは、ノンビリと歩き出した。

その後を、ミーシャは慌てて追いかける。

「多分、トリスさんの所かコーナン先生の所だと思うけど……って、なんでそんなにノンビリ歩く

の⁉　急いでよ、伯父さん！」

「え～？　廊下を走るなんて行儀が悪い子に育てた覚えはないぞ？　ミーシャ」

背中を押して促すミーシャに、ラインはあくまでノンビリペースを崩そうとはしなかった。

「焦らなくても、ちゃんと監視は付いてるって。そもそも、これは薬のレシピを譲ってもらうための交換条件なんだよ」

「薬のレシピ……って、どういう事？　伯父さん、何を隠してるの？」

眦《まなじり》を釣り上げるミーシャの肩を落ち着けというようにポンポンと叩くと、ラインは肩をすくめた。

「隠してるってほどでもない。俺は外科が専門なのは知ってるだろ？　感染症の研究は専門外でな。この国に移動中にたまたま知り合いに会って、『紅眼病』のことを教えてもらったんだよ」

迷いのない足取りで王宮内を歩くラインの横を歩きながら、ミーシャは「それで？」というように伯父の顔を見上げた。

「ん？　『森の民』の一族は人の選り好みが激しいって聞いた事ないか？　今後のライアンとやらの行動によっては、この国は今度こそ壊滅の危機ってやつ、だろうな」

あまりにも軽い口調で国の命運を語るラインに、ミーシャの眉間にしわがよる。

「……意味がわからないわ、伯父さん。どうして、ライアン様の行動で国が滅びる結果になるの？」

「そりゃあ、今回の主導者があいつの行動を気に入らなければ、ソッポを向いて逃げ出すからだよ。俺たちは基本自分本位だからなぁ。気に入れば助けるし、気に食わなければ助けない。分かりやすいだろ？」

「……なに、それ⁉」

静かな王城の廊下にミーシャの叫び声が響き渡った。

人の生死を分ける薬を、主導者の気分一つで与えるかどうかを決めるなんて、そんな馬鹿げた事、あっていいわけがない。

と、いうか、そんなことがまかり通るのなら、さっきの自分が受けた説教は一体なんだったというのだ。

「まぁ、落ち着け。薬を提供するのが国経由になるか、民間経由になるかの差だから。大した違いじゃないさ。王族の信頼が地に墜ちるだけだ」

「なっ……なっ……」

あくまで楽しそうなラインの言葉に、ミーシャは言葉をなくして遂には立ち止まった。

そんなミーシャを待つことなく、ラインは相変わらずのマイペースで歩いていってしまう。

「まぁ、頼りになる王様なんだろ？　信用してやれよ、ミーシャ」

「………してるもの！　ライアン様なら、絶対に大丈夫だもの！」

ミーシャはキッとラインの背中を睨み付けると、高らかに宣言する。

そして、それでも立ち止まらない背中を急いで追いかけた。

八　閑話〜ラインの旅路

時は少し、遡る。

ミーシャの元を訪ねるために歩き出したラインは、徒歩での山越えを選んだ。

人の多い場所は好きではなかった。

髪や瞳を隠してコソコソするのは性に合わない。と、いうか面倒だったからだ。

ラインは、慣れた足取りで獣道を歩きながら、目についた薬草もついでに採取していく。

これから向かう場所の土地柄を思えば、薬草の蓄えは多いほど良いだろう。

レッドフォード王国の王都といえば、薬草の手に入りにくさから、薬師泣かせとして有名だ。

発展した大国ゆえに開拓の手が進み、中央に行けば行くほど、自然の恵みである薬草の自生が激減してしまったのだ。

辺境はともかく、ミーシャがいる王都では殆どの薬草を輸入に頼っていた。

(ミーシャはさぞかし戸惑っているだろうな)

ある意味一族と似たような環境で育ってきたミーシャにとって、薬草は自分で見つけて消費するものであり、それが、金と交換されるほどの価値があるとは露ほどにも思っていないはずだ。

周囲と自己の認識の違いに目を白黒させている様子を思い浮かべれば、ラインの唇が笑みの形に歪んだ。

道無き道を歩きながらも、ラインの思考が止まる事はない。

自然と共に生きる『森の民』にとって、人の分け入らぬ深い森を歩く事は苦にならない。

さらに、幾つもの戦場を渡り歩いているラインは、優れたサバイバル能力の持ち主で、自己を守るために戦う術も持っていた。

よって、単独でのんびりと歩くラインを獲物として襲ってきた猛獣も、逆に食料として狩られる始末であった。

人体の構造に興味を持ち、外科の道を選んで故郷を飛び出して以来、ラインは数えるほどしか故郷に帰っていなかった。

二つ下の妹が惚れた男について行ってからはなおの事。

むしろ、他国に住む妹の家で過ごす時間の方が長かったのでは無いだろうか？

それ以外の時間は適当に大陸中を歩き回っていた。

珍しい薬草があれば南へ。

戦が始まれば北へ。

興味の赴くまま、他大陸にまで足を延ばすラインを捕まえる事は、張り巡らされた『森の民』の情報網を駆使しても困難だった。

何しろ、国境も関所も関係なくすり抜けてしまうのだ。

「あなたを捕まえるなら、戦場の前線を張っているのが一番早いわ」

疲れたようにため息をついた幼馴染を、笑い飛ばして殴られたのは良い思い出だ。

（そういえば、あいつは今、どこらへんにいるんだ？）

ふと脳裏に浮かんだ年下の幼馴染に、小さく首をかしげる。

「自分には医術や薬を開発研究する能力はないし、こっちの方が性に合ってるから」と、サポートと情報収集役となった彼女は、誰よりもラインを見つけるのが上手かった。

レイアースの親友でもあり、仲が良かったからこそ自分を置いて去ってしまったレイアースを認めることができず、拗らせてしまった意地っ張りの女。

（レイアが死んだと知ったら、きっと後悔して泣くんだろうな）

情報収集に長けた彼女が、あえてブルーハイツ王国にだけ近づかないようにしていたのを、ラインは知っていた。

それとなく、近況を教えてやろうとしたこともあったのだが、頑なに耳を塞ぐ様子に、早々に諦めたのだ。

焦らなくとも、そのうち時間が解決するだろうとタカをくっていたのもあった。

（教えてやった方が、良いんだろうな）

珍しく少しの後悔と共に浮かんだ感傷的な考えは、自分を狙う殺気に中断させられた。

悟られないように自然な仕草で袖口に仕込んである小刀を握りこむ。

そうして、突然斜め後方より飛びかかってきた獣に向かって小刀を投擲しながら、ラインの思考は「今夜は熊鍋」という食欲へと占拠された。


人里を避けるように山の中を歩き続けたラインが、ヒッソリと国境を越え、レッドフォード王国へと足を踏み入れたのは一週間後のことだった。

徐々に薄くなる木々の気配になんとなく寂しさを覚えながら、ラインは塩が足りなくなっていた事を思い出して、近くの農村へと寄ることにした。

食物や水は森でまかなうことができるが、塩などの調味料は難しい。

岩塩を探す事も出来なくはないが、労力を考えれば、素直に物々交換でもして分けてもらう方が早かった。

やがて木々が途切れ、山路へと行きあたる。

長い時間をかけて人が歩く事で出来上がった道は、確かに文明の気配を感じられた。

そのうち、馬車の轍の残る立派な道路へと合流したところで、ラインは前方に馬車を見つけた。

二頭立ての幌付きのそれは、商人たちがよく使うものだった。

「コレは、村に寄る手間が省けたか？」

背負い袋から広めの布を取り出し、適当に頭に巻きつけて髪を隠すと、足取り軽く馬車へと近づいていった。

そして、近づくにつれ、なんでこんな中途半端な場所で馬車が停まっていたのかに気づき、肩を落とした。

「塩を手に入れる前に一仕事っぽいな」

遠方から見たら分からなかったが、馬車の幌には矢が突き刺さり、明らかに刀で斬られた穴が開いていた。

（山道で山賊に襲われ、運良く逃げ切れたって感じか？）

嗅ぎ慣れた鉄臭い臭いにケガ人の存在を感じ取って、ラインは少し足を早めた。

出血が増えれば、その分だけ、命が危うくなる。

「しっかりしろ。もう少し行けば町があるんだ。頑張れ」

幌の中から聞こえる声に、ラインは、ヒョイっと中を覗き込んだ。

グチャグチャに荷が散乱した中、寝かされた男の体を布で巻き、どうにか血を止めようと奮闘しながら年配の男性が叫んでいた。

どうやら、重傷者の方は意識が怪しいようだと判断して、ラインはとりあえず声をかけることにした。

「おい、オッさん。そんな巻き方じゃ血は止まんねぇよ」

背後から飛んできた声に、男が弾かれたように振り向く。

そして、手元に置いてあったらしい剣を掴むと覗き込んでいたラインへと向けた。

よく見れば、男の片手がだらりと下がっており、止血がうまく出来ない理由がわかったラインは、苦笑とともに両手を上げてみせた。

「通りすがりの薬師だよ。医療の心得もある。助けが欲しいかと思って声をかけたんだ」

ラインは、親切の押し売りをするつもりは無かった。

こんなご時世で、見知らぬ男の言葉を信用するのは勇気がいることだ。

助けの手を受け入れるのも拒絶するのも本人次第だし、その結果を受け入れるのも当の本人だ。

男は、しばらくじっとラインを見つめたあと、向けていた剣を下ろした。

「頼む。助けてくれ。山賊に襲われて怪我をしたんだ。傷がひどくて、このままじゃ町まで持ちそうにない」

「了解。場所を空けろ」

頭を下げる男を追いやり、ラインは馬車に乗り込んだ。

覗き込んだケガ人の男は険しい顔で目を閉じ、低く呻いている。

傷を圧迫しようと適当に巻きつけられた布を取り去り、血に染まった衣類も取り除けば、肩口から腹にかけて斜めに走る刀傷があった。

ザッと診察したあと、ラインは心配顔でこちらを見ている年配の男に火を起こして湯を沸かすように指示を出した。

慌てて荷台から飛び降りて走り出す男を見送った後、ラインは取り出した痛み止めの丸薬を取り出し、男のこじ開けた口の中に放り込んだ。

「薬だ。死にたくなきゃ飲み込め」

ラインが耳元で低く囁き水筒を口に当てると、うっすらと目を開いた男がゴクリと飲み込んだ。

それにラインはニヤリと笑いかける。

「あんたは運がいい。ここに俺がいるんだからな」

散乱する荷物を適当に脇に寄せ場所を空けると、ラインは、必要と思われる幾つもの道具を取り出した。

「さぁて、頑張れよ、兄ちゃん」


「本当に助かった。ありがとうな」

後ろの荷台から礼の言葉を投げかけられ、ラインは手綱を取りながら軽く肩をすくめた。

死にかけていた男の傷を縫合し、一通りの治療を終えた後、年配の男の肩の傷もついでに診るとそちらは矢傷だった。

最初に、男の方が矢で射られ衝撃に倒れ伏し、スピードが落ちたところに、剣を持った山賊が木の上から飛び降りてきたそうだ。

切り付けられながらも息子が山賊を馬車から蹴り落とし、最初の衝撃から立ち直った男が片手でどうにか手綱を取り逃げ切ることができた。

ラインが見つけたのは、逃げ切って息子の傷をどうにかできないかと四苦八苦していた場面で、出血の多さに息子の意識が朦朧としてきた正にギリギリのタイミングだった。

「毒矢じゃなくて運が良かったな」

倒れた時に矢が折れて矢じりが肩に残っていたため、こちらも痛み止めを飲ませた後、急遽切開手術をして取り出すことになったラインは、肩をすくめながらつぶやいた。

「まったくだ。そうだった場合、二人そろって命がなかった」

痛みは薬のおかげでそれほど感じないものの、自分の体が切り開かれるのを見る勇気がなかった男は目をそらしたまま苦笑した。

ラインは男と話しながらも、迷いのない手つきで矢じりを最小限の切開で取り出すと、手早く縫い上げた。

「幸い骨も神経も傷つけてないようだから、一週間もすれば普通に動かせるようになるだろう。本当に運がいい」

男の肩に包帯を厚めに巻いてやると動かさないように言いつけて、ラインは片腕では大変だろうと代わりに御者台に上ったのだ。

「まぁ、成り行きだ。俺も歩かなくてすむしな」

自分にも利があるんだと主張するラインに、年配の男は笑って御者台の方に移動してきた。

「それでも、あんたが来なきゃ、息子は死んでいただろう。俺も、片腕を失ってたかもしれない」

隣に座り、男が無事な方の手を出してくれる。

「イリヤだ。見ての通り商人をしている。今回は買い付けで隣国に行ってたんだが、酷い目にあった。あ、後ろで寝てるのは息子のアキヤだ」

「……ラインだ」

手綱から手を離し、イリヤの手を軽く握るとラインは短く名乗った。

「どこまで行くんだ？」

「王都を目指してる」

話しかけてくるイリヤに、ラインは淡々と答える。

愛想も何もない無表情だが、イリヤは特に気にした様子もなく、嬉しそうに笑った。

「それなら伝手がある。俺たちは町に着いたら暫くは動けんだろうが、知り合いの商人に乗せてってくれるように頼んでやるよ」

イリヤなりの礼のつもりだったのだろう。

ラインは、少し迷った後、首を横に振った。

「イヤ。ありがたいが、あまり人と関わりあいたくないんだ」

「……それは、その瞳のせいか？」

断りを入れるラインに、イリヤはしばしの沈黙の後、ポツリとつぶやいた。

それに、ラインは何も答えない。

「こんな仕事をしていれば、危ない目にあう分、いろんな情報も入ってくる。翠の瞳の薬師。髪は隠してるけど、白金なんじゃないのか？」

イリヤの言葉に、ラインはチラリと横に座る男に視線を流した。

日に焼けたシワの多い顔。まっすぐに前を見つめたまま、こちらを見ないのはあえてだろう。

「だったら、なおの事、手助けさせてくれ。今回の件だけじゃなく、俺たちの恩人もあんたらの一族に世話になったんだ」

沈黙を肯定と受け取ったらしいイリヤは、前を向いたままそうつぶやいた。

ラインはわずかに目をすがめ考える。

国境を越えて旅をする商人たちは、血族の結束が強く義理堅いと聞く。

同じように旅をする『森の民』の誰かが、先ほどの自分と同じように怪我や病で苦しんでいた誰かを手助けする事もあっただろう。

そう、不自然な申し出でもないし、実際、同じような理由で手を差し伸べようとしてきた人間もいた。

しかし、続いて零された情報に、さすがのラインも驚きに目を見開いた。

「俺は会っていないが、まだ小さな女の子だったと聞いた。俺たちの恩人に使われていた特殊な毒を見抜いて、命を救ってもらったそうだ。あんたらの一族は凄いな」

故郷を出て外にいる一族の者は、多くないが確かに存在する。

しかし、小さな女の子が外に出る事はない。

一族の子供達は掟で守られ、成年に達するまでは村から出ることはないからだ。

すでに数年の間故郷の地を踏んでいないラインだが、あの村の掟と体制がそうそう変わるとは思えなかった。

そんな中、小さな女の子の心当たりは一つしかなかった。

「それは、最近の出来事か？」

突然興味を示したラインに驚きながらも、イリヤは首を縦に振った。

「あ……あぁ。数ヶ月前のことだ。知り合いか？」

そして、案の定の答えに肩を落とす。

ちょうど、ミーシャが移動していた時期に一致する。

(何やってんだ、あいつは……。いや、何も考えてないか。多分、目の前に困っている人間がいたから、手を出しただけだな)

お人好しで人懐っこい姪を思い出したラインの微妙な表情をどう解釈したのか、イリヤは、無言で水筒を渡した。

中には今回の買い付けで手に入れた酒が入っている。

蓋を開け匂いを嗅いだ後、ラインは二口程飲んで返した。

「とりあえず、町まで乗せてくれ。その後は、その時考える」

ラインは無意識のうちに、困ったようなそれでいて、どこか誇らしげな笑顔を浮かべていた。


二人を町の医療所に送った後、ラインは足早にその場を後にした。

イリヤはしきりに引き止めたが、結局、どうにも赤の他人と行動を共にする気にはなれなかったので丁重にお断りしたのである。

当初の予定通り、塩などの調味料を分けてもらおうとしたら、命の恩人から金は取れないとタダで押し付けられた。さらには、困ったら使うと良いとイリヤの一族の紋章入りの木札と手紙を渡されてしまった。

中身を確認してみれば、大切な友人なので力になってくれるよう頼む旨の内容であり、札に描かれた紋章を掲げた商人なら、融通を利かせてくれるだろうとの事だった。

「どこの国も、商人は義理堅い奴が多いな……」

ため息ひとつと共に、全てまとめて背負い袋の中に放り込んで、ラインはスタスタと歩いて行く。

その足取りには、一切の迷いも未練も見られなかった。

木々がまばらに生える道を黙々と歩いていると、ふいに頭上高くより甲高い鳥の鳴く声が聞こえた。

顔を上げれば、大きな鳥の影がある。

咄嗟に頭にかぶっていた布を外して腕に巻きつけ手を上げれば、風と共にカインが舞い降りてきた。

「おかえり。どこまで行ってたんだ?」

先ほどのイリヤに向けていた時よりもよほど柔らかな表情で、ラインはカインの翼の付け根をかるく掻いてやった。

森から連れ出したカインは、気まぐれに飛び立っては戻ってくる事を繰り返していた。もともと、幼鳥の頃を除いて好きに森を飛び回っていた存在である。

大きな翼と鋭い嘴に爪を持っているカインを心配するのも馬鹿らしく、ラインは好きにさせていた。

キラキラと光る真っ黒な瞳でジッとラインを見つめていたカインの嘴が、何かを咥えていることに気づいてラインは首を傾げた。

「なんだ？　それは」

「ククッ」

喉の奥で短く鳴くと、カインはラインの手のひらに咥えていたものを落とす。

それは、薄緑の紙に包まれた小さな木の実だった。

それを確認したラインの眉がくっきりと寄せられる。

その小さな木の実は、遠い故郷の地にしか生えていない特殊なもので、一族の者が自分の存在を相手に知らせたい時に使うものだったのだ。

「……隣町、か。近いな」

木の実が包まれていた紙を軽く火であぶると文字が浮かび上がってきた。隣町の名と複雑に蔦が絡み合ったような絵が書いてある。

絵が示すのは個人の名前だ。

『外』に出る時に、一人ずつ自分の印を長老より渡され、また、同じように『外』にいる人間の印を記憶させられる。

万が一、他者に手紙が渡ってしまっても分かりにくくするための工夫だそうだが、ライン個人の意見としては全くもって無駄な労力だと思っていた。

文字自体が一族特有のものを使っているのだから、たとえ他者の手に渡ったとしても読めはしない。だいたい、名前が知れたからといってなんだというのだ。

とはいえ、長年続いていた決まり事を、取りやめる事にもまた労力を使う。

ラインは、懐古主義の年寄り連中とやりあう面倒くささと、無駄を続ける労力を秤にかけて、継続を選んだのだった。

「アッシュのやつ、何してるんだ?」

少し迷ったけれど、ラインは自分の印と数字の一を同じ紙に書き足し、再びカインへと託した。

大きく腕を振って反動をつけてやれば、カインが空へと飛び出して行く。

小さくなって行くカインを見送った後、ラインは後を追うように足早に歩き出した。

隣町に入る頃に戻ってきたカインに案内を頼み、たどり着いたのは町外れのあばら家だった。

朽ちかけた扉をノックもせずに押し開ければ、一部屋しかない家の一番奥に設えられたベッドの上に人影が見えた。

「おう、ライン。久しぃな」

片方しかない翠の瞳が、親しげに眇められた。

「やっぱりアッシュか。どうした?」

軽く片手を上げて返すと、ラインは遠慮なくズカズカと上がり込み、ベッドの脇に立つ。

ダルそうに半身を起こした見た目四十ほどの男が、そんなラインの様子に苦笑した。

「挨拶くらい言葉で返せよ。ちょっと失敗して、片足やっちまってな。回収待ちなんだが、暇すぎてさ。暇つぶしに何気なく鳥笛を吹いてたらこいつが降りて来たんだ。誰か遊びに来ないかな〜と手紙を託してみたんだが、まさかお前が捕まるとは」

「暇つぶしで鳥を呼ぶなよ」

ラインが呆れたようにため息をついた。

鳥笛とは、『森の民』の使う道具で、人の耳には聞こえない特殊な周波数を出す笛の事である。

その笛を決められた節で吹くことで、近くにいる一族の伝鳥を呼び寄せることができる。

通常、伝鳥の育成期間中に覚えさせるのだが、ラインは当然のようにその『森の民』の合図をカインに教え込んでいた。

そのため、音に呼ばれてたまたま近くを飛んでいたカインが降り立ったのだろう。

カインの足につけられた手紙を入れる通信筒は木の実を入れられるほど大きくなかったので、気を利かせて嘴に咥えて運び、見事ラインはおびき寄せられたというわけだ。

「で？　足はどんな感じなんだ」

まさかの暇つぶしに呼ばれた事実に肩を落としつつも、ラインは気を取り直して尋ねた。

「一応、応急処置はしてるぞ」

アッシュはヒョイっと何でもないことのように上掛けをめくって見せる。左足全体に添え木が当てられ、固定されているのが見えた。

「珍しい薬草見つけて夢中になってたら崖から落ちちまって。いやぁ～～、焦った、焦った」

ケラケラと笑いながら見事に剃り上げられた頭をおどけた様子でペチンと叩く男に、ラインは呆れたようにため息をついた。

「何やってんだか。神経は？」

「感覚ないし、元に戻るか微妙なところだな。村で体のいい実験台にされるのは間違いなしだ。それより、お前さん、捜されてるみたいだが、今度は何をしたんだ？」

少し嫌そうな顔で自分の未来予想を語った後、アッシュは、ラインの瞳を覗き込んだ。

「さて？　特別何かした覚えはないけどな？」

首を傾げて返しながらも、ラインはタイミング的に嫌な予感しかしなかった。

「まぁ、お前さんが一番捕まりにくいしなぁ。定期連絡もしてないんだろう？」

「必要ない」

生死確認を兼ねて義務付けられているはずの定期連絡だが、ラインは、ほとんど自主的にすることは無かった。

何が悲しくてやっと手に入れた自由を、自らドブに捨てるような真似をしなくてはならないというのか。

「まぁ、良いんだが。とりあえず、レッドフォードの王都にミランダがいるから、「至急連絡せよ」ってさ。伝えたからな？」

数日前に思い出したばかりの名前を再び聞いて、ラインの目が少し驚きに見開かれた。

「ミランダが王都にいるのか？」

どうにもタイミングの良すぎる情報に、ラインはため息をついた。嫌な予感しかしない。

「そういや、それとは別の話なんだが、最近ネル爺に会ったか？」

「は？　俺と爺さんじゃ方向性が違いすぎてかすりもしないだろ？　何でだ？」

唐突に出された名前は、一族の中でも長老格にあたる偏屈のもので、ラインは首をかしげた。

外科を専門にするラインは主に戦場を渡り歩いているのだが、件の爺さんは主に風土病や感染症の研究をしている人物だった。

「なんかな～、「病の気配がする」とか言って里を飛び出したみたいなんだけど、それがどうもこっち方面らしいんだよ」

「……気の重くなる素敵情報をどうも」

もう七十近い年だというのに、未だに里を飛び出しては動き回る一族の中でも取分け変人で、随一のトラブルメーカーでもある存在を思い浮かべ、ラインは深々ともう一度ため息をついた。

（うわぁ、面倒クセェ）

本来、一族の人間が里の外でここまで一堂に会するのは滅多にない。というのに、自分にアッシュ、ミランダときて、極め付けがネルだ。

ラインには、もう、運命が手ぐすね引いて待っているとしか思えない。

その先にいるのはおそらく……。

最後に会ったまだあどけなさの残る笑顔を思い浮かべれば、逃げ出すわけにもいかない。

ラインは、どこか気の毒そうな笑顔を浮かべるアッシュに見送られて、足早に王都を目指すのだった。


そうしてたどり着いた王都でミランダと合流したラインは、レイアースと繋がっていたことを「抜け駆け」だと散々に責められた。ウンザリしながらも、一人妹と交流を続けていたのは事実なので、ラインは非難の言葉も甘んじて受けいれた。

それを、ニヤニヤ笑いながら見ていたネルから、厄介な風土病もどきの話に巻き込まれて、ようやくミーシャの元にたどり着いたのだった。

ラインの主張としては、少々八つ当たり気味に意地悪や思わせぶりな言い方を選んだとしても、しょうがない事だった。

同時に王城に潜り込み、医師団の一人になりすましているだろうネルを思い出す。

いったい、この国の王とその家臣達はどんなふうに動き、ネルの心境をどう動かすのだろう。

結局、ミーシャに背中を押されて足早に目的地へと向かいながら、ラインは、好奇心のままに口元を笑みの形に刻むのだった。

九　ライアンとラライア

小さな紙包を手に、ライアンは廊下を足早に進んでいた。

小さな包みしか持っていないはずの手が、ひどく重く感じられた。

表情こそ冷静なままだったが、実際のライアンの心の中はグチャグチャだった。

手の中にあるのは、不治の病の特効薬。

それは、『紅眼病』で死に瀕している者にとっては正に値千金の価値がある、命そのものであった。

しかし、それはほんの数人分ほどしかなく、苦しむ人々全てに行き渡るはずもない。

ライアンの脳裏に、苦しそうに咳をするラライアの顔が浮かんだ。

そして、病に倒れ集められた、名も知らぬ国民達の顔が。

ミーシャの伯父と名乗った『森の民』の男は、ライアンにこの薬を託すと言った。

『このまま誰かに使うも良し、成分を解析するために使うも良し』

脳裏に男の声が蘇り、気付けば、足早に進んでいたはずのライアンの歩みがゆっくりになり、そして止まっていた。

一人の人間として家族を愛する心と、王として国民を救いたいと願う心。

二つの心に引き裂かれそうな思いで、ライアンは強く唇を噛んだ。

様々な光景が脳裏を巡る。

そうして、最後に浮かんだのは、誰よりも尊敬するただ一人の顔だった。

常に穏やかな笑みを浮かべ、誰よりも家族を、そしてこの国を愛していた。

幼いライアンを膝に抱き、「民あっての国」なのだと繰り返し教えてくれた。

「国王だから偉いのではない。国民を守るために、偉いふりをする必要があるんだ」と笑いながら、そう言っていた。

「国王は一番高貴な民の奴隷なんだぞ」と言ったその言葉の意味が、幼いライアンには良く分からなかった。

けれど、そう言った父王の笑顔がとても誇らしげだったから、きっとそれはいい事なのだと思って一緒に笑った。

呆れた顔で笑う王の妃達や兄達、そしてまだ生まれたばかりの小さな妹。

それは、幸せだった日々の何気ない一幕であり、今のライアンを形作った大切な時間であった。

国民の不安を少しでも癒すためにと王都へ留まり、最後まで民に寄り添った父を為政者としてみるなら、半数の人間は愚かだと評するだろう。

しかし、自らの信念を貫いた彼の人を、ライアンは父としても王としても尊敬していた。

そして、それはあの騒乱を生き延びた兄弟達も皆、同じ思いだったはずだ。

そう。今も病に苦しんでいるはずのラライアですらも。

生まれつき体が弱く、少しでも無理をすれば寝込んでしまう。

王族としての責任を負うにはあまりにも不甲斐ない自分を、ラライアは誰よりも疎んじていた。

だからこそ、少しでも体が許せば、本を読んでは知識を増やし、国を知り、様々な言葉を習っては外交の糧にしようと、自分なりに努力を重ねていたのだ。

その努力を人に気づかれる事を嫌がった為に、我が儘で引きこもりがちな役たたずの姫と言われる事もあったが、「ろくに役に立ってないのは事実だから」と反論もせず甘んじていた。

今残っている王族の中で、誰よりも王族としての心意気が高いのは、ラライアであるとライアンは思っていた。

そんな彼女に、薬を見せたとして、なんと答えるかなど分かりきっている。

「……民あっての国、だな。今さら迷うなど俺らしくないとどやされるところだった」

ライアンの噛み締められていた唇がほどけ、笑みの形になる。

そうして、再び歩き出した歩みに迷いの色は、もう無かった。


「イーダ。今すぐ、その薬をラライア様に投与してくるのじゃ」

「ちょっと待て、どうしてそうなる⁉」

コーナンの言葉に、薬を手に迷いなく立ち上がろうとした医師の体を、ライアンは慌てて押しとどめる。

コーナンの元に行き、集まっていた医師達に薬の存在を示して成分の解析を依頼したライアンは、予想外の展開に目を白黒させた。

「ただでさえ僅かしかない薬を使ってどうする。素人考えで良くは知らぬが、研究材料は少しでも多いに越したことはないだろう？」

「もちろん、研究に使わせてはいただきます。しかし、それよりもまずはラライア様が先でございます」

キッパリと言葉を返すコーナンに、ライアンの肩が落ちる。

「たとえ、ラライアに持っていったところで飲まんと思うが？」

「そんなもの、新しい解熱剤とでも言えば良いのです。飲んでしまった薬はもう戻せませんからのぅ」

ニッコリと笑顔で言うコーナンに、その場にいた医師や薬師も同意を示す。

「王族だからと優先されるいわれはない。民こそ国の宝だ。一つの命のために百の命が犠牲になるやもしれんのだぞ⁉」

「ラライア様なればこそ、我らはお救いしたいのです」

自らの王としての矜持に声を荒らげたライアンに、コーナンも真剣な顔で返した。

「恐れながら申し上げます。王は、ラライア様が今どこにいらっしゃるか、ご存じですか？」

ふいに薬師の一人が声を上げた。

にらみ合いのように見つめあっていたコーナンとライアンの視線が逸れる。

本来なら、王に直接声をかけられるような身分の者ではないのだろう。

そこには、恐れに顔を青ざめながらも、必死の形相で見つめる顔があった。

「ラライア様は今、『紅眼病』を患った者達が集められた場所へと赴いておられます。すでに罹患した自分が恐れる必要もないと、患者達の間を回り、一人ひとりに声をかけ、決して希望を捨てぬようにと励ましておられるのです」

居室で大人しくしているものとばかり思っていたラライアの思わぬ行動に、ライアンは目を見張った。

「ご自身も苦しい身の上でありますのに、「病には慣れているのよ」と笑って、重症者の汗を手ずから拭い、少しでも楽になるようにと息のつき方を教えてくださり……」

話しているうちに感極まったのか、薬師の目からポロポロと涙がこぼれ落ちてくる。

「私の祖母も症状を発した一人です。すでに紅い痣も全身にうき出ていて、家族ですら戸惑う姿になっています。それなのに、その手を握りしめ「諦めてはだめよ。心を強く持って。共に生きましょう」とお言葉を下さった。その姿に、本人だけでなく家族も救われているのです」

泣き崩れる薬師の肩を、同僚が支えるように抱いた。

幾つもの瞳が、まっすぐにライアンを見つめる。

「どうぞ、ラライア様に薬を」

「お願いいたします」

「きっとあの場にいた民の全てが、我らと同じ気持ちです」

「ラライア様をお救いください」

そうして上がる幾つもの声に、ライアンは息を呑んだ。

「一つの命を尊ぶ事で、後に千も万もの命を救う事になるでしょう。王族の命とはそれほどまでに重いのです。……ですが、そんな建前はどうでもよろしい。ワシらは、自分の苦しみを押し隠しても民を思いやれる、そんなラライア様を救いたい。そして、何よりも国を想うライアン様の大切なものを、ワシらも護りたいのですじゃ」

まるで幼い子供に言い聞かせるかのように、ゆっくりと穏やかな声でコーナンが語る。

真っ直ぐな瞳に包まれて、ライアンの体からストンと強張りが解れた。肩が落ちる。

「……拙《つたな》くとも、私は王だ。なのに、私心を優先しても良いのか……？」

小さな、……小さな声だった。

しかし、苦悩に包まれたその声は不思議なほど部屋の中に響いた。

コーナンをはじめ、その場にいた者達が一同に膝をつき、頭《こうべ》を垂れる。

「ワシらの願いもライアン様と同じなのですじゃ。どうぞ、民の声をお聞き届けくだされ」

部屋に落ちた沈黙を破ったのは、唐突に響いた拍手だった。

「王は民を思い、民は王を支える。理想通りじゃねぇか。良い加減、あんたの悪趣味も満足しただろ？　爺さん」

そうして、開かれた扉から、ミーシャを伴ったラインがズカズカと入ってくる。

「悪趣味とは失礼じゃな。試練と言ってもらおうか」

突然の乱入者に驚いていたライアン達の耳に、憮然とした声が飛び込んでくる。

反射的に顔を向ければ、部屋の隅で薬師のローブを着た小柄な老人が立ち上がるところだった。

パサリと被っていたフードを落とせば、見事な白髪と長く伸ばした立派な白ひげが、まるで物語の中のドワーフのような印象を与えた。

「何が試練、だ。あんたのはどっちかといえば悪魔の囁きじゃないか」

「囁いとらんわ。ここでは大人しく傍観しておったわい」

ラインの悪態にあっけにとられている人垣をかき分けるようにして、老人が前に出てくる。

「……ライン殿。お知り合いか？」

二人を見比べながら、困惑顔のライアンにラインが肩をすくめる。

「『紅眼病』の研究者の一人だよ。そして、言いたくないが『森の民』の長老の一人でもある」

「言いたくないとはどういう事じゃ！　失礼なやつじゃな。年寄りはもっと敬わんか！」

本気で嫌そうに顔をしかめるラインの頭を、老人が手にした杖でポカリと殴りつけた。

「試練と称して意地の悪い問題を投げかけて、それをニヤニヤと眺めてる年寄りなんて、害悪以外の何ものでもないだろうが。敬ってほしけりゃ、もっとそれらしい事しろよ」

殴られた頭を押さえながらも言い返すラインに、老人は再び杖を振り上げる。しかし、ラインの背後で目を丸くするミーシャを見つけ、手を下ろした。

「ほぅ。お主が噂の娘っ子じゃな。幼い頃のレイアースによく似ておる」

手のひらを返したように笑顔になり、ニコニコと近寄ってくる姿は好々爺にしか見えなかった。

「……はい。レイアースの娘、ミーシャと申します。長老様」

戸惑いながらも膝を折って挨拶をするミーシャに、老人はさらに眦を下げた。

「おぉ、可愛いのう。ワシの事はネル爺と呼んどくれ」

そうして頭を撫でようと伸ばしたネルの手を、ラインがすげなく弾いた。

「呑気に挨拶してる場合じゃないだろ。さっさと現状と今後の説明をしろよ。手遅れになったらどうする」

「……なんじゃい、こっちは本当に可愛くないのぅ」

ペシリと叩き落とされた手を痛そうにさすりながら、ネルが唇を尖らせた。

「ジジイがそんな顔しても、気持ち悪いだけだから」

冷たい視線を送るラインを無視して、ネルは、訳がわからないものの黙って成り行きを見守っているライアン達の方に視線を投げかけた。

「既に治療院の方にはミランダをやって、ある分の薬を順次投与させとるわ。あぁ、お主らの望み通り、お姫様にも飲ませるようにしとるから、安心せい」

「……薬が、あるのですか⁉」

ネルの言葉に、ライアンが叫ぶような声をあげる。

それにうるさそうに目を側めながら、ネルが頷いた。

「一応な。臨床試験はほとんどしとらんが、まぁ、地元の者が飲んでいる薬じゃ。おそらく大丈夫じゃろう。数が足りん分も、追って届く手はずを整えておる」

ライアンはまるでキツネにつままれたような気分で、隣にいるコーナンと顔を見合わせた。

つい先ほどまで手が届かなかった救いが、すぐ目の前にポンッと出されたのだ。

喜びよりもむしろ戸惑いの方が強くともしょうがないだろう。

「それでラライア様やみんなが良くなるんですか？」

無言で顔を見合わせる男達の呪縛を破ったのは、ミーシャの嬉しそうな問いかけだった。

「そうじゃな。重症化している患者は難しいかもしれんが、チラッと見かけた限り、お姫様は大丈夫じゃろう」

ラインの背から飛び出し、ジッと自分を見つめるミーシャにネルの顔が再び綻んだ。

そして、ミーシャの瞳をマジマジと覗き込む。

「良い色じゃのう。レイアースに似ておるが、それよりもさらに濃く色鮮やかじゃ。伝承にある初代の彩《いろ》はもしかしたらこのような色であったのかもしれんのう」

ニコニコと瞳の色を褒められて、ミーシャは目を瞬いた。

突然飛んだ会話に一瞬頭がついていかなかったのだ。

そんなミーシャの側で、ラインが苦虫を噛み潰したかのような顔をしている。

「ミランダが指揮をとっていようが、人手は多い方がいいだろう。治療院へ行くぞ、ミーシャ」

グッと肩を掴まれ方向転換をされたかと思えば、そのままの勢いで背中を押されて歩き出す。

「爺さんは、きっちりそこの王様と王医殿に話をしてこいよ。じゃあな！」

そのまま、スタスタと歩き去るラインの背中を、ミーシャをさらわれたネルは舌打ちしながら見送る。

確かに、王族と関わることになった以上、『森の民』の代表として幾つかの取り決めを交わさなくてはならない。それには、一族のまとめ役でもある長老のネルが話をするのは、必然だった。

（まぁ、ミーシャとは今後話す機会もあるじゃろうて）

外の男に惚れて一族を離れた、将来有望だった少女の娘《レイアース》。

存在の確認だけはしていたものの、村の掟に従い、正式に一族を離れた存在に表立っての接触は出来なかった。

ゆえに、心の隅で気にかけながらも動くことはなかったのだが、状況は大分変化した。

見えなくなるまで二人の背中を見送った後、ネルはため息ひとつで気分を切り替え、自分を見つめる存在へと視線を移した。

「さぁて、今回の事について、改めて話をさせてもらおうかのぅ。レッドフォード王国の国王よ」

僅かにすがめられた翠色の瞳に、先ほどまでの好々爺の色はなかった。

相手を冷静に値踏みするその視線は、ライアンにとっては馴染みのあるものだった。

スッと頭の中がクリアになり、先程からの出来事に混乱していた意識が〈ライアン〉から〈国王〉としてのものに切り替わる。

パチリとスイッチが切り替わるかのように、為政者の瞳へと変わったライアンに、ネルは面白そうに微かに笑った。

「では、場所を移させていただこう。『森の民』の長老殿よ」

ライアンの声に壁際に控えピクリとも動かなかった執事姿の男が先導に立った。

その後をライアンとネルが歩き出せば、人がスッと二つに割れ道を作り出した。

残されたその場で、コーナンは手短に部下達に指示を出すと、先に動き出した二人の背中を追う。

王宮筆頭医師とは、実質、国の医療関係のトップである。

これからの話し合いの場に、自分が入る事は不自然ではないはずだ。

そこで自分に何ができるかはまだ分からないが、確実に自分の知らなかった新しい「何か」が齎《もたら》される予感に、コーナンは内心湧き上がる好奇心を抑えられずにいた。

（人の命のかかっている時に不謹慎じゃが……まぁ、しょうがないじゃろ）

いそいそと二人が向かった謁見の間へと向かいながら、その足取りは軽かった。

治療院にある小さな部屋で、ラライアはハァッと体の中の熱を逃がすために大きく息をついた。

薬で抑えてはいるものの完璧ではない為、体の奥深くにマグマのように渦巻く、熱の根源のようなものを感じていた。

人目のあるところでは「慣れているから大丈夫」と笑って見せていたが、最近改善はしてきたものの元々人より弱い体だ。

倦怠感はひどく、気を抜けば膝から崩れ落ちてしまいそうな状態を、どうにか気力でもたせているのが現状だった。

「ドレスの膨らみを今日ほど感謝した事はないわね……」

嵩張るドレスは重く、ただ歩くだけでも体力を奪っていくため、ラライアの天敵だった。

しかし、今はその膨らみのおかげで、立っているだけでみっともなく震える足に気づかれる事は無い。

咳のため荒れて、水分を飲み込むのも辛い喉を誤魔化しながら、少しずつ薬湯を流し込み、ラライアは苦笑した。

「焼け石に水でもないよりましね。ミーシャの薬は本当によく効いてくれて助かるわ」

今にも遠ざかりそうになる意識を繋ぎとめているのは、ラライアの王族としての矜持だけだった。

不安に震える民の前で、無様な姿を晒すわけにはいかない。

あくまでも優雅に、誇り高く。

そうでなければ、ここにいる意味など無いのだと、ラライアは自分に言い聞かせていた。

そして、どうしても苦しくて笑顔が歪みそうになった時には、休憩のために確保したこの小部屋へと戻ってきて一息つくのだ。

薬を飲み、喉を潤し、そうして再び笑顔を浮かべるために。

本音を言えば、ラライアとてこのまま気を失ってしまいたいと思っていた。

「苦しい」「死ぬのは怖い」と子供のように泣いてしまいたい。

しかし、それをしてしまえば、自分は本当にただの穀潰しだろう。

『王族は、民の愛により生かされているのよ。だから、ラライアも愛を返してあげてね？　お母様たちのことを愛してくれているように、民の事も愛してあげて？』

幼い頃に母親が優しく語りかけてくれた言葉を、ラライアは今でも忘れる事はなかった。

あの言葉の本当の意味を今でもちゃんと理解できているか、ラライアにはよく分からなかった。

だけど、自分の差し出した手で、病に苦しむ人たちが少しだけでも安らかになれるのならば、いくらでもそうしたいと思ったのだ。

だから。

「さぁ、もう大丈夫よ。次の部屋に参りましょう？」

手に持っていたカップの最後の一口を飲みほすと、心配そうに部屋の隅に控えているキャリーにニッコリと笑いかけ、ラライアは震える足を踏みしめて立ち上がった。

本来ならば、部屋でおとなしくしているべきなのだろうが、『紅眼病』を発病したと気づいた時、ラライアは、侍女に命じて外出の準備を整えさせた。

寝る間を惜しんで、兄達は対策の為に駆けずり回っている。

政務に携わることの出来ない自分が、それでも王族として出来ることなど、一つしか思いつかなかった。

すでに発病しているのだから、いつ病の手に捕まるかと恐怖に怯える事もない。

ならば、かつての母を真似るのは至極当然の事だ。

「治療院に行くわ。今こそ民に寄り添う時よ」

体調不良をおこしているのに外出の準備を命じられ戸惑う侍女に、ラライアはニコリと綺麗な笑みを浮かべて見せた。

「父や母には及ばずとも、私は腐っても王族よ。少しは希望にもなるでしょう？」

止めるべきではないかと騒めく侍女たちの中から、キャリーが前に出てまっすぐに見つめるラライアを見つめ返す。

そこに強い意思を見て取ったキャリーは、スッと美しい仕草でひざを折った。

「かしこまりました。ラライア様のお心のままに」

「ええ。頼みます」

幼い頃から側で仕えてくれていた心強い味方に、ラライアは満足そうに微笑むと、いまだ戸惑う他の侍女たちに顔を向けた。

「恐ろしければここに残りなさい。命をかける事になるかもしれないのに、強要はしないわ。直接患者の側へと行かなくても、出来ることはいくらでもあるでしょう。自身にできる事をやりなさい」

キッパリと言い切るラライアに、戸惑っている者達の中から一人、二人と動き出す。

あるものは、ラライアの支度の手伝いに。

あるものは、持っていく支援物資の手配に。

きびきびと動き出した侍女たちに、ラライアはもう一度満足そうに笑みを浮かべると、自身もやるべきことをするために動き出した。


そうして訪れた治療院で、ラライアはベッドに横たわり苦しむ一人一人の手を取り、声をかけ、額の汗を拭っていった。

重症者の、身内ですらも慄く紅い痕の浮き出る手を握り、穏やかに話しかけるラライアの姿は、病に疲れ切っていた人々の心を確かに救っていく。

ラライアの額に浮かぶ汗やかすかに震える手、そして抑えきれずに溢れる咳が、確かに目の前の王女の身体を自分たちと同じ病が蝕んでいる事を示していた。

しかし、同じように苦しいはずのラライアは穏やかな笑顔を崩す事なく、励ましの言葉を口にした。

「頑張れ」ではなく「共に生きよう」と。

確かな治療薬もなく、絶望の中、死を待つだけとなっていた人々は、そこに確かな希望の光を見たのだ。

王城では、王自ら采配をふるい、自分達を病から救う為の模索をしているという。

その言葉を信じよう、と。

誰よりも民のそば近く寄り添ったラライアの行動が、一つの形になった瞬間であった。

そして、遠かったはずの希望の光は、白金と翠の色彩と共に目の前に現れた。

「王の願いに我ら『森の民』の一族が応え、薬を持って参りました。順次投与していこうと思いますので、どうぞそのまま安静にお待ちください」

部屋の入り口に立ち優雅に礼をする女の姿に、ベッドに横になっている者も、その間を忙しく歩き回っていた者も、等しく見惚れて動きを止めた。

何よりも、女の口から発せられた言葉が信じられなかったのだ。

「……薬を持ってきてくださったのですか？」

ちょうど、その部屋にいたラライアも同じく信じられない気持ちで女を見つめた。

「この病を癒す薬を？」

ゆっくりと女の方へと歩み寄るラライアの姿を、みんなが固唾をのんで見守った。

「はい。確かに」

前に立つラライアに臆する様子もなく、女はしっかりと頷くと再び軽く膝を折った。

「とりあえずこの場を預かることとなりましたミランダと申します。薬は持って参りました」

まっすぐに自分を見つめる翠の瞳に（ミーシャと良く似た色だわ）と思いながら、気づけば、ラライアの頬を涙が伝っていた。

そして、背後でワッと歓声が上がる。

「ただし、現在、数に限りがございます」

しかし、その歓声も続いてかけられた言葉にスッと消えて無くなった。ラライアの眉間にかすかにシワが寄る。

「手配はしておりますが、特殊な薬草ゆえ遠方からの取り寄せとなり、いつ届くかは今のところ不明です。ですから、薬の投与の順番はこちらの指示に従っていただきます」

冷たく響くミランダの声に、皆は顔を見合わせた。

「……わかりました」

そんな中、素早く頬を流れる涙を拭い去ったラライアが、ゆっくりと頷いた。

「どうぞ、一つでも多くの命をお救いくださいさい、ミランダ様」

そうして、ゆっくりと膝を折り礼をする。

一国の王女が、身分もないただの薬師に礼を尽くす異例の事態に、息を呑む音が各所で響いた。

しかし、ラライアは自分の行動を恥ずかしいとは、露ほども思っていなかった。

大切な民の命を救ってくれる存在に感謝を捧げるのは、当然の事だと思っていたからだ。

「薬師様、お願いがございます」

そんな沈黙を破ったのは、先ほどまでラライアと話をしていた患者の一人だった。

「お考えはあるかと思いますが、まずはラライア様にお薬をいただけないでしょうか」

その声にザワリと空気が動いた。

突然の申し出に、ラライアの目が驚きに見開かれる。

「私ならば、まだ、大丈夫ですわ。私よりも重症の者はたくさんおります。そちらを優先してくださいませ」

「いいえ！　ラライア様を!!」

「そうです。薬師様。どうぞラライア様にお薬を」

「お願いいたします」

驚きながらも首を振るラライアの言葉に、被さるように方々から声が上がった。

「ラライア様がお飲みになられないのならば、我々も飲みません」

「お願いでございます」

苦しそうに顔をしかめていた患者が、かすれた声を絞り出す。それを見守っていた家族や看護していた者たちも、縋るようにミランダを見つめた。

湧き起こる懇願の声に、ラライアは戸惑ったように部屋を見渡した。

「ラライア様は我々の希望なのです」

「亡くしてはならぬ尊いお方なのです」

「ラライア様！」

「ラライア様」

先ほどまで身体を起こすことも辛そうだった患者まで、青ざめた顔でどうにか半身を起こし、唇を動かしていた。

咳にひび割れた声がラライアの名を呼ぶ。

（これが、愛が返ってくるということなの？　お母さま………）

ラライアの頬を再び涙が伝った。

懇願の声を遮るように、ミランダがパンパンっと手を打ち鳴らした。

「皆様の希望は分かりました。どうぞ安静にされてください」

静寂が戻る中、ミランダはフワリと笑うと、ラライアの頬を流れる涙をハンカチで拭った。

「どうぞこちらに。ラライア様が薬を飲んでくださらない限り、他の治療は進みそうにありませんわ」

そして、そっと手を差し伸べると優しく背中を押した。

「良い民をお持ちです。愛されていらっしゃいますね」

「……はい」

噛みしめるように小さく頷くと、ラライアは促されるままに震える足を踏み出した。

十　後悔の先にあるもの

「よう。手伝いに来たぜ」

ラインに連れ出され、向かった先の治療院で久しぶりにミランダと再会したミーシャに、再会を喜ぶ余裕は無かった。

変装を解いたミランダと共に同系色の色合いを持つ人達が更に二人ほど、湯を沸かしたり薬を煎じたりと忙しそうに立ち働いていたからだ。

その忙しなさを目にしながらも、どこかノンビリとした調子で声をかけたラインに視線を向ける事なく、ミランダは部屋の隅を指さした。

「そっちの方に水薬に調薬したものがあるから、二番の部屋から投与していって。ネル先生の指示よ。薬の効果があるのはそこからだろうって事だから」

ミランダの言葉に、ミーシャは顔をこわばらせて固まった。

看病の効率化を図るために、患者達は症状の進行別に部屋を分けられていた。一番症状が重い人達から一番、二番と続くのだ。

つまり、薬の投与を「二番の部屋から」という事は…………。

「了解。経口で良いんだな？」

動けないミーシャに構う事なく、ラインが指さされた鍋を手に動き出す。

「そう。カップ一杯分、きっちり飲ませて「あのっ！　一番の部屋は……」

自分を置き去りに動き出す事態に、それでも諦めきれないミーシャは、二人のやりとりを遮るように声をあげた。

突然、会話に割り込まれたミランダが驚いたように作業の手を止め、ミーシャの方を振り返る。そして、青ざめた顔のミーシャに眉根を寄せた。

「……残念だけど、現在、薬の量が足りていないの。ほぼ効果がないと分かっている人に飲ませてあげられるほどの余裕はないわ」

ミーシャの勢いに一瞬黙り込んだ後、ミランダが首を横に振る。

「でも、効果あるかもっ！」

「そうね。でも、効かない可能性の方がはるかに高いの。それなら、確実に助かる命を優先させるわ。……感情だけで優先順位を間違ってはダメよ」

頑是ない幼児に言い聞かせるようにゆっくりとした口調で、ミランダはミーシャの瞳を覗き込んだ。

「追加の薬がくるのは早くともあと数日以上かかるの。迷っている間にも症状は進行する。……分かるわね？」

返す言葉もなく黙り込んだミーシャの背中をミランダが押した。

押された勢いのまま歩き出したミーシャの頬を、いつの間にか涙が流れていた。

ミランダの言っている事は正しい。

そう理性では分かるが、ミーシャの心は「納得できない」と悲鳴をあげていた。

脳裏に、渡した薬を手に少し困ったように笑う老女の顔が浮かんだ。

最初に『紅眼病』患者として治療院に運び込まれたユウ達の祖母は、一番の部屋に入っていた。

相変わらずほとんど意識がなく、水分も満足に取れておらず、未だに息があるのは奇跡のような状態だった。

おぼつかない足取りで廊下に出た所でミーシャの足は止まり、ついにその場に座りこんだ。

立てた膝に顔を埋めるように小さく丸まる。

廊下で待っていたラインは、まるで襲ってくる何かから自分を守ろうとでもしているかのようなその姿を見下ろし、小さくため息をついた。

世間から万能のように見られても、所詮、自分たちは神ならざる身。どれだけ手を伸ばそうと、その指の間をすり抜けていく命は幾つもある。

その現実に打ちのめされて村に戻り、研究という名の殻に閉じこもる同胞を、ラインは幾人も見ていた。

（どう考えてもこれは配役ミスだろうよ、ミランダめ）

打ちひしがれる相手を励まし、立ち直らせる言葉など、ラインに分かるわけがない。そもそも人づきあいが面倒で、ろくに里にも帰らず諸国放浪しているような人間なのだ。

クシャリと癖のない髪をかき乱した後、ラインは、座り込んだまま動かないミーシャの前に立った。

「病室に行くのが辛いのなら王城へ戻れ。お姫様にも投与したようだから、そっちの経過観察に行ってこい」

突き放すような言葉に、ミーシャの薄い肩がびくりと揺れた。

ラインの言葉は、甘い誘惑としてミーシャの耳に届いた。

ラライアの元に行けば、今後ほかの『紅眼病』患者に触れあうことなく過ごすことも可能だろう。

今、この場所には本物の『森の民』がたくさんいるのだ。いまさら、幼いミーシャを無理に引っ張り出そうとする者もいないはずだ。

王城に引きこもってしまえば、これ以上、自分の無力感に苦しむことも無いかもしれない。

しかし、心の奥深くの何かが、ここで逃げてしまえば自分の目指していた薬師には、けして手が届かなくなると囁いているのをミーシャは感じていた。

あの日憧れた母のように、みんなに頼られる薬師には……。

だから、顔をあげられないまま、かろうじて首を横に振ったミーシャに、ラインは今度は大きくため息をついた。

「じゃあ、俺は先に行ってるから、その顔が患者の前に出せるくらいに取り繕えるようになったら来いよ。いいな？　しけた顔で患者を不安にさせるようなら、すぐに追い出すからな」

最後にポンっとミーシャの頭に手を置くと、ラインは足早にその場を後にした。

それは、人の心の機微に無頓着な伯父からの、ミーシャに対する精一杯の気遣いであった。

取り残されたミーシャは、静かな廊下の片隅でなす術もなく蹲っていた。

今日だけで何度目かの自分の無力さをかみしめると共に、脳裏にはラインの言葉がくるくると渦巻いていた。

『はったりでもなんでも、患者さんの前では胸を張っていなさい。治療する人間が不安そうな顔をしていたら、ただでさえ病に苦しんでいる患者さんは不安になってしまうわ』

ふいに幼いころ母親にくり返された言葉とラインの声が重なった。

（言葉は違うけれど、同じことを伝えようとしているのかしら）

そう思い至った時、ふわりと温かいものが頭を撫でていくのを感じて、ミーシャは、思わず膝に埋めていた顔をあげた。

その感触が、母親の優しい手にとても良く似ていたから。

そうして、開いた瞳に映ったのは、もう一度会いたいと願っていた優しい笑顔だった。

「……母さん」

淡い光を放ち少し透けて見える姿は、その人がこの世のものではないことを如実に表していた。

しかし、そんなことはミーシャにとっては些細な問題でしかなかった。

「母さん！」

何よりも求めていた人の姿に、ミーシャの瞳からこらえていた涙が零れ落ちる。

「わたし……私……」

たくさんのものが胸にこみあげてきて言葉にならないミーシャの前で、半分透けた姿の母親は穏やかに微笑んだまま、すっとその指先を廊下の先へと向けた。

その先には、一足先にラインが向かった患者たちのいる病室があった。

「……でも、私は……」

促すしぐさに、それでも怯んで、ミーシャは再び顔をうつむけた。

自らの驕慢の結果に対峙する勇気が、ミーシャには、どうしても持てなかったのだ。

ふいに鼻孔が懐かしい香りを感じ取り、ミーシャは抱きしめられたと感じた。

忘れられるはずも無い大切な温もりに包み込まれる。

『大丈夫。笑いなさい、ミーシャ』

そうして優しい囁きを耳が拾った瞬間、かき消すように香りも温もりも消えてしまった。

「母さん、待って！」

慌てて目を見開いてみても、そこには誰もいない廊下があるだけだった。

自分の弱さが見せた幻なのかとミーシャは思った。

しかし、それにしては優しい温もりに包まれた感触も懐かしい香りもはっきりと思い出すことができて、ミーシャは、きゅっと唇をかみしめた。

「黄泉の国に旅立った後にまで心配させるなんて……ふがいない娘で、ごめんなさい」

小さくつぶやくと、ミーシャは、すっくと立ち上がった。

そして、意識して口角を持ち上げ、笑みの形を作り上げる。

「苦しくても、はったりでも……よね」

ミーシャは自分に言い聞かせるように小さな声でつぶやくと、いまだ震える足を前へと踏み出した。

自分に出来る事はまだあるはずだ。

辛くてもみっともなくても、出来る事があるなら頑張ろう。

母親のような薬師になりたいと誓ったあの日の幼い自分の為に。


ミランダの指示のもと、調薬された薬を次々と投与していく。

やはり症状の重い者ほど薬の効き目がいまいち良くないようで、改善は見られるのだが、完治には程遠かった。

薬の効能は体内の虫を殺し体外に排出するというものだったが、卵の状態には効き目が悪く、複数回飲むことで繁殖する前に卵から孵化したばかりの虫を殺していく。

症状の比較的軽い者には二〜三度の投与で済むものが、その何倍も必要となるようだ。

厄介なことに敵は寄生虫であるため、一定数を残せば、再び体内で増殖してしまう。

殺しきれなければ、改善に向かって見えた者も、時間と共に元の状態に戻ってしまうのだ。

つまり、想像していた以上に、薬の数が圧倒的に足りないのが現状であった。

体内の虫の数を減らせば、症状は少し緩和する。

その為、追加の薬が届くまでは、完治を目指すのではなく、多くの人達に一度目の投与を行い延命処置とした。

キャラスの食用を禁じたお陰か、新たな『紅眼病』患者が運び込まれる数はかなり減っている。

本当なら、予防の意味も兼ねて一度でもキャラスの生食をしたものには薬を投与したいのだが、現在発病している人間に対処するだけで精一杯であり、そこまでの余裕は当然なかった。

結局は薬が届くのを待つしかないのだが、カーマイン大陸のはるか北の端より数国をまたぐ旅路である。

不安定な情勢の国もあり、いつ薬が届くのかは、まさに神のみぞ知るという状態であった。

じりじりとした気持ちのまま、ミーシャは日々を過ごしていた。

「がんばって。どうか飲み込んで」

小さなさじでほんの一滴《ひとしずく》を、意識のない患者の口に落とし込み、穏やかに声をかける。

意識を失っているようでも、不思議と聴覚は生きているようで、何度も耳元で囁くと反応を返してくれることに気づいたミーシャは、解熱剤や栄養剤の入った薬湯を与えはじめた。

意識のない人間に一度に大量の水分を与えれば、肺の方へと流れ込み、今度は別の病にかかる危険があった。それゆえに、患者の様子を見ながら、本当に少しずつしか与える事ができないため、非常に時間がかかるのだ。

「すごいわ。さあ、もう一口飲んで。また元気になって、みんなで笑いあいましょう」

それでも、ミーシャは時間を見つけては、ゆっくりと少しずつ薬湯を投与していく。

そうしてひとしきり意識のない重症患者へ薬湯を投与し終えると、今度は調薬室へとこもって、今手元にある薬草で効果のありそうな調薬はないかを試していくのが、最近のミーシャの日常だった。

レッドフォード王国の王都で再び奇病が発生したことは秘匿された。国力が弱まったと判断され、戦を仕掛けられた過去を繰り返すことを恐れたからだ。

その代わりというように、事前に取り決めていた国内の領地で危機が起こった時に支援物資を送る政策がしっかりと機能したため、王都閉鎖後も食料や薬に困ることはなかった。

初めて『紅眼病』が発生した時は、混乱の中流通もとどこおり、薬どころか食料難で飢える人間も出た為、いざという時の兵糧と共に、しっかりと備えていたのだ。

そうして手にいれた近隣で採れる虫下しの薬草を使い、ミーシャは諦めることなく、時にラインやネルたちに助言を仰ぎながら作業をする。

「寄生虫であることは分かっているのだから、手当たり次第に試していけば、もしかしたら効果のあるものが見つかるかもしれない。いつ追加の薬草が北の国から届くか分からない以上、無駄なあがきでもやってみたいの」

休みをろくに取らないため、青白くやつれた顔で薬草に向き合うミーシャは鬼気迫るものがあった。最低限の休息は取っているものの、心労もあり、よく眠れていないのだ。

それでもミーシャは、患者の前に立つときには微笑みを絶やすことはなかった。

意識の戻らない患者に疲弊していたその家族達は、そんなミーシャの姿に救いを見た。

薬の希少さゆえに線引きされてしまった重症者の家族は、仕方がないという周囲の空気もあり口をつぐんだけれど、当然、心から納得したわけではなかった。愛する者が死に直面しているのを見捨てるようにされ、悔しくないわけがない。悲しくないわけがないのだ。

そんな中、たとえ、効果は薄くとも必死に頑張ってくれる人がいる。

その命をつなぎとめようと、身を削るように足掻いてくれる人がいるのだ。

絶望に沈み、ぎすぎすとした空気を振りまきそうになっていた重症者を集めた部屋の空気は、ミーシャを中心に少しずつ変わっていった。

「あなたがしてくれたこと、忘れないわ。母は幸せだったわ」

改善することなく命を落としてしまった患者の家族にそう心からの感謝を向けられて、ミーシャは、泣きそうな気分で首を横に振ることしかできなかった。

たとえ、早い段階で自身に折り合いをつけて、町中を走り回って『森の民』を捜していたとしても見つけられなかっただろうし、薬がない現状は変わらなかったと、ミーシャはすぐに気付いた。

ネルたちは、病の気配を察知してから、できる限り素早く駆けつけてくれていたのだから。

口では冷たく聞こえる言葉を言ったとしても、無駄に被害が広がる事は決してしない。それが病と闘う事を選んだ一族のプライドだった。

ラインたちが王城に姿を現した時が、出来る限りの最速だったのだ。

そう、理性では分かっていても、ミーシャの心は「でも」「もしかしたら」とそう嘆いていた。

ラインがあの日怒ったのは、無駄だったとしても最善を尽くさなかったミーシャの怠慢を責めていたのと同時に、ミーシャが近い将来こうなることが見えていたのだろうと、今ならわかる。

どうしても自分のせいだと、責める心を抑える事ができない。

目を閉じれば、夢の中に死んでしまった人たちが出てきた。彼らは、何を言うでもなく、ただ悲しそうな顔でミーシャを見つめるだけだった。

（いっそ誰でもいいから責めてくれればいいのに）

脳裏に、王城で大人たちに囲まれたときのことが思い浮かぶ。

口々に責められるのは辛かったけれど、今思えばそれは救いのようにも感じた。

しかし、その愚かな思い付きは実行する前にラインに止められていた。

「謝罪を口にして、楽になりたいだけならやめておけ。自分が救われたいだけの言葉なんて何の意味もない。そんなことに時間を費やすくらいなら、患者の世話をしている方が幾分かましだ。幸い、人手不足で仕事はいくらでもあるんだからな」

自罰に走ろうとするミーシャの首根っこをひっつかみ、洗濯場へと放り込んだのだ。

乱暴な処置だったが、茫然としながらそこで汚れたシーツや包帯などと半日ほど格闘して、ようやくミーシャは、「自分にできる事」を始める事が出来た。

その行動の果ての感謝を、ミーシャはどう受け止めてよいのかわからなかった。

だから、ひとしきり礼を言って家族が去っていった後、キュッと小さく唇をかみしめて、調薬室へと足を向ける。

自分にできる事をするために……。

「今は、何かにがむしゃらになっていることが救いなんだろう」

そして、心配する周囲を押しとどめていたのも、ラインだった。

「本当にヤバそうなときは、一服盛ってでも休ませるから、好きにさせといてくれ」

救えない命があることを割り切れない思いに苦しむのは、医療にかかわる者なら誰しもが通る道だ。

幼いとはいえ薬師を名乗るミーシャにも、必要な試練なのだとラインに言われれば、皆口をつぐむしかなかった。

少しして、完治を目指すのではなく、症状の緩和によって時間稼ぎをするという方向転換により少し余裕ができたからと、最初は効果が見られないだろうからと諦められていた一番の部屋にも、いくらか薬を回してもらえることとなった。

どのくらいの症状まで薬の効果があるのかを確認するためとの建前の下ではあったが、どうしても諦めきれずに、空いた時間で手に入る薬草をいろいろと試していたミーシャを見かねての事だった。

もともと身内には特に情が厚い一族であり、さらに手厚く庇護されるべき年頃の子供が、フラフラになりながら頑張っているのを見ていられなかったのだろう。

あきれ顔のラインであったが、それでも決定を下したネルに反抗することなく指示に従っていたのだから、所詮同じ穴の狢《むじな》だ。

肝心の本人だけが分かっていない甘やかしに、ミーシャは涙目で喜び、いそいそと調薬を手伝っていた。

とはいえ、大方の予想通りほとんどの患者に効果はなく、状況が改善する者は稀だった。

それでも、わずかなりとも改善が見られれば、皆で涙を流して喜んだ。

一日でも半日でも長くその命をつなげる事が出来れば、もしかしたら奇跡が起こるかもしれない。

そんな空気が出来上がっていた。

意識のほとんどない重症患者にどうにか薬を投与する中、摂取量や効果のほどを冷静に観察していたネルはポツリとつぶやいた。

「恐らく、鍵は目が紅く染まっているか、じゃな」

「それはどうして？」

ネルのつぶやきを耳にしたミーシャは、首を傾げた。

「『紅眼病』の原因になったと思われる寄生虫は、本来の宿主であるアークルとは、うまく共生しているんじゃよ」

「共生？」

「そう。生かさず殺さず。体内に棲み着き、栄養を分けてもらい繁殖する。まだ検証中なんじゃが、アークルにとっても何らかの利益があるらしく、体内から虫を排除したアークルは、一年持たずに死んでしまった」

思わぬ言葉に、ミーシャは目を丸くした。

人を死に至らしめる厄介な寄生虫が、宿主の鳥にとっては益虫だというのだ。

「なんで死んだかは残念ながらまだ不明じゃ。そもそも実験状況が難しい。アークルは大型の鳥類で大陸間の渡りもするほど活動的じゃ。自然に近い環境をつくるのはほぼ不可能に近いからのう。檻に閉じ込められたストレスで体調を崩した可能性も無きにしも非ずで、寄生虫を排除したせいとするには実験数がいまいち足りん。しかも、生息数も実はそれほど多くないため乱獲するわけにもいかんし、原住民にとっては神の使いと崇められていたりするもんじゃから……」

「ネル爺、話が脱線してるし長い！　というか、今聞きたい話はそこじゃなくて！」

つらつらと語りだしたネルの話を、ミーシャは強引に遮った。

普段なら面白く聞くところではあるが、今はもっと聞きたいことがあったのだ。

「なんで目が紅くなると薬が効かないの？」

調子よくしゃべっていたところを遮られ、きょとんと眼を瞬いたネルは、真剣なミーシャの顔に、小さく肩をすくめて見せた。

「目が紅く染まるのは、繁殖数を増やした虫が頭にまで到達した印じゃ。目玉の中にも入り込むため傷がつき、出血したことで白目が紅く染まる。目にそれほどの数が入るという事は、脳の中でも虫が暴れているという事じゃ。人の脳は複雑で、そこを壊されてしまえば今のワシ等では手も足も出んのじゃ。意識がなくなるのも、そのせいじゃろうな」

「脳を壊される……」

ミーシャは、そっと自分の額に手を当てた。

繊細で複雑な脳の仕組みは、まだ分かっていないことがほとんどだと教えられていた。

ただ一つ確かなことは、脳から体を動かすための命令が出ている事。傷ついた位置によって、手足が動かせなくなったり、食べ物が呑み込めなくなったり、記憶が思い出せなくなったりといろいろな不具合が起きる事である。

「お母さんは、脳のどの部分が体のどの部分を動かしているのか、少しだけ分かってきたって言ってたけど……」

昔、母親が話してくれた内容を思い出しながらミーシャが呟くと、ネルは驚いたように目を瞬いた。

「はて、レイアースが村を去る頃にはもうそんな話をしていたかのう？　……あの子はミーシャのようによくいろんな人の話を聞いておったから、誰かしらが自慢がわりに話していたのかもしれんな。それにしても、よく覚えていたもんじゃ」

昔を思い出すように少し目を細めながらそう呟くと、ネルは軽く首を振って、ミーシャの方へと意識を戻した。

「そうじゃのう。脳は人の体を生かすための司令塔じゃ。そして、虫は不思議なことにその中枢を目指して集まっておるようなんじゃ。そこで何をしようとしているのか。何がなされているのか。それが解明されるかは、今後の研究次第じゃな」

「……生き物は、みんな子孫を残して自分の血を残すために動いているんだって、前お母さんが教えてくれました。アークルからキャラスへ。そして人間の中へ。アークルとうまく共生できていたというなら、もしかしたら、虫にとっても新たな宿主に移ってしまったのは予想外の事だったのかも……」

ネルの言葉に反応したようにミーシャが再びつぶやいた。

「それに宿主を殺してしまうのは本意ではなかったのではないかしら？　だって宿主が死んでしまったら、自分たちも生きていけないいんだもの……」

「ミーシャ？」

ぶつぶつと呟くミーシャは、不思議そうに呼びかけるネルの声も聞こえていないようだった。

虚空を見つめるミーシャの翠の瞳が不思議な光りを宿して辺りをさ迷う。それは、まるで別の世界を覗き込んでいるかのようだった。

「胃を通り、肝臓や腎臓にたどり着き肺にコロニーを作った。それから皮下をさ迷って、頭部までたどり着く。何がしたかったのかしら？」

「ミーシャ、戻って来い！」

深く深く。思考の海へともぐりこんでいくミーシャの意識を引き戻したのは、珍しいネルの大きいな声とパチンと目の前で叩かれた手の破裂するような音だった。

「……あれ？　わたし？」

パチリと瞬いた瞳はいつものミーシャのもので、知らず息を詰めていたネルは、大きなため息をついた。

翠の瞳に宿った、夢見るような光を、ネルは見たことがあった。

ネルがまだ幼い少年だったころ、初代の生まれ変わりのようだと崇められていた一族の女性。

ありとあらゆる分野の医療技術を発展させ、いくつもの新たな薬を生み出した。

その彼女が、思考を深く巡らせるとき、ミーシャと同じような顔をしていたのだ。

見えているようで何も見ていない夢見るようなその瞳に、幼いネルはなぜか恐ろしさを感じていた。まるで命を削って世界の深淵を覗いているかのような気がしていたのだ。

結局その人は、人の何倍もの功績をあげて、人の何倍も早く黄泉《よみ》の国へと旅立ってしまった。

「……まだ、早いかと思っておったが……」

しばしの迷いの後、ネルは、キョトンとしているミーシャの瞳を覗き込んだ。

「のう、ミーシャ。ちぃーと、わしの仕事を手伝ってくれんかのう？」

十一　解剖

「まずは小手調べといこうかのう」

そう言って連れてこられたのは、調薬室の隣で、ミーシャの記憶の中では、物置部屋になっていたはずの部屋だった。

何もない部屋の中央に大きな台が一つ置かれていて、横には大きな桶と水瓶が据えられている。よく見れば、台の上には盆が置かれており、いくつかの道具が並べられていた。

刃の長さや幅が違う小刀が三本に大小二つのハサミ。

それから普通の縫い針の何倍もありそうな針が複数本。

「解剖の道具?」

森の家でラインとともに行った解剖の授業。

その時に使った道具と同じものだった。

「そうじゃ。今から、病のもとの寄生虫を実際に見せてやろう。わしらはすでに何度か確認済みじゃが、ミーシャはもろもろ余裕なさそうじゃったから、誘わんかったんじゃ。すまんかったのう」

まるで楽しい遊びをのけ者にしたかのような申し訳なさそうな口ぶりに、ミーシャはなんと返していいのか分からずに口を噤んだ。

そんなミーシャの反応に頓着することなく、ネルは台の横に置かれた大きな桶に被せられていた板を退け、中からキャラスを掴み出した。

「やりやすいように大きな個体を用意してもらったんじゃ。何体か開いてみたんじゃが、虫の数は体の大きさに比例するみたいじゃからな」

滑る質感とぶつぶつの浮き出た薄緑と褐色を混ぜたようななんともいえない色合いの肌は相変わらずだが、単体のためかそれほど嫌悪感はなく、ミーシャはほっと息を吐いた。

「先んじて眠らせておる。こやつらの皮膚は滑るから、暴れられるとなかなか面倒での」

初めて解剖しようとした時のドタバタ劇を思い出して、ネルが苦笑を浮かべた。

平らな台の上に置いたら逃げようと暴れ出し、それを押さえようにもヌルヌルとすり抜けるため、捕まえるのに難儀したのだ。

結局、キャラスを運んできた下働きの男が見かねて、さっさと捕まえて桶にもどしていた。

その手には麻で作った手袋がつけられており、キャラスを掴むには必要な道具だと教えられた。

最終的には、麻酔薬を使い眠らせてから、鉄串で台に固定して滑らないようにしたのだが、そういうことは最初に教えてほしいと肩を落としたものだ。

もっとも、下働きの男にも言い分があって、通常、キャラスを食す時は、滑り取りの粉を桶の中に入れ、藁で表面を擦り粘液を除去してから桶の中で皮を剥いでしまうそうだ。

皮をとってしまえば滑らないので、調理には問題ない。

まさか、生きたままのキャラスを台の上に置くとは思わず、突然の行動に止める暇もなかったというのだ。

ネル達としては皮下の状態も見ておきたかった為の行動だったのだが、現地の人間からしてみれば非常識な行動だったらしい。

「ミーシャのサイズの手袋はさすがに用意できなかったのでのぅ。今回は見学じゃ」

手際よくキャラスを台の上に固定するネルの手には、いつの間にか半透明の手袋が嵌められていた。

それは、ピッタリと手の形に沿っていて、それでいて手のしわが見て取れそうなほど薄い。

「それ、何でできているの？」

「なんじゃ。ラインは、これは見せんじゃったのか。まあ、いまだ村にある道具でしか作られておらんからしょうがないのかもしれんが、意外と融通のきかん男じゃな」

不思議そうに首を傾げるミーシャに、ネルは手を広げて見せてくれた。

「とある植物の汁と鉱物の粉を混ぜて作った手袋じゃ。水を通さず、少しだけじゃが伸縮性もある。それぞれの手に合わせて作っているから、指先の細かい動きもできる便利道具じゃ」

グーパーと動かしてみせるネルの手に、ミーシャの目は釘付けだった。

「水を通さないっていうことは、病のもとも通さないってこと？　手についた小さな傷を気にしないで治療ができる？」

傷口から病のもとが入り込むことがあるから、患者に触れる時は気をつけること、とミーシャは口を酸っぱくするほど言われていた。

しかし、生活していく上で意外と小さな引っ掻き傷をつくることは多く、ミーシャは綺麗な状態を保つことに苦労していた。

目に見えにくいほど小さな傷もあるので、基本は保護のため消毒作用があるクリームを塗るように指導されてもいた。

しかし、クリーム状のため塗った直後は滑って指先の作業が苦労するし、こまめに手を洗うのでその度にクリームを塗らなければならない手間があり辟易していたのだ。

「そうじゃ。患者の傷口や口の中などの粘膜に触れる時に重宝してのう。村を出てくる時に、あるだけ持って来たんじゃ」

「いいなぁ。私も欲しい」

自慢されて素直にうらやましがるミーシャに、ネルはカカと笑った。

「村に来たら作ってもらえるように頼んでやろう。まぁ。今は大人しくそこで見ておれ」

そういうと、ネルは慣れた手つきであおむけに寝かせたキャラスの腹を裂いていく。

「これまで解剖したどの個体も、なぜか目に異常が出ているものはおらなんだ。その代わり、皮膚の下には複数いてさらには表層の粘液の中に虫がいる個体もいたのじゃ。ちなみに、アークルには見られんかったから、これはキャラスの場合のみの特徴ともいえるかのう」

開腹された部分を広げるようにして台の上に固定していく手つきは手慣れていて、話しながらでもそのスピードが衰える事はない。

少しも迷うことなく、あっという間に内臓がむき出しとなった。

「腹部側には胃袋や腸など消化器官がある。調べたキャラスの生態から、おそらく小魚などを吸い込む際に周囲にあったアークルの糞を誤って一緒に吸い込むか、食べた小魚がすでにアークルの糞を口にしていて体内に虫の卵を持っていたかのどちらかじゃな。ある程度体内でその数が増えたら皮膚の粘液へと移動し卵を産み付ける。そこから他の個体の粘液へと移動して宿主の数を増やしていったんじゃろう、というのが今のところの推測じゃ」

「粘液って皮膚の表面のこと？」

ミーシャは、じっと台の上のキャラスへと目をやった。腹を上にされているためあまり見えている場所はないけれど、ヌラヌラとした質感は見て取れた。

しかし、そこに虫らしい生き物は見られない。

じっと目を凝らすミーシャに笑って、ネルが種明かしをした。

「直径一ミリにも満たない小さな卵じゃ。目で見分けるのはほぼ不可能じゃわい。たまたま出産のために表層に出てきていた虫を見つけていなければ、わしとて気付かんかったじゃろうな」

次々とネルがキャラスの腹の中を空にしていく。

胃袋・腸・肝臓に腎臓。膀胱と生殖器。心臓に……。

「さて、ここが肺じゃな」

ミーシャが教本で知っていた人間のものと違い少し細長い形の肺が慎重に取り出され、並べた他の内臓から少し離れた場所に置かれた。

「ここに、『紅眼病』を起こした寄生虫のコロニーがあるのね」

「そうじゃ。さて、見てみるとしよう」

少し緊張した様子のミーシャが見つめる中、薄紅色の肺に刃が入った。

開かれた肺にミーシャは目を凝らす。

スゥッと切り開かれたそこにはポツポツと小さな発疹のようなものがいくつかあった。大きさ的には二〜三ミリ程度だろうか？　白っぽいその発疹にミーシャは首を傾げた。

「これ？」

「そうじゃ。それがコロニーじゃな。割ってみよう」

予想以上の小ささに戸惑うミーシャに、ネルは、そっと一番小さな小刀の先で発疹をつついた。それから刃先を使って出来た切れ目を広げるようにする。

中は、何か白っぽい半透明のブニブニしたもので埋め尽くされていた。

目を凝らすけれど良く分からず、眉間にしわを寄せたミーシャに、ネルが手のひらに乗るくらいの筒状のものを渡した。

「これは？」

「持ち運び用の顕微鏡じゃ。よく見えるぞ」

「顕微鏡？」

聞きなれない言葉に戸惑いながらも受け取ると、筒の両端にガラスがついているのが分かった。

「筒の両端に眼鏡のレンズがついとると思えばいい。まあ、見てみなさい。こっちを目に当てるんじゃ」

使い方が分からず首を傾げるミーシャに、ネルは再びそれを取り上げると、使い方を見せてくれた。

（レンズの片方を目に当て、反対側を見たい物へと向けるのね。筒の部分をひねるようにしているのは何か意味があるのかしら？）

「調整はしてあるから、今やったみたいに覗いてみるといい」

再び手渡された顕微鏡を、ミーシャは教えられたとおりに覗いてみた。

「これ⁉」

そして、そこに広がる世界に驚いて顔をあげる。

そのままでコロニーを開いたものを見ても、やはりただの白いぶよぶよした塊にしか見えない。

しかし……。

ミーシャは興奮で震えそうになる手を抑えるために深呼吸を一つして、もう一度顕微鏡を覗き込んだ。

「……すごい」

そこには、裸眼では見えない世界が広がっていた。

白っぽい塊にしか見えなかった物は、白い小さな卵だった。

半透明に透ける小さな卵が、いくつも集まり、白っぽい塊に見えていたのだ。

さらに、そこには同じく半透明のミミズのようなものがいた。

よく見ると、それがじわりじわりと動いている。

「……これが、寄生虫？」

指先でつまみ上げる事も困難なほど、小さな小さな存在だった。こんな小さな生き物が、あんな恐ろしい病の原因だとは信じられない。

「そう。それが、はじまりの虫じゃ」

呆然とした顔をあげ、確認するようにネルの顔を見上げたミーシャに、ネルは静かに頷いた。

よく観察してみると、それは確かに生き物だった。

目や口らしきものが確認でき、半透明に透ける体の中には内臓らしきものが見えた。

うねうねとした動きにははっきりとした意志を感じられる。

「……これが、はじまりの虫」

ミーシャの脳裏に病に苦しむ人たちの顔が思い浮かぶ。

呼吸も困難なほどの咳や高熱に苦しみ、皮膚に蛇行痕を浮かび上がらせ、目を紅く染めた……。

「さて、確認したな。では、ここからが本番じゃ」

言葉を失くして黙り込むミーシャの肩を、ネルがポンと叩いた。

「そろそろ準備が整ったようじゃからな。次は、実際に人を宿主とした虫たちを見に行くぞ」

いつの間にか壁際に現れていた人に後の始末を頼み、ネルはまだ呆然としているミーシャの背を押して歩き出す。

「本番？　次って⁇」

どんどん歩いていくネルに連れられて、ミーシャは建物の外へと出た。

治療院の裏を進んでいく事で、ネルの向かう先に何があるかをようやく気づいたミーシャはわずかに顔をこわばらせた。

そこは、小さな教会だった。

『紅眼病』で亡くなった人たちは、ここに一度安置され、葬儀の用意が整ってから直接墓所へと連れていかれる。

自宅に戻ることで病のもとをまき散らす恐れがある為取られていた処置で、それは貴族平民問わず同じだった。

『森の民』によって原因が解明されるまでは、家族でも最期の顔を見る事もできない人すらいたという。

「今後のために体を提供してくださる尊い方じゃ。しっかりと勉強させていただくといい」

教会の一室へと導かれながら、ネルが小さく呟く。

最初にラインに会った時に言われていた事をミーシャは思い出した。

解剖さえしていたら、もっと早く病のもとに気づくことができていたはずだという、その言葉を。

（亡くなった人……？）

ミーシャの脳裏に、一人の女性の顔が浮かんだ。

最初の方に運び込まれた人達の一人だった。

年老いた母親と二人で暮らしていたという年配の女性。

ほかに身よりもなく、ひっそりと二人で肩を寄せ合うようにして暮らしていたそうだ。

「最近母親の具合がよくないって言ってて、そういえばここ数日娘の方も姿を見てないって思い出して、声をかけに行ったらよぅ」

発見したのは、『紅眼病』の発病患者はいないかと国のお触れが回った際に、最近姿を見ない親子を思い出した隣の家の住人だったそうだ。

すでにこと切れた母親の隣で、寄り添うように倒れていた娘はその時点ですでに意識はなかったらしく、体中に蛇行痕を残し、目は真っ赤に染まっていた。かろうじて息をしているものの、それだけ、という状態だった。

運び込まれ、治療を受けるものの意識が戻ることはなく、ミーシャはその人の声を聞いた事がなかった。

辛うじて口の隙間から薬湯を流し込むものの、飲み込む力もほとんどなく、ただ見守るしかできなかった。

そして、昨日の早朝に静かに息を引き取ったはずだ。

もう苦しむことのない世界に旅立ったのだと、みんなで泣きながら最後の支度をして送り出した。

「……ハンナさん？」

殺風景な部屋の中。

中央に置かれた台の上に、その人は横たわっていた。

血の気のない真っ白な顔は、不思議と穏やかで、まるで眠っているようにも見える。

それは、あの日の母親を彷彿とさせた。

「……ハンナさんは、治療院に運び込まれてから一度も意識が戻らなかった。肉親も亡くなった母親だけで、他にいないって聞いたわ。誰が、解剖することに頷いたの？」

ミーシャは、震える声で呟くとネルを見上げた。

「……誰もいないから？　解剖に反対する人が、誰もいないからって、勝手に体を傷つけてもいいって言うの⁉」

思わずこぼれた叫びだった。

病に苦しんで苦しんで、やっと安らかになれた。

その体を傷つける事は、ミーシャには冒涜のようにしか思えなかったのだ。

病と闘う者として、間違っているかもしれないと分かっていても、言わずにはいられなかった。

「そうじゃな。だが、それだけではない」

ミーシャの叫びに、ネルは静かな声で答えた。

その表情には、ミーシャの突然の叫びに対する驚きの色はない。

ミーシャの何倍もの時間を生きてきたこの老人には、同じような非難を何度も受けてきた経験があり、何よりも今のミーシャと同じ自問自答を何度も繰り返してきた過去があったからだ。

そして、それと同じだけ乗り越えてきた過去も……。

「恐らく、時期的にその娘の母親が最初の『紅眼病』の犠牲者じゃや。この国では前回の教訓から不審死をしたものは国に届けるよう、通達されておる。だが母親を『紅眼病』で亡くした時、その娘は恐ろしさのあまり隠そうとしてしまった」

何もない石造りの部屋に、その声は滔々と響いた。

どこか厳《おごそ》かにすら感じるネルの声に、ミーシャの興奮した神経が少しずつ落ち着いていく。

「しかし娘は……ハンナも『紅眼病』を発病していたんじゃ。苦しい中、それでも娘は一度隠そうとしてしまった恐ろしさから、いまさら外に出る事は出来なかったんじゃろう。病の苦しさ。国の通達を無視してしまった恐怖。その中で、ハンナは必死に懺悔した」

ネルは、思い浮かべていた。

母親の遺体の横で、自分の命がむしばまれていく絶望と恐怖。それはどれほどのものだっただろう？

ネルは、一枚の布を、ミーシャに差し出した。

それは古びたスカーフだった。色あせた布地におそらく暖炉の燃えカスで何かが書き付けてあった。よく見るとそれは文字で、たどたどしく震える字で「ごめんなさい」と何度もつづられていた。

そして、救いを求める言葉が。

「……どうかこの病をなくして……」

読み取った言葉たちに、ミーシャは息を呑んだ。

平民で字の書ける人は少ない。

難しい言葉を書けない中の言葉では、それは自分に巣くった病を治してほしいという意味にもとれる。だけど……。

「意識がないはずなのに、ハンナさんの指はいつも祈りの印を結んでいたの。体を拭くとき、指をほどいて綺麗にしているはずなのに、気づいたら、いつも……」

ホロリとミーシャの頬を涙が流れた。

ミーシャは、そっとハンナの頬を撫でた。

「冷たい……」

もうこの体に、ハンナの魂はいない。

しかし、ここにある体は、確かにハンナという一人の女性がここに生きた証しだった。

目じりのしわは、良く笑っていたからだろう。やせ衰えてなおしっかりとついた腕の筋肉は、毎日精いっぱい働いていた証拠だ。

「……ハンナさん、どうか『紅眼病』と闘うヒントを私に教えてください」

ミーシャは、小さくつぶやくと、瞳を閉じて葬送の祈りを捧げる。

数か月前に、母親を送った時に捧げた言葉。

その時に負けず劣らず、心を込めた声は、もう何も言わない体へと静かに降り注いだ。

(ハンナさんの声、聴いてみたかった)

何度か見舞いに訪れた隣人から、とても歌の上手い人だったと聞いた事を思い出して、ミーシャはキュッと唇をかんだ。

「さて、覚悟は決まったかの？　ミーシャよ」

葬送の祈りの最後の一節を追うように、ネルが尋ねた。

「はい。どうぞ、私を導いてください。ネル爺、ハンナさんの残してくれた声なき言葉を聞かせて」

貴重な献体による解剖は、ミーシャの他にも見学の希望者を募り行われた。

とはいえ、忙しい中であることと、解剖に対する忌避感がやはり強いようで、参加したのはコーナンを含め数名だけだったが。

実際には、すでに二度ほど解剖が行われていた為、ネルたちにとっては確認に近い形だった。

「肺のコロニーの数が多いのう。治療院に運ばれるまでの時間が長かったから、それだけ虫の数が増えておったのじゃろう」

今回も、横からの見学に終始したミーシャは、ネルの隣から覗き込んで首を傾げた。

「キャラスについていた虫と比べて、随分大きく感じるわ。こっちは目視できるもの」

先ほど見たキャラスの虫も卵も顕微鏡を使わないと観察することが不可能だったが、ハンナの中から出てきたのは二回りほど大きく、ピンセットでつまむことも可能だった。

「宿主が大きく栄養も豊富ゆえに巨大化したんじゃろう。それにより、さらに動きも複雑化したと考えられるんじゃや。キャラスは、脳にまでは虫が辿り着いていなかったからのう」

丁寧に虫をピンセットでガラスの皿に拾い上げながら、ネルが答えた。

「そうなんだ」

何となく皿の上に乗せられた虫を覗き込んだミーシャは、ふわりと微かに酸っぱいような香りをかぎ取った。その香りをどこかで嗅いだ覚えがある気がして、ミーシャは少しだけ考えこんだ。

「あ、メリーさんだ」

思わずつぶやいたミーシャの声は思いのほかよく通り、周囲の注目を集めてしまった。

「メリーさん？　って、最初に連れてこられた老女のことか？」

「う……、うん、そう」

不思議そうなラインに、思わぬ注目を浴びて怯みながらも、ミーシャは小さな声で返事をした。

「なんでここでその名前がでたんじゃ？　確か、まだご存命じゃよな？」

これまた不思議そうな顔で、コーナンが首を傾げる。

「なんだか酸っぱいような香りがしたのだけどどこかで嗅いだような気がして……。思い出してみたら、最初にメリーさんが喀血した時に血の臭いに混ざって同じような香りがしてたの。きっとこの虫が発している香りだったんだなぁ、って思って……」

「酸っぱい香り？　するかのぅ？」

ネルが、皿に鼻を近づけて首を傾げる。

同じように興味を引かれたのかラインまで皿を手にしたが、やはり微妙な顔だ。

「言われたら、するような気もするが？　そういえば、ミーシャは嗅覚が人より良かったな」

他の面々もはっきりとは感じ取れないようで、交互に香りを確かめようとしては首を傾げていた。

「まあ、だから何だって事なんだけど、妙に気になって」

ミーシャにもなぜやけに気になるのかは分からないようで、ぼそぼそと呟いている中で、ただ一人ネルだけが難しい顔をしていた。

「爺さん、どうした？」

ネルの表情に気づいたラインが声をかけると、何か考え込んでいたネルが、はっとしたように表情を改めた。

「いや、ミーシャの言葉で思い出したんじゃが、現地の人間がアークルが食用に向かない理由の一つに肉に臭みがあるからだと言っていたんじゃ。もしかして、この虫が体内にいる事で肉に臭みがついて他の獣に嫌厭されるのではないかと思ってのう。腐敗した食べ物は酸っぱくなるじゃろう？」

「あ、さっき言っていたアークルの利益？」

少し前に話していた会話を思い出して、ミーシャは目を丸くする。

「まぁ、それだけが理由なら、なぜ体内の虫を駆除したアークルが長生きできないのかの説明がつかんから、まだ他にも何かあるんじゃろうがな」

あっさりと手のひらを返したネルに、ミーシャが少し唇を尖らせる。

「食用に向かないくらい臭いがするにしては、患者から気になるほど香りがしないのも問題だな。宿主の体が大きくなった分、香りをしみこませるほどの数に達していないのか、宿主が代わったから虫も別方向に変化していったのか……」

難しい顔で呟くラインは、大きくため息をついてからお手上げだというように首を振った。

「残念ながら、俺じゃ専門外だ。考察は、ネル爺に任せる。それよりも、先に進んでいいか？」

外科が専門のラインは、解剖のために呼び寄せられていた。『森の民』なら、誰でも人体解剖の経験があるのだが、ラインは好んで戦場を渡り歩いていた過去から、経験値がずば抜けていたのだ。

実際、今もラインが主体となり、鮮やかな手並みを見せている。

「そうじゃな。後は開頭して、脳の状態を見てみよう」

「了解」

小刀とノミを使いラインが鮮やかな手つきで綺麗に頭がい骨の一部を外していく。

一見、脳の表面に損傷は見られず、綺麗な状態に見えた。

しかし、頭がい骨から脳を取り出しいくつかの部位に分けられた時、その場にいる全員の目が驚愕に見開かれた。

脳の内部のいくつかの部分に、驚くほどの数の成虫が集まっていたのだ。

「これは……」

その異常な数に絶句するコーナン達に対して、ネルたち『森の民』の方は、険しい顔でその場所を見つめた。

「これは、どこをつかさどる場所か分かるか？　ネル爺」

「……さて、おそらく呼吸や神経の動きを制御する場所じゃったか？　こっちは感情や性格などに関わる場所じゃったと思うが……？　残念ながら、わしも専門外じゃわい」

あきらかに他の場所に比べて虫の数が多い部位を指さしながらネルが答える。

しかし、互いに険しい顔でにらみ合ったところで正解が降ってくるわけでもない。

「しっかりと記録して持ち帰り、だな」

「そのようじゃ」

ため息一つで切り替えて、ネルはいそいそと今度は別の皿に虫を集め始めた。

「それ、どうするの？」

実は蓋つきだったガラスの皿に、それぞれの場所にいた虫を分けて集めていくネルを、ミーシャは不思議そうに見つめた。

「おなじ虫でも別の場所にいるという事は、役割が違う可能性があるからのう。発見場所で区分けして、それぞれに詳しく調べて比較するんじゃ。たとえば、肺から採取した虫から感じた香りはこっちからもするかのう？」

小さなガラスの皿を突き付けられ、ミーシャはクンッと臭いを嗅いだ。

「ううん。こっちからは臭わない」

首を横に振るミーシャに、ネルは我が意を得たりというようにニヤリと笑った。

「そういう事じゃ。違いを知ることで、より深くこの寄生虫の事を知ることができる。病のもとを理解するという事は、対処法を知るという事じゃ。我々とて、最初から何でも知っているわけではないわい。こうした地道な努力の積み重ねの結果じゃ」

さらさらと紙に臭いがしない事もついでに書き付けたネルは、その紙をぺたりと皿に被せた蓋の上に貼り付けた。

「ここには試薬も実験道具もそろっておらんので、大したことはできん。追って薬草と共に来る男が、もろもろの道具も薬と共に担いでくるじゃろうて。それまでは、サンプル集めじゃな」

「遊んでいたわけではなかったのね」

思わず漏れたミーシャの言葉に、ネルの眉がグイっと寄せられた。

「お主までそんなことを言うのか。まったく、ミランダの奴の悪影響が出ておるわ」

ぶつぶつと呟きながらも、ネルの手が止まることはない。

「おぬしも手伝わんかい。いつまでたっても終わらんぞ」

そんな言葉と共にピンセットと皿を手渡されて、ミーシャも戸惑いながら虫の採取を手伝う。

その横では、ラインがさらさらとスケッチをとっていた。横目で覗くと、迷いのない筆運びで肺や心臓、肝臓や脳などいろいろな部位の絵が描かれていた。まるで目の前のものが紙に写しこまれているように正確で、ミーシャは、伯父の意外な才能をまた一つ知ったのだった。

最後に丁寧に内臓をもとの位置に戻し傷を縫い合わせ、元あったように体の形を整えると、綺麗な刺繍をした白い服が着せられた。自分の守り袋や服の裾などの模様とよく似た刺繍にミーシャが目を奪われている中、枕元に立ったネルが深々と頭を下げた。

そして、聞いた事のない言葉で歌いだす。

独特の節でわずか十秒ほどの独唱。

それが終わると、同じ節をラインが重ねるように歌いだす。さらに一人。そしてもう一人。

その場にいた『森の民』全員の声が重なり、さらに数度同じ節を繰り返すと、唐突に歌はやんだ。

沈黙が広がるその瞬間、シャランッと涼やかな音が鳴った。

いつの間に取り出したのか。

ネルは、棒の先にいくつもの金属の板が連なった紐が括り付けられた短杖を持ち、それを振ることでシャラシャラと涼やかな音が鳴っていたのだ。

眠るハンナの頭上で音を鳴らす。

二度、三度。不思議な音に隠れるように、ネルが何事かを唱え、その儀式は終わった。

後で聞いたところ、それは、『森の民』に伝わる特別な葬送の歌だった。

病研究の協力者に対し、感謝を伝え、死後の世界での安寧を願う意味があるそうだ。

着せかけられた服の刺繍も同じように、死者を守る意味合いがあるものらしい。

もっとも、その時はそんな意味があるなど知らなかったけれど、ミーシャも含めたその場にいる全員が厳粛な雰囲気にのまれて、ただ歌が朗々と流れる中、静かに頭を下げ続けていた。

「アークルは一度呑み込んだ魚を雛に給餌する際、雛へと卵や虫が移動すると考えられている。後は、卵を産む際に既に殻へとついているようじゃな。キャラスも同じように産卵時に広がったんじゃろう。後は、求愛行動で体を擦りつける行為があるそうじゃから、大人同士はその際に移ったんじゃろうて。さて、ここで問題じゃ、ミーシャ。人は口移しで食物を与える事はしない。『紅眼病』の虫はどうやって広がろうとしたんじゃと思う？」

最後に一つ、ネルから投げかけられた質問は、長くミーシャの心に残ることになる。

十二　新薬の開発

今日の分の薬を投与し終わり、休憩室でお茶を飲んでいたミーシャのところに、ネルがヒョッコリと顔を出した。

今回の立役者であるネルは、「薬の作り方は教えたんだし、ここにわしの出番はもうないじゃろ」と、フラフラと街に出ては歩き回っていた。

本人曰く「環境調査」らしいのだが、ラインは「お役人の相手が面倒なだけだろ」とにべもない。

本来の現場責任者が不在のため、現在、国の責任者とのやりとりを押し付けられているラインは、精神的疲労によりうっすらと目の下にクマができていた。

その顔を見れば、そっと目をそらすしかないミーシャであった。

別に無理難題を押し付けられているわけでは無いのだが、人とのやりとりを苦手とするラインにとっては、不眠不休で働き続けるよりもよほど苦痛であったらしい。

「お前の得意分野だろう」

数日で音をあげたラインは、ミランダにどうにか押し付けようとしたのだが、レイアースに対する「ぬけがけ」が癇に障っているミランダは、絶対に代わろうとはしなかった。

「年長者にお任せするわ。……たまには管理の仕事をして、苦労を思い知ればいいのよ」

ニッコリ笑顔で毒を吐き、そっぽを向くミランダに取りつく島はなかった。

そんな自由人のネルだが、気まぐれに顔を出してはミーシャに構って去っていく。

決して作業の邪魔をするのではなく、ミーシャが休憩をしていると、どこからともなく現れるのだ。まるで計ったかのようなタイミングの良さに、きっと誰かが知らせているのだろうなあ、と思ったけれど、ミーシャは問いただす気はなかった。

別に後ろめたいことをしているわけではないので、まるで監視されているような現状も気にならなかったのである。

それよりも、ネルの話してくれる母やラインの昔話のほうがよほど大事だった。

破天荒な思い付きを片っ端から試していくラインと、コツコツと積み上げる事の得意なレイアース。一見正反対な二人が、幼いながらも失敗を積み重ね、大人も目を見張るほどの成果を上げて行く話は、まるで物語をきいているようだった。ミーシャから見ると、出来ないことは何一つないように感じる二人にも、そんなふうに研鑽の日々があったのだ。

（そういえば、森の家でも母さんはいろんな実験をしていたわ。より良い薬を作り出すためには必要な過程なんだってほんの少しずつ配合を変えた薬をいくつも作ってはどれが最適なのかを探して

た……。誰だって、一足飛びで成果を手にいれるわけじゃない）
更に『森の民』の長老を名乗るだけあってネルは博識であり、薬草の育て方などにもたくさんのアドバイスをもらう事が出来て、そんな方法があるのだと、目が覚めるような気持になることはいくつもあった。
根を詰めがちなミーシャのいい息抜きになっているため、ミーシャと交流している時はラインもネルに仕事をしろと呼びに来ない。そのため、ネルはますますミーシャにかまってくるという、良いか悪いか分からない不思議な状態となっていた。

「ネル爺様。質問があるのですが……」

だから、お茶を飲みながらミーシャがおずおずと切り出してきた時も、ネルはいつもの質問タイムだろうと軽い気持ちで視線をあげた。

向上心のある子供の相手が、ネルは大好きだった。時には大人の思いもよらない着眼点を披露してくれる。

「『紅眼病』は寄生虫が引き起こす病気ですよね。最初は口から入り込み体内で増殖。血の道を通り全身に広がって、最終的には肺に大きなコロニーを作り出す」

「そうじゃな。全身に張り巡らせた小さな血の道にまで虫が入り込むことで赤い筋のような痕や、白目が赤く染まるという現象を引き起こす。……なんじゃ、おさらいか？」

唐突に『紅眼病』の話を始めたミーシャに、ネルは怪訝そうに眉をひそめた。

「はい。おさらいです。だから、末期患者の虫を退治するには、全身に散らばった虫を駆除するのと同時にそのコロニーを叩き潰すのが重要だと思うのですが、肺に対する薬の効き目がいまいちだと思うんです」

真剣な表情で言い募るミーシャのきらきらと輝く瞳に何かを感じて、ネルは居住まいをただした。

「そうじゃな。前に見せた通り、肺のコロニーは特殊な壁を作って卵を守っているため、今の薬ではほとんど効果がない。結果複数回投与して成虫の数を減らしていくしかないのが現状じゃ。それで？　何か思いついたのか？」

「以前、知り合った方が、暖炉に塗りつけられていた毒薬の煙を吸って体調を崩していました。同じように煙や蒸気を吸い込むことで、直接肺に薬の成分を届けることは出来ないでしょうか？」

ミーシャの言葉に、ネルは、小さく息を呑んだ。

経口で薬を飲むとどうしても肺に届く頃には、他に吸収されてしまい薬効は弱くなってしまう。しかし、ミーシャの提案した方法ならば、うまくすれば効果は格段に変わるだろう。

「しかし、それには薬の成分を変えねばならん。研究に回す余地はあるのかの？」

「……まだ、ミランダさんには言っていないので分かりません。ですが、肺のコロニーを潰して卵のうちに退治できれば、病の終息はかなり早まるはずです。そこを直接たたく方法があるなら、試す価値はあると思います。いつ届くかわからない薬を待っているだけでは、駄目だと思うんです。届いたときにより良い方法が出来ていれば、すぐに処方できます」

迷いのないまっすぐな瞳に、ネルは、フッと笑みをこぼした。

絶望と無力感に打ちひしがれていたのは、ほんの数日前の事だ。しかし、目の前の少女はすでにしっかりと前を向き、さらなる高みを目指そうとあがいている。

数日前には見られなかった目の下のクマは、ミーシャが寝る間も惜しんで、文献をひっくり返した証拠だろう。

ネルは、カップの中のお茶を飲み干すと、ゆっくりと立ち上がった。

「そこまで自信満々に言うということは、薬の改良も目星がついておるんじゃろう。ほれ、行くぞ！」

「はい！」

唐突に歩き出したネルを、ミーシャは慌てて追いかけた。


あの後、ネルと共にミランダのもとを訪れたミーシャは、自分の思いつきを伝え、新しい配合を研究したい旨を伝えた。

ただでさえ残り少ない薬草を研究に回すのに、難色を示したミランダの説得を手伝ってくれたのはネルだった。

そろそろ追加の薬が届く目処も立つ頃であり、そのタイミングで今よりも効果のある新薬を開発できているのは、今後を考えれば有益だ、ともっともらしく語りだしたのだ。

結局、ネルが味方についたことにより、ミーシャは研究用に薬草を融通してもらうことができた。

とはいえ、その数は本当に最小限であり、決して無駄にはできない。

少量とはいえ、その分があれば一日長く生き延びられる人がいるかもしれないのだ。

ミーシャは、深々と頭を下げると、渡された薬草をまるで宝石のように大切に受け取った。

手のひらに乗る重みは、何物にも代えがたい命の重みであり、それを託された責任を思えば、足が震えそうになる。

ミーシャは、自分ではなく、もっと薬草に詳しい医療知識の豊富な大人に託した方がいいのかもしれないとネルに訴えた。

しかし、ネルは首を横に振った。

「発想を得たものが主軸となり研究した方が、良い結果が得られるもんじゃ。なぁに。悩んだ時の相談は乗るから、心配せんで自由にやってみるがいい」

のんびりとした口調で背中を押され、ミーシャは、戸惑いながらもその任務を受けたのだった。


ミーシャは、無理を言って融通してもらった薬草をもとに、新たな調薬を探すべく取り組んでいた。空気の中にいかに薬効成分を含ませるか。更に、それが望むレベルの効果を上げるためのより良い配合と吸収方法とはどんなものか。

今までにないものを生み出すことが、これほど困難なものだということを、ミーシャは初めて知った。

今までミーシャが行っていた病状に合わせて薬を処方するという行為は、母親に教えられた知識の利用でしかなかったのだと思い知らされ、ミーシャは唇をかんだ。

だからと言って、始めたものを今更やめる気も無かった。

すでに使ってしまった薬草。それは、誰かの命をつなぐ大切なものだったのだ。

ここで諦めてしまえば、本当に無駄になってしまう。

(自分の馬鹿さ加減や無力さをかみしめるのは後で良い。今は、目の前にある問題が先)

それでも、目標があることは、今のミーシャにとっては救いだった。

頭の中がそれで一杯になっている間は、余計なことを考えている余裕はないのだから。

湧き起こる疑問は出来る限り資料をひっくり返し、それでもわからなければ、ネルやラインを捕まえて教えてもらう。

そうすることで、ミーシャは、自分には経験の他にも基礎となる知識が圧倒的に足りないのだということを痛感していた。


明らかに疲労の溜まった顔で、それでも眼だけは力を失うことなくいくつもの疑問を持って自分に迫ってくるミーシャを、ネルは、面白いものを見る目で観察していた。

たどり着きたい形は見えているのに、そこに至る道筋が分からずもがいている。

それなのに、ほぼ直感だけでじわじわと答えに近づいていく姿は驚嘆に値した。

というか、次にはどんな事を思いつくかと見ていると、ワクワクしてしょうがなかったのだ。

だからこそ、決定的な答えにつながる言葉は決して与えず、観察していたのだ。

（ミランダあたりに知られたら、趣味が悪いと怒られそうじゃの～～）

人の命がかかっている時に、確かに悪趣味といえる事をしている自覚があった。

しかし、決定的に薬草が足りていない現状で、たとえ、ミーシャの望む薬のレシピを見つけ出したとしても現実的に処方は不可能だ。

（まぁ、薬草が届くまでのお遊びくらい、許されるじゃろ）

期間限定のお遊び。

そう、自分に区切りをつけてミーシャを見つめるネルの瞳は、喜色の陰に明らかに冷たい光を宿していた。

それは、一族を守る為の選別者の瞳。

もしもミーシャが一族の為にならないと判断すれば、ネルは容赦なく切り捨てるだろう。

『森の民』は一族の結束を何よりも重んじる。

そういう意味では、今まで外で暮らしていたミーシャは、まだ一族の人間では無かったのだ。

この場に、わざわざ長老の一人であるネルが現れたのは、決して未知の病である『紅眼病』への好奇心のためだけでは無かった。

(さぁて、嬢ちゃんは答えに辿り着けるかのぅ?)

「ダメだ。これじゃ、きっとほとんど効果なんてでない」

ミーシャは、考え付く限りの調薬レシピを書き散らした紙をクシャクシャに握りつぶすと、机の上に半身を投げ出した。

寝る間も惜しんで資料をひっくり返し、考え続けた頭は明らかに働きすぎでボウっとする。

自分に対する不甲斐なさに滲んでいた涙を拭う気力すら、今のミーシャには残されていなかった。

最初に思いつくきっかけになった毒は、素は特殊な鉱石で一定以上の熱を加えると固体から液体、そして気体へと変化する。

それを吸い込む事で知らないうちに体内へと毒素を溜め込んでいき、やがて死に至るというもので、元々は別の鉱石を探す鉱山で、副産物的に発見されたものだった。

岩を砕く際の爆破の熱で溶け出した毒素を知らずに吸い込んでいた鉱夫達が原因不明の死亡を遂げる。

鉱夫の中にだけ起こる謎の病として研究された結果、発見されたのだ。

なんと、若かりし頃のネルが関わっていた一件だったそうで、懐かしそうに詳細を語られた時は驚きに目を見開いたものだ。

フウッとため息をつくと、ミーシャは、ギュッと目を閉じる。

(何がいけないんだろう)

肺へと薬を届けたいのだから、その鉱石の毒のように薬を吸い込ませればいいのだと思ったのだ。

だが、どうしても薬の成分をうまく空気に乗せる事が出来ない。

最初は単純に薬を煮出して湯気を吸う方法を試したのだが、よほど、煮出した後の湯のほうが効果があった。

煮詰められた物をもったいないからと砂糖を混ぜて飲ませると、効果はある上に飲みやすいと苦みの苦手な子供達に喜ばれた。

その後は、薬草の配合を変えて気化しやすい薬のレシピを探っているのだが、うまくいかない。

一番効果があったもので精々、普通に飲む場合の半分といったところか。

これでは、わざわざ新しい方法を試す価値はない。

さらには、実験に使える薬草の量が限られている以上、効果のありそうな配合をまず机上で吟味しては、少量実験するという方法をとっているため、なおの事実験は遅々として進まなかった。

(もう、こんなことしてるくらいなら、患者さんの汗の一つでも拭いている方が為になるんじゃな

いかしら）

ミーシャの心を弱気な考えがよぎる。

ネルが薬の追加を手配してから、すでに結構な時間がたつ。

どうも北方の国の情勢が怪しく輸送に時間がかかっているようだが、そろそろ追加が来てもおかしくはないだろう。

「……あ〜〜〜〜〜〜、っもう!!」

ミーシャは突然大声をあげると、机の上の物を腕で払いのけた。

あまりの勢いに、乱雑に積まれていた本や資料の束が宙を舞い、机の下へとまき散らされる。

その結果、あらゆる所に積もったり潜んだりしていた大量の埃が舞い上がった。

どれほど切羽詰まっていてもさすがに調薬室は清浄を保っていたものの、ここは、ミーシャが個人的に資料室として使っていた部屋で、掃除の為に資料を動かして大切なものがどこにあるか分からなくなっては困ると、人が入るのを拒否していた。

それなら自分ですればいいのだが、今のミーシャにその余裕はなく、箒を持つくらいなら資料を読み込みたいと見ないふりを決め込んでいたのだ。

そのため、その埃の量は本当に大量だった。

おまけに、癇癪を起こして大声を出した後のミーシャは、吐ききった息を吸い込む必要があり、結果として盛大に舞い上がった埃を吸い込む羽目になる。

「ゲホッ！　ゲホッッ！」

細かい埃が喉の奥にまで入り込んだようで、反射として湧き起こった咳にミーシャは、眼尻に涙を浮かべて激しく咽《むせ》た。

思考すらままならないその状態の中、ミーシャの脳裏に何かがよぎる。

（何？　まって⁉　咳……、なんで？　……埃にむせた……埃？）

「ミーシャ、どうしたの⁉」

隣の調薬室で薬を作っていたミランダは、突然の叫び声とその後に続いた騒音に驚いてミーシャのこもっているはずの部屋へとかけこみ、目を丸くした。

乱雑に散らかった部屋の中、そこだけ物のない机の上に縋り付くようにして、ミーシャが盛大に咳き込んでいた。

最後に見た時には、広げられながらも机の上にあったはずの本や資料の束が床に散らばり、埃がもうもうと舞い上がる状況に、ミランダは、正確にここで起きたことを悟った。

（煮詰まってたもの、ねえ）

食事も睡眠もろくにとらず没頭していた鬼気迫るミーシャを見ていただけに、うまくいかない研究に癇癪を起こしたのだろうと想像するのはたやすかった。

（そういえば、レイアースも昔、似たようなことしてたっけ）

こんな時であるのに、どこか懐かしく心が温まるのを感じながらも、ミランダは一つ息を吐いた。

「大丈夫？」

ミランダはハンカチで口を押さえてモウモウと埃が舞う部屋に入ると、まずは閉め切られた窓を開けた。

湿気を多分に含んだ生ぬるい風が、埃だらけの空気を吹き飛ばしていく。

それから、どうにか咳の治まってきたミーシャの元へ歩み寄ると、そっとその背を撫でた。

（ずいぶん痩せちゃって……。何か、栄養のつくものを無理にでも食べさせなくっちゃ）

少女らしい柔らかさのかけたその感触に、ミランダがひっそりと決意していると、ようやく咳の治まったミーシャがバッと体を起こし、ミランダの腕に縋り付いた。

「ミ……ラン……ダ……さ……。おね……が……」

先ほどまでの咳のせいでまだ整わない呼吸のまま、必死に言葉を伝えようとするミーシャの勢いに押されるように一歩後ずさりながらも、ミランダは、何とか踏みとどまった。

「わかったから、少し落ち着いて。なんて言ってるか、わからないから」

ポンポンと肩をたたかれ落ち着くように促されて、ミーシャは、呼吸を整えるために何度か大きく深呼吸をした。

少し生ぬるいが埃臭くない新鮮な空気が、肺を満たしていく。

「新しい方法を思いついたんです！　試させてください!!」

まだ少しうるんだ目でしっかりとミランダを見つめると、ミーシャは大きな声で叫んだ。

「うまく薬の成分を空気の中に混ぜられないのなら、そのまま吸い込んでしまえばいいんです」

ミーシャの言葉に、集まったネルやライン達は目を丸くした。

「もちろん、今のままではだめです。不純物を除去して、できるだけ細かく。できれば細びきの小麦よりも細かくするのが理想です。吸い込み方も考えなくちゃいけないけど……。細い筒のようなものに詰めて出来れば一息に吸い込めるようにしたらどうかなって。……まあ、ここらは、適当な薬草で実験してみます」

集まった面々をまっすぐな視線で見渡して、ミーシャは言い切った。

「また、面妖なことを。どうやって思いついたんじゃ？」

呆れ顔のネルから、ミーシャはソッと目線を外した。

思いついたのは、埃を吸い込んでむせた時だった。

咳は気管に入った異物を吐き出すために起こる。

埃を吸ってむせたということは、埃が喉の奥に入り込んだって事で、つまりは息にのせて細かい粉ならば吸い込めるという事だ。

そういえば、昔、パンを作ろうとして小麦粉を撒き散らし、同じようにむせたことがあった。

ならば、薬草も細かく砕いてしまえば、吸い込むことは可能なのではないか。

「吸い込んだ時に咳をしないような工夫は必要だろうけど、意外と有効な方法だと思います」

ミーシャが思いついたであろう現場を見ていたミランダは、ミーシャが言いたくない気持ちもなんとなく察知して、苦笑しながらも話題を変える手助けをした。

年頃の少女が、部屋の埃を吸い込んでしまう環境にいたと言いたくないのは当然だろう。

「……そうじゃなぁ。知らぬうちに粉塵を吸い込み続けることで、肺の病が起きることもある。少量ならむせずに薬剤を吸い込む方法もあるじゃろう」

ネルが考え込むように半眼を閉じながらつぶやいた時、部屋の扉が激しくノックされた。

「なんだ？　忙しない」

ラインが眉を顰めつつ扉を開けると、衛兵が立っていた。

「ネル殿に、急ぎの鳥がつきました」

そうして渡された小さな紙筒が、ラインからネルへと渡っていく。

破かぬようにゆっくりと薄紙を広げたネルの眉間が僅かにしかめられた。

「なんだ？　ネル爺。悪い知らせか？」

表情を引き締めたラインへと、ネルが再び紙を手渡す。

そうしながら、同じように不安そうな表情を浮かべこちらを見つめる一同をぐるりと見渡した。

「薬の輸送を頼んでいた者からの連絡じゃ。どうも、間の国で戦が起こり、陸路が使えなくなったようで、トランスより海路を使いこちらに向かうそうじゃ」

「……それは」

途端に、みんなの顔がハッキリと顰められ、一人訳がわからないミーシャは首を傾げた。

「船で運ぶとダメなんですか？」

レッドフォードに向かう途中で乗った船を思い出し、ミーシャは怪訝な顔をする。

陸路で山道を行くより速かったし、かなり快適だった。

「あの海域は、今の時季は、夏の嵐が起こりやすいのよ。特に遠距離を走る船は大きなものが多いから、陸から離れた沖の方を走るの。そうすると、嵐にあった時港に逃げ込むのが難しくなるから、難破の危険が高くなる」

海のことをよく知らないミーシャでも理解できるよう、ミランダが噛んで含めるようにゆっくりと説明してくれる。

「無いわけではないけど、かなり商船の数も減っているはずよ。良く荷を積んでくれる船を見つけたわね」

最後はミーシャにというより自分の疑問をミランダは零した。

それに、ネルが肩をすくめる。

「詳しく書く余裕は無かったようじゃが、どうも荷船では無く、たまたま遠方漁業の為に立ち寄っていた船が乗せてくれることになったようじゃな。港で困っとったら、たまたま知り合った少年が仲立ちしてくれたようじゃ」

「少年？　遠方漁業の船って、漁船が荷を運んでくれるんですか？」

首をかしげるミランダ達に、ラインが微妙な顔でミーシャを見つめた。

「どうも、『森の民』に借りがあるらしいぜ？　ミーシャ、お前、今度は何をしてきたんだ？」

「借り？　漁船？　少年⁇」

ふいにミーシャの脳裏に、鮮やかに舞う少女の姿が過った。

（確か、家は魚を取る仕事をしているって言っていたような……。でも、少年？）

「まぁ、漁船なら足も速いから上手くすれば四～五日で着くし、謎も解けるじゃろ。それよりも、ミーシャ、お主がすることはそれまでに薬の改良をする事じゃないかの？」

ネルの言葉に、ミーシャはハッと表情を引き締めた。

「お主の思う形、それまでに作り上げてみよ」

ニンマリと笑うネルに、ミーシャはコクリと頷いた。

十三　薬を運んできた人

その日。

ミーシャは入港してくる船を待って港に立っていた。予定よりも早い三日後。

待ち望んだ薬草を積んだ船が、港に着くとの知らせを持って鳥が飛んできたからだ。

今度こそ全面協力の体制をとってくれたネルとの共同研究の結果、薬の改良の目処がたったのをまるで見計らったかのようなタイミングだった。

久しぶりの仮眠から目覚めたミーシャを待っていたミランダから、押し込めるようにして馬車に乗せられた。

ガタガタと揺れる馬車の単調な振動に、あやされるようにウトウトしながら港に着いたミーシャは、この国に着いた時以来の潮風に目を細めた。風が隠す事なく晒した白金の髪をサラサラと流していく。

少し湿気を含んだ風にぼうっとしていた頭がシャキッとする。

(どの船なのかなぁ?)

ミーシャが行けば、相手が勝手に見つけてくれるはずだからと目印の任務を与えられたミーシャは、他になす術もなく、せめて目立つ場所にと立ち尽くしていたのだ。

「ミーシャねぇちゃーん！　久しぶり！」

突然、横合いから飛びつくように抱きつかれ、ミーシャはよろけながらもどうにか踏みとどまった。そうして、振り向いたそこに、見覚えのある笑顔を見つけ目を見開く。

「ケント⁉　なんであなたがこんなところにいるの？　お婆ちゃんは？」

驚きに声をあげるミーシャに、ケントはイタズラが成功したような顔で笑った。

「婆ちゃんは村で元気にしてるよ。俺は商人の修行中で行商の隊列に入れてもらって色々回ってたんだ。一番、北に居たから」

会わなかった数ヶ月の間にひとまわり大きくなったように感じる少年は、そういうと、少し逞しくなった胸を張った。

「姉ちゃんが欲しがってた薬草、持って来たぜ？」

ミーシャが旅立った後、ケントも一度は祖母と共に誘われるまま、織物の村へと身を寄せた。しかし、織物産業の発展で生活にゆとりができたとはいえ、基本刺激の少ない山奥の寒村である。生まれた時から大きな町に住み、長じてからは生きていく為に良くも悪くも日々、刺激に富んだ生活をしていたケントは、すぐに飽きてしまった。

村の学校に通ってみても、聡明な祖母に毎日文字や計算、果ては経理の技術まで仕込まれていたケントにとっては、まさしく子供のお遊びに過ぎず、今更学ぶものもない。

祖母も村に馴染み、体調が落ち着いてきたのもあり、村にいる必要性も見出せなくなってしまったケントは、丁度、織物の納品と行商に出かける一行へと参加することを決め、半月ほどで村を飛び出したのだ。

落ち着きがないと祖母には呆れられたけれど、好奇心が強いのは商人としてはいい事だと背中を押してくれた。

見習いとして仲間と共に馬車に乗り、行く先々で商品を仕入れたり売ったりする日々は目まぐるしく、学ぶことも多かった。

元々、目端が利いて物怖じしないケントは、行商に向いていたらしく、直ぐに馴染んだ。

最初は戸惑った野営の準備も直ぐに覚え、今では一人で全ての設置を行い、食事の準備まで任されるようになった。

山を越え、海を渡り、遂には国境も越え、気がつけば故郷はだいぶ遠くなった。

たまには郷愁にかられる事もあるけれど、おおむね楽しく過ごしていた。

ただ、そろそろ近辺がきなくさくなってきた事だし、故郷への帰路へつこうという話がではじめた時、ケントは懐かしい色を見つけたのだ。

「子供を連れて行けない商談」があるからと自由時間をもらったケントが、一人ブラブラと港を歩いていた時だった。

この国一番の大きな港は、様々な国の船が集まり、行き交う人を眺めているだけで楽しい。

耳になじまぬ異国の言葉を「そのうちに覚えたいなぁ」となんとなく聞き流しながら歩いている中で、ふっと何かが目に飛び込み、足を止めた。

商船の船主らしき男と交渉している、多分、男性。

線の細い体はスッポリとマントに覆われ、人相がはっきりしない。

商人は信用と礼儀を重んじる。交渉の場で顔を隠そうとする相手など論外だ。

そんな相手との交渉を、真面目にする気がないのがはっきりとみて取れるやる気のない船主に、必死に食い下がっているようだけれど、ハッキリ言って無駄だろう。

だけど、何かに惹かれるようにふらふらとその二人へケントは足を向けた。

フードの端からわずかにこぼれ落ちている髪の色が、大切な友人と同じ色だったからだ。

自分をスリのカモにしようとした浮浪児一歩手前の少年の話を親身になって聞き、問題を鮮やかに解決してみせたお人好しの薬師の少女。

ケントは幼いながら、生涯をかけても返しきれないと思うほどの恩義を感じていた。

その男は顔が見えないほど深くフードをかぶっていたが、子供ゆえの身長差で、ケントには下から覗き込むことは可能だった。

はたして、そこに垣間見えた翠色に、ケントの心は震えた。

他に二つとないと言われる、白金と翠の組み合わせ。

幻とすら言われる一族に、旅に出てこんなに直ぐに出会えるとは思ってもみなかった。

「お兄さん、困ってるの？」

ケントは、クイっと男の手を引いた。

不意に話に割り込んできた少年の存在に、大人達が一瞬身構える。

しかし、相手が無邪気な笑顔を浮かべた少年とみてとると、直ぐに緊張を解いた。

「まぁ、兄ちゃん。そういうわけで、ウチはもう予定の積み荷で船は一杯なんだ。他、当たってくんな！」

自分から意識がそれたのを幸いと、船主の男が軽く片手を上げて逃げて行く。

「あっ……」

それを一瞬追いかけようとして、男は諦めたように肩を落とした。

「ねえ、船便を探してるの？　どこまで行きたいの？」

ケントは、再び男の手を引くと、自分へと意識を戻させる。

男が少し困ったように笑ってみせた。

「レッドフォード王国まで、ね。陸路は危険そうだから、海路を探してるんだけど、この時季は難しいね」

何気ない愚痴のように零された言葉に、ケントの眉間にクッキリとシワが寄った。

この時季の海は嵐が起きやすい。

隣の港くらいならともかく、レッドフォード王国まで一気にとなると難しいだろう。

「少しずつ、刻むように運ぶんじゃダメなの？」

さっきまでの無邪気な表情が消え、まるで一端の商人のような顔で尋ねるケントに何を感じたのか、男は、それまでの小さな子供に向けるような笑顔を引っ込めた。

「薬を待っている人たちがいてね。とても急いでるんだ」

真剣な瞳に、ケントはしばし考え込んだ。

《レッドフォード王国》に行くと言っていたミーシャ。

そこに向かう急ぎの薬と『森の民』の青年。

二つをつなぎ合わせるのは早計だろうか？

（でも、姉ちゃん、お人好しだだし、絶対関わってそう……）

ケントは、ホウッと息を一つつくと、男の手を引いた。

「俺のおじさん、大きな商隊の長なんだ。船便、見つかるかは分からないけど、紹介してあげるよ」

突然のケントの申し出に、青年の目が大きく見開かれた。

「なぜ？」

当然の疑問に、ケントはミーシャよりも少し薄いけど綺麗な翠を見ながら、にっこりと笑ってみせた。

「前にお兄さんと同じ彩《いろ》を持った人に助けてもらったんだ。その時のお礼。商人は義理がたいんだよ？」


そうして始まったレッドフォード行きの船探しは、大方の予想通り難航した。

この時季の海は本当に予想がつきにくく、むやみに出航すれば嵐に巻き込まれ、難破する危険が高い。

ゆえに夏の嵐の時季の二ヶ月ほどは、船の数が激減するのだ。嵐で船を失う危険と二ヶ月ほど遠距離の航路を取りやめる損害では、後者の方が軽い。何しろ、嵐の海で難破すれば、命すらも失う可能性が高いのだから。

そんな中出航が決まっている船は、大抵が事情持ちで荷物の予定が詰まっていた。

無理に載せられないこともないだろうが、いざ嵐に合った時、船を軽くするために真っ先に海に捨てると言われれば、二の足も踏む。

確実に運べないのなら、急いだところで意味がないのだから。

難しいと分かっていても、何件も断られ続ければ腐りたくもなる。

本来の商談があるという身を寄せる商隊《ごしゃ》のおじさんと別れたケントは、行き場のない悔しさを込めて港に停まっている船を睨みつけていた。

「……こんなにたくさんの船があるのに。ミーシャ姉ちゃんが、薬を待ってるのに……」

知らぬうちに口からこぼれ出た言葉に、ポンとケントの頭を撫でる手があった。

「まぁ、しょうがありません。物事が上手くいかないのはままあることですから」

顔をあげれば、フードの影から翠の目が慰めるように見つめていた。

あの日、船を探していた『森の民』の青年だった。

トマと名乗った青年は、口数の少ない物静かな人物で、交渉ごとは苦手だと自分で言っていた。

普段はあまり故郷から出ないのだが、長老に頼まれ、故郷近くの目的の薬草が採れる土地からレッドフォードへと輸送の旅に出たらしい。

自分で交渉が苦手というだけあり、ここまで来るのにも中々に苦難の連続だったらしい。

話を聞いて、子供のケントから見ても明らかに頼む人物の選択ミスだと思ったものだ。

それでも、苦手なりに任せきりにするのも気がひけると、交渉の場に向かうケント達についてくる姿は好感が持てた。

「でも、よく分からないけど大切な薬なんだろ？　ミーシャ姉ちゃん、きっと困ってる」

穏やかな瞳に見つめられ、ポロリと弱音は零れ落ちる。

ついでに、涙が滲んできて、視界がゆらゆら揺れた時、不意に後ろから声がかかった。

「おい、坊主。いま、ミーシャ姉ちゃんって言ったか？　そいつはもしかして、若い薬師の姉ちゃんのことかい？」

波音の中でもよく通る太くしわがれた大声に驚いたケントは、ばっと声の方を振り返った。

日に焼けた逞しい中年の男が、じっとこっちを見ている。

「そのマント、薬師様がよく着てるやつだろう？　もしかして、ミーシャ嬢ちゃんのお仲間なのか？」

「確かに、姉ちゃんは薬師だけど……。おっちゃん、ミーシャ姉ちゃんを知ってるの？」

自分の倍ほどもある太い腕に見とれながら、ケントはコクリと頷き、首をかしげた。

「おうよ。うすい金髪に翠の目の可愛い嬢ちゃんだろ？　俺の娘が前に世話になったんだ」

ニカッと笑う顔は朗らかで、騙してやろうとか悪い事は何もないように見えた。

「なんか困ってんのか？　嬢ちゃんの友達なら力になるぜ？」

明るい声に押されるように、ケントは思わず、現状を話していた。

レッドフォード王国までの急ぎの荷がある事。

陸路は危険なので運んでくれる船を探しているのだけれど、時季が悪くなかなか見つからないこと。

「なんだ、そんなことか。だったら、オッチャンが運んでやるよ」

腕組みしながら話を聞いていた男は、全てを聞き終えた後、何でもないことのようにそう言った。

「は？」

あっさりと返ってきた答えに、ケントはポカンと口を開けた。

早く船が見つかってほしいと願うあまり、都合のいい幻聴が聞こえたのかと思ったのだ。

「つっても、俺の船は商船じゃなく漁船だから、ちぃっと魚臭いし揺れるがそれでも嫌じゃないならな。しばらく息抜きに遊んで帰るつもりだったくらいで、特に用事があるわけでもねえ。直ぐに連れてってやるぜ？」

「それは助かります」

ニッカリ笑顔に答えたのは、ケントではなく、今まで影のように黙ってケントの後ろに立っていたトマだった。

スルリとマントのフードをおろし、頭を下げる。

肩口まで伸ばされた髪がさらりと揺れた。

「おお、嬢ちゃんとおんなじ綺麗な髪と目だな！　親戚かなんかかい？」

トマの顔を見て、男が嬉しそうな声をあげる。

「嬢ちゃんは変な男達に攫われて殺されそうになってたウチの娘を助けてくれたんだ。うちの娘は竜神様の巫女姫だからな。嵐なんざ怖くない。大船に乗ったつもりでいてくんな！」

誇らしげにそう言って、トマの差し出した手をゴツい手で握り返し、ブンブンと振り回した。

「……姉ちゃん、何やってんだよ。よそでも、人助けしてまわってんのか？」

あまりの急展開についていけないケントは、にこやかに談笑を始めた大人二人を眺めながら、力なくつぶやいた。


その後、見せてもらった船は、船員二十人が乗る予想以上に立派なものだった。

本来取った魚を積む生け簀の部分が丸々空いている為、今回はそこから水を抜き、荷物を積み込んでもらったのだが、充分なスペースがあった。

「おっちゃん、良いのか？　本当は、帰りも魚を取る予定だったんだろ？」

コッソリと耳打ちしたケントに、男は軽く目を見開いた後、豪快に笑い飛ばした。

「なぁに、こんな遠く離れた場所で、恩人の身内に会ったのもなんかの縁さ。困った時はお互い様だろ！　ってか、恩を仇で返すようなことしちゃ、竜神様にソッポ向かれちまう」

カカカッと笑ってケントの髪をぐしゃぐしゃにかき回すと、男は直ぐ様船旅の準備を済ませて、最速で出航してくれた。

本来、そこで別れても良かったケントは、なんとなく別れがたく、無理を言って一緒に乗り込んでしまった。

呆れ顔の商隊のメンバーに見送られ出航した船は、まるで誂えたかのような追い風に後押しされ、あり得ないほど順調に旅を進めた。

海になれた男達からして、何かに憑かれているみたいだと首を傾げるほどのスピードだったのだが、船になれないケントはそのスピードゆえに上下に跳ねる船の動きに酔ってしまい、殆どを寝台の上で過ごした。

青い顔で吐きまくり、水分すらもまともにとれないケントに、漁師のおっちゃん達は「こんな凪で難儀だなぁ」とケラケラと笑いながらも、口をゆすげば少しは気分も良かろうと貴重なはずの水を多く融通してくれた。

さらに、見かねたトマが酔い止めの薬を調薬したり、食べやすい食事を作ってくれたりと何くれとなく世話をしてくれなければ、きっと心が折れて海に飛び込んでいただろう。

それくらい、辛かった。

もっとも、三日目にはようやく体が慣れたのか、甲板に出て海を眺める余裕が出来たのだが。

髪をそよがせる潮風に目を細めていると、すっと隣に人の立つ気配がした。

ここ数日ですっかり馴染んだその気配はトマのもので、ケントは、振り向くことなくポツリとつぶやいた。

「明日には港に着くって。寄り道しないにしても、こんなに早くに着くのは奇跡だっておっちゃん達が言ってたぜ」

「ええ。お陰で今までの遅れが取り戻せました。ありがたいことです」

穏やかな声が耳に響く。

大きな声を張り上げているわけでもないのに、トマの声は不思議と耳によく届いた。

「『森の民』って、みんなそんな感じなのか？　姉ちゃんもだったけど、一緒にいると落ち着く」

考えるでもなくスルリと溢れた言葉に、クスクスと笑う声が返ってくる。

「それは嬉しい言葉ですが、全員がそうではないですよ？　気性が激しいものも意地が悪いものも当然います。人間ですから、ね」

「……だな。ごめん、変なこと言って」

面白そうな声に、ケントはなんとなく恥ずかしくなって、赤くなった頬を手すりに肘をついた手でさりげなく隠した。

「不思議な縁ですよね。遠く離れた場所で仲間の誰かが施した情が、今、ここで私を助けてくれる。こうして、人の縁は繋がっていくのでしょうね」

柔らかな声とともに、優しい手が乱れた髪を撫でてくれる。その手を受け入れながら、（やっぱり、なんか姉ちゃんに似てるよな）とケントはボンヤリと思いながらも頷いた。

「じゃあ、俺とトマの縁もこれで繋がったんだよな？」

「……そうですね。ケントがそう、望むなら」

ささやかな会話は潮風が全てさらっていくから、他の誰にも届かない。

そのことに安心して、ケントは少しだけ笑った。

「そっか。繋がってんなら良かった」

十四　紅眼病との闘い～終幕

ケントから、薬草を運ぶ旅に加わった流れを聞き、ミーシャは、うれしさと申し訳なさでどんな顔をしていいのか分からなかった。

ミーシャと同じ瞳と髪の色から『森の民』だろうと判断して、助けの手を伸ばしてくれたのは、純粋にうれしかった。

話を聞くに、ケント達の助けがなければ、薬が届くのにはもっと時間がかかっていたであろうことは、輸送の事など何も知らないミーシャでも簡単に予想がついたからだ。

だからといって、なにも船に乗って共についてこなくても良かったのではないか。

この時季の海の荒れる話は、あの後も、他の人から何度も聞かされていた。

主に大丈夫かとヤキモキするミーシャを慰めるために繰り返された話だったのだが（大変な時季

だからこそ慣れたベテランの乗る船しか出航しない、などなど）、余計に不安を煽られていたのだ。

今回は、たまたま嵐にあうことも無く無事にたどり着く事が出来たけれど、そんな幸運が起こるなんて誰にも分らない事だったのだ。

同じように、荷物を運んでくれたという漁船の船長にも、ありがたい気持ちと申し訳ない気持ちでいっぱいになる。

娘を助けてもらった礼だと言っていたようだけれど、ミーシャはたまたまその場に居合わせただけで、別段大したことをしたわけでもない。

幸運に幸運が重なった結果だったのだと、ミーシャは思っていた。

幸いにアイリスは戻ってきたけれど、危ない目にあったのは事実なのだ。

複雑な表情で黙り込むミーシャに、ケントは困ったように笑った。

「姉ちゃんがしてくれたみたいに、俺たちは自分の出来る事をしただけだよ」

「……でも」

「そんなに気になるなら、笑ってよ。で、ありがとうって言って、頑張ったねってほめて！　せっかく頑張ったのに、そんなしかめっ面されたら悲しいよ」

口ごもるミーシャに、ケントが頬を膨らませ、不満を訴える。

その子供っぽい顔に、ミーシャはようやく心からの笑顔を浮かべた。

ケントの言葉は、かつて何度も頭を下げるマリアンヌたちにミーシャが困り顔で伝えた気持ちと、言葉は違うがほぼ同じだったからだ。

「そうね。とてもうれしい。おかげでたくさんの人たちが救われるわ。ありがとう、ケント」

素直に感謝を伝えると、ミーシャはケントをぎゅっと抱きしめた。

その体が数か月前に比べて一回りは大きくなっている事に気づいて、ミーシャの心がなんだかほっこりと温かくなる。あと数年もしないうちに、身長もきっと追い越されてしまうだろう。

「へへへ……」

嬉しそうに笑いながら、ケントもぎゅっとミーシャの背中に手を回す。

護られてかばわれるだけだった自分が、ミーシャの役に立てたことで、少し大きくなれた気がしたのだ。

「ま、俺は将来大商人になる男だからな。これからも、姉ちゃんのためならどこにだって荷物を運んでやるよ」

「ふふっ……。その時はお願いします」

ケントの言葉がうれしくて、ミーシャは少しくすぐったそうに笑う。

まさか、その言葉が二人の生涯を通して守られるなんて、夢にも思わずに。


運び込まれた薬草は、速やかに調薬され、病人達に配られた。

ミーシャが考案し、ネルとともに作り上げた新しい薬も試験的に投与が始まる。

この薬の開発も、実は難題続きだったのだ。

呼気に乗せて吸い込むという事で、薬は限界まで細かくする必要があった。

そこで、まずは丸薬として完成させたものをさらに砕いて使ってみたのだが、通常のすり鉢で細かくするにも限界があった。そもそも乾燥した丸薬は非常に硬く、力で押しつぶすのは困難だった。

それではと小型の石臼を利用して潰し、そこからさらに乳鉢で細かくすり上げる方法を取ったのだが、理想の細かさまでつぶすには時間がかかるうえに、ちょっとした刺激で舞い散ってしまうのだ。うっかり呼吸を吹きかけても飛んでしまうのに、舞い上がった粉を吸い込んでくしゃみなど出た時には、全ての労力が一瞬で消し飛んでしまった。

頭から粉薬にまみれて呆然とするミーシャを慰めるミランダの横で、たまたまそれを見ていたネルとラインが大笑いをする。それを他の薬師たちが何事かと様子を見に来て、粉薬にまみれたミーシャに気の毒そうな顔をした。中には、二人ほどではないが笑っている者もいる。

ふいに、ミーシャの頬をポロリと涙がこぼれ落ちた。

疲労と睡眠不足で限界近かったミーシャの心が、ついに悲鳴を上げたのだ。

理想の形は見えているのに上手くいかない日々は、ミーシャの心を確実に削っていて、ここにきて大切な薬を何人分も駄目にしてしまう失態だ。

自分の不甲斐なさが悔しくて情けなくて、どうしてもこらえきれなかった。

唇をかみしめて声もなく涙するミーシャに、慌てたのは大笑いしていたネルとラインである。

「わぁ。爺《じい》が悪かった！　泣くでない!!」

「いや、ミーシャ、落ち着け。大したことじゃないから。誰もが一度は通る道だ」

オロオロと謝るネルに一見冷静にフォローしようとするライン。そのどちらにもミーシャはぎゅっと目を閉じて背中を向けてしまった。

泣くつもりもなかったのに、泣いてしまった自分が恥ずかしかったし悔しかったのだ。

「……ッヤ。キライ……」

小さな背中がフルフルと震える姿に、為す術もなく固まる二人を見て、ミランダがため息をついた。

「二人とも意地悪するからよ。長老、ナワクチの使用許可をもらいます」

「それは……」

ミランダの宣言に、ネルが眉を寄せた。

ナワクチとは、『森の民』の開発した素材の一つで、ネルが解剖の際に使っていた手袋を作っていた原材料である。

半透明で伸縮性のある手袋だが、素は粘液状のナワクチを手型に薄く塗りつけ乾かすことでできている。最近作られた技術で当然まだ外には出ておらず、一族の秘匿事項に値する。

「ミーシャの作りたい薬の形はまだ粗削りですが、新しい可能性を秘めています。一族で研究発展させる価値ありと判断し、そのための協力を要請します」

ニッコリ笑顔のミランダは、笑っているのに目は笑っていなかった。

一生懸命のミーシャを愛でる気持ちは分かるけれど、明らかに二人は調子に乗りすぎであり、ミランダは心底怒っていた。

「だいたい、ネル様は一族の長として、この病と闘う事を承諾したはずです。それなのに、自分のしたい事だけしか手を出さず、フラフラフラフラ遊んでばかり」

「いや……。遊んでいたわけではなく現場の調査や現地の声をじゃな……」

「それは、病終息の目処がたってからでも問題ないと愚考いたしますが？　新薬の開発の方が、どう考えても急務ですよね？」

自由に好き勝手していた心当たりしかないネルは、ぼそぼそと言い訳を口にするものの、ミランダに一刀両断されてしまう。

「普段は逃げ回るラインですら協力しているというのに！」

「なんだ？　これって、かばわれてないよな？　むしろ責められてるよな？」

突然の飛び火に、ラインが肩をすくめて首を傾げる。

「当然でしょう！　だいたい、あなただって薬の細粒化の解決策は気づいているはずなのに、ミーシャを鍛えるためかもしれないけれど、明らかにやりすぎよ！　倒れるまで追いつめるつもりなの⁉」

「いや、そんなつもりは……」

怒りの収まらないミランダの勢いに押されて、珍しくラインが口ごもる。

「とにかく、患者の数に対応できる量の薬を作るのに、こんな調子ではとても間に合わないのは明白です。新素材をこの国の人やミーシャに扱わせたくないというのなら、この場は二人に任せるので、しっかり働いてくださいね！」

ミランダはピシリと指さすと、ミランダの勢いに驚いて涙の止まっていたミーシャの背を押した。

「向こうで一息つきましょう。薬は二人がどうにかしてくれるから、ミーシャは薬を吸い込む器具を考えたらいいわ。大体、こんなに時間が限られている中で全てをミーシャに開発させようなんて馬鹿げているのよ」

部屋を出ていこうとするミランダの背をネルが慌てて呼び止める。

「いや、待つんじゃや、ミランダ。ナワクチの使用許可というが、今回ナワクチなぞ持って来とらんぞ？　今から取り寄せるにしても」

「何をおっしゃっているのですか？　ネル様のカバンの中に大量に手袋が入っているではないですか。さんざん自慢されていたから、知っていますよ？」

ミランダが、とても楽しそうににこりと笑う。

「熱に弱いナワクチは熱湯に触れると溶けてしまう為熱消毒ができないのが問題点だって嘆いていらっしゃいましたよね。それってつまり、もう一度加熱すれば素の粘液に戻せるという事では？　凝り性のネル様の事ですから、当然その方法もご存じですよね？」

「えぇ～～～。せっかく作ってもらったワシの手袋……」

ネルの眉がしょんぼりと下がるが、ミランダは容赦なかった。

「手型はあるのですから、村に帰ればいくらでも量産できます。何なら、作っておくように鳥も飛ばして差し上げますから、さっさと鍋に放りこんでくださいな。さぁ、行きましょう、ミーシャ」

がっくりと肩を落とすネルの肩を、ラインがポンと叩く。

その姿を横目に、ミーシャは「ミランダさん最強」とこっそり心の中で呟くのだった。

その後すぐに、半透明の蓋がつけられた大きめのすり鉢が完成していた。

中央に開いた穴にすりこ木を差し込み使うのだが、隙間なくぴったりと張り付く上に、動かしてもグニグニと伸び縮みするため動きを阻害しない。

すり終わって舞い散る薬剤が収まってからそっと蓋を取れば、細かく粉砕された薬が無事にお目見えとなる。もちろん、繰り返し使用可能であるから、すり足りないと思えば再び蓋をすればいい。

「まだ改良の余地はあるが、とりあえずはこれで十分じゃろ」

少し不貞腐れたようにつぶやくネルの機嫌も、ミーシャの尊敬のまなざしであっさりと直った。

「そうじゃろう？　とりあえず作業する際に囲いをすればいいんじゃないかとは思っていたんじゃが、ナワクチの伸縮性を利用すればより密閉性が高まるんじゃよ」

ネルは、ニコニコと開発工程を自慢しようと語り始めるが、「では、それをもう二つほど作ってくださいね」とのミランダの笑顔であっさりとさえぎられてしまった。

ネルの自慢の手袋は、ひとつ残らず溶かされたことをここに明記しておこう。


一方、薬を吸い込むための器具の開発も並行して行われた。

吸い込む力が弱い老人や子供でも無理なく吸い込むにはどうすればいいか。

いろいろと議論が繰り返されたが、最終的にヒントを得たのは子供たちの玩具の笛であった。

中が空洞になっている水草の茎を適当な長さに切って吹くだけの簡単なもので、この町の子供ならだれでも自分で一つは持っている。茎の長さや途中に開けた穴をふさいだりすることで音が変わる為それぞれが工夫を凝らして自分だけの笛を作るのだと、ミーシャはユウたちに見せてもらっていたのを覚えていた。

小さなアナですら簡単に息を吹き込むことができるほど細く小さな笛。

吹き込むことができるという事は、当然吸い込むこともできるという事だ。

ミーシャは、細かく砕かれた粉ならば、細い茎の中でもうまく通ってくれるのではないかと思ったのだ。

楕円形の容器に細長い筒が刺さり、それを咥えて勢いよく息を吸い込むことで中に入っている薬剤が吸い上げられる。

上手く薬剤が吸い込める形に辿り着くまでにかなり苦労した。何度もむせて涙目になったのも今ではいい思い出だ。

実験に使う粉は体に無害な物にしたとはいえ、むせれば当然苦しい。

それでも果敢に実験を繰り返すミーシャを見かねた周りの侍女や患者の家族の面々が協力してくれた。

その過程で、むせずに薬を吸い込むコツなども発見され、初めての人でも上手く吸い込むことができるようになったのも嬉しい誤算だった。

その甲斐あってか、試験的に投与した薬が劇的な効果をみせた時は、みんなで抱き合って喜んだ。

少しずつ改善しているとはいえ、二度三度と病状が良くなったり悪くなったりを繰り返す様子を見続けている家族も辛かったのだろう。

その助けに、自分達が少しでもなれたことは、関わった者達の誇りとなった。


「そもそもよく考えたら蒸気だけ吸い込んでも効果が中途半端だった理由のヒントはあったんだよね」

「ヒント？」

薬草をすり鉢ですり潰しながらつぶやいたミーシャに、同じように隣でせっせと手を動かしていたミランダが首を傾げた。

追加の薬草が届いたので、時間のある人間で一気に処理しているところであった。

「そう。『紅眼病』の薬を作るための主原料の薬草の処理って、かなり面倒でしょう？」

主成分になる薬草は、北方の端にある原生林で採れる羊歯《シダ》のような植物で現地では『イライラ』

と呼ばれていた。

持ち込まれたイライラはカラカラに乾燥していた。天日干しで一気に限界まで水分を抜くそうだが、ミーシャの知る薬草の処理としてはその時点でかなり珍しい。

それをざっくりと二センチほどの長さに切り、鍋で煮出していくのだが、それがまた長い。

弱火で一時間。薬草が水をかぶるくらいの状態を保たなければならないため、何度も足し水する必要がある。

水の色が、濃い茶色になったら（アンディの毛色のように、と言われたが残念ながらミーシャは知らなかった。その土地に棲む小さな野ネズミの事だそうだ）、今度は水分を飛ばしていくのだが、火加減が難しい。油断すると、すぐ焦げ付いてしまうのだ。

混ぜ棒で押しても水分が染み出ないほど水気が無くなったら、今度はすり鉢に移し、すり潰していく。

繊維状のものが見えなくなったら、そこでようやく他の材料を混ぜてさらにすり潰し、丸薬に丸めてようやく完成、である。

作業工程自体はそんなに難しくないし、何なら現地の人はほとんど目分量で作っているそうだ。

ただ、ひたすらに時間がかかる。

煮出す工程もだが、素の薬草がかなり繊維質で硬いため、すり潰すのが大変なのだ。

比較的柔らかそうな葉の部分だけ使えばよさそうだが、茎も根も、すべてを使わないと良い効果を得られないと、原住民の人たちに口を酸っぱくして言われたらしい。

今回薬草に余裕もできたので、検証のためにそれぞれの部位で作ったものを試作してみたけれど本当に効果がなく、以来、黙々とみんなで煮出してはすり鉢をする日々だ。

ちなみに、作業工程が面倒で嫌になる為『イライラする草』から『イライラ』になったそうだ。

初めて聞いた時、ミーシャはあまりの適当さに笑ったけれど、ミランダは名づけの由来なんてそんなものだと肩をすくめていた。

作業自体は難しくないので薬師や見習いどころか少しでも医療の心得がある者全てを総動員して作っているのだが、腕が痛くなったと嘆く者が続出した。が、それでリタイアする者はいなかった。なす術もなく患者を亡くしていた日々を思えば、すり鉢を使い過ぎてプルプルする腕など些末事なのだ。

たとえ、食事時フォークをぽろぽろと取り落とす事態が発生しようとも、些末事なのである。なんなら手伝いに来ていた城のメイドさんに食べさせてもらっていい感じになったと幸せそうな者までいて、仲間に蹴り倒されていたりした。みんな、足は無事なのである。

「そうね。一つの薬草の処理にここまで時間がかかるのは稀だわ」

薬草によっては傷つけてはいけないため採取に時間がかかるとか、日陰でゆっくり干すとか下処理に時間がかかるものがあったり、育成環境が特殊なため見つけるのが大変だったりするものはあるけれど、こうまで煮たり焼いたりと時間をかけるものはほぼない。と、言うかミーシャは初めてだった。

「つまり、そこまでして植物のすべての部分を使う事にこだわったのだから、薬草を煮出して蒸気を吸い込む、では必要な薬効が得られなくて当然だったんだな、って」

蒸気を吸い込む方法で得られた効果はわずかで、煮出した汁を飲むほうがよほど効果があった。

それでも、効果は半分ほどだったけれど……。

つまり、残り半分の効果は、煮出してスカスカになったと思っていた薬草部分にあったのだろう。

「なにがなんでも、全ての部分を摂取する必要があった。だから、粉塵まで砕いた薬を吸い込む方法で効果が見られたんだわ」

ネルの手袋を犠牲にした特製すり鉢は結局三個目が作製されたところで材料が尽きた。

細かく砕く作業は根気と時間がかかるし、投与に必要な細かさに達しているかの判断が難しいためという理由の下、『森の民』の一族の人間が担当していた。

それ以外にも、特殊な材料であるすり鉢の蓋部分にあまり多くの人間を触れさせたくないのだろう。ミーシャも、本当に他に人手がない時でないと、その作業に呼ばれる事はなかった。

ちらりとそちらの方にミーシャが目をやった時、ふいに歌が始まる。

『森の民』が、薬をすり潰しながら歌いだしたのだ。

穏やかなメロディーに合わせてすり鉢のする音が流れた。

「……この曲」

何気なくそれに耳を傾けていたミーシャは、目をパチパチと瞬いた。

「この曲が、どうかした？」

「これ……薬作るとき、お母さんが良く鼻歌で歌ってたの。本当はどんな曲なの？　って聞いても「そんな曲歌ってた？」って不思議そうにしてて。だけど、集中してるときとか、小さくだけどやっぱり歌ってて……」

歌われる歌詞は、ミーシャの知らない言葉だった。だけど、皆が歌うその曲をミーシャは確かに知っていた。

森の家で、雨の日などに黙々と薬を作っていると聞こえる鼻歌。

微かに聞こえる雨の音と薬をすり鉢でする音。それに絡むように母の小さな鼻歌が流れるのだけど、ミーシャが声をかけると。母親はその事をちっとも覚えていないのだ。

とても不思議で、だけど声をかけると途切れてしまうその曲が聴きたくて、ミーシャはただ耳を傾けるようになった。

「そう……。レイアースが無意識に歌っていたのなら、ラインが何度も会いに行っていた事が刺激になって、暗示が少しずつ薄れてきていたのでしょうね」

「暗示？」

ぽつりとこぼれたミランダの言葉に、ミーシャは首を傾げた。

「一族を離れる時、いろいろな制約がかけられるのだけど、その中の一つに薬を使って暗示をかけるものがあるの。自分が北の方の田舎の村で育ったことは分かる。だけど、その村がどこにあるのかも、その村の名前も思い出せない。そんなふうに、一族の秘密にかかわる記憶が思い出せなくなる」

思ってもみない言葉に、ミーシャは息を呑んだ。

「じゃあ、お母さんから『森の民』の事を聞いた事がなかったのも？」

不自然なほど両親から母親の故郷の話を聞いた事がなかったことに、ミーシャは森を出てからようやく気づいた。たとえば、母方の祖父母の話や子供の頃にどうやって過ごしたのか、なども。

「そうね。記憶はあるけれど、まるで霞がかかっているようにはっきりと思い出せないそうよ。たとえば、名前は覚えていても顔は思い出せない。たとえ私と町の中ですれ違ったとしても、こちらから声をかけない限り、レイアースは私に気づくことはできなかったでしょうね」

少し寂しそうに、ミランダは答えた。

「でも、それじゃあ、なんで伯父さんの事は分かったの？」

物心つくころには数年おきに森の家に訪ねてきていたラインを思い、ミーシャは首を傾げた。

「声をかけ、名を名乗れば、認識することは可能だそうよ。すべてを忘れるほど強い暗示ではないから。その代わり、別れて一時間もしたら、また顔は分からなくなる。だけど、ラインは何度忘れられても気にせず通い続けたのでしょう。一晩寝て、起きた朝に「あなたは誰だったかしら」と尋ねられても、それでも何度でも「お前の兄のラインだ」と答え続けた……」

それは、どれほど心をえぐられる時間だろうとミランダは思う。

たとえ暗示の影響だとはいえ、親しい人から不審そうに誰何《すいか》されるのだ。

(分かっていても、私なら耐えられない)

だが、ラインはそれを乗り越えた。

何度も何度も。たった一時間ほど顔を合わせなかっただけで自分が分からなくなる妹に、根気強く自分の名を繰り返した。

「名を名乗るとハッとしたような顔で、「そうだったわ。兄さんの顔、こんな顔だったわね」って笑うんですって。最初は泣きそうになってて。だけど何度も何日も繰り返すうちに、おかしそうに笑うようになったそうよ。一族の薬はさすがねぇ、って」

そうやってレイアースが笑えるようになるまで付き合ったラインは、どんな気持ちだったのかと想像するけれど、ミランダにはわからない。

切なかったのかもしれないし、もしかしたら、どれくらいの頻度であれば暗示に打ち勝つことができるのか楽しんでいたのかもしれない。

ただ、繰り返すうちに、時間がたってもラインの顔をレイアースが忘れることが無くなったのは事実だ。

ミーシャは、そんなことがあったなんて気づいてもいなかったのだから。

「全てを捨てるって、そういう事だったの？」

ミーシャが想像していたよりも、ずっと苦しい状況だった。

せいぜい、もう二度と故郷の地を踏めないとか、関わりを絶つとか、そういう事だと思っていた。

だがレイアースは、ディノアーク《父》と共にいるために、記憶の一部を捨てる事を選んだというのだ。

「この歌は、一族に昔から伝わる歌で、薬を作るときの暇つぶしに口ずさむことが多いの。一族特有の言葉で歌われるし、内容も一族の成り立ちや心持のことだから、暗示の範囲に引っかかったのね。ラインが何度も通う事で暗示が緩んで、無意識の間なら口ずさむことができたのかもしれないわ。だから、ミーシャに聞かれても、きっと歌った事を覚えていなかったのよ」

ふと、ミーシャの脳裏にレッドフォードに向かう旅の途中で出会った少女の事が思い浮かんだ。

「前に、ミランダさんが言っていた暗示に使われるお香のにおいって」

ミーシャの目が驚いたようにわずかに見開かれて、それから少し微笑んだ。

「よく覚えてたわね。そのお香を改良して作った薬だって言われているわ」

小さな声で、囁くように歌われる言葉の意味は分からない。

だけど、薬を作るとき繰り返し歌われる曲だというなら、レイアースにとってそれは大切な思い出の曲だったのだろう。

無意識のうちに、鼻歌で歌ってしまうほどの。

ミーシャは、その歌を歌ってみたいと思った。

「そのうち、教えてくれる？」

「……そうね、そのうち」

ミランダは小さく微笑むと、そっとミーシャの真っ直ぐに伸びる髪を撫でた。

レイアースと共に歌い、薬を作っていた過去を思う。

いつまでも共にある未来を信じて疑わなかった幼いミランダ。

その未来はもう叶えられることはないけれど、新しい未来はつくっていけるのだと、大人のミランダは知っていた。

「その時は、一緒に歌いましょう」

「うん」

今は意味の分からないその歌を聴きながら、ミーシャは止まっていた手を動かしだした。

音楽に合わせて、薬をすり潰す音が響く。

それは、命を救う歌だった。


しかし、助かった多くの命の裏で、間に合わず掌からこぼれ落ちてしまった命も当然あった。

どれほど優れた薬が開発されたとしても、それを投与できなければ意味がない。

薬の特性上、どうしても自力で吸い込むことができない病人、つまり意識喪失した重症者には投与することは不可能だったのだ。

さらに脳にまで虫が入り込んで、組織が破壊されてしまった者を救うすべはなく、せめて痛みを感じないよう痛み止めや麻酔薬を処方して、看取ることしかできなかった。

多くの重症患者たちが、家族が見守る中静かに息を引き取っていった。


葬送の鐘の鳴る中、ゆっくりと棺が穴の中に下ろされていく様子を、ミーシャは少し離れた場所から見つめていた。

穴の周りを囲む人々の中に、見知った小さな姿を見つけ、胸が痛む。

ポロポロと涙をこぼし祖母の名を呼ぶ姿は哀れを誘った。

それは、少し前の自分の姿と同じ。

近しい人を亡くした痛みをミーシャは誰よりも知っていた。

ギュッと掌を握りしめ、ミーシャは、その姿を目に焼き付けるように見つめ続けた。

どれほど手を尽くしても、助けられなかったかもしれない。

だけど、もしかしたら。

あの時、どこにいるかも分からない『森の民』を捜すことをあきらめなければ、助けられていたのかもしれない。

それは、神のみぞ知る答えでしかなかった。

だけど、ミーシャは、決してこの光景を忘れまいと心に誓った。

思い出すたびに、きっと胸は痛むだろう。

自分の未熟さに打ちのめされ、後悔に悶え苦しむだろう。

だけど、これから先、薬師として生きていくのなら、これは決して忘れてはいけない痛みだとミーシャは心に刻んだのだ。

たとえ、それが人から見たら自己満足にすぎないのだとしても。

カランコロン。

久しぶりの青空に、澄んだ鐘の音が響き渡る。

ようやく雨の季節が終わり、本格的な暑さがやってくるのだろう。

亡くなった人は、彼女だけではない。

教会の神父達は休む暇もなく駆け回っている。

亡くなった人達が迷うことなく安らぎの場所へ辿り着けるよう。

そして、遺された人々の哀しみが少しでも癒えるように。

ミーシャは、そっと目を閉じると心の中で祈りの言葉をとなえた。


カランコロン。カランコロン。

鐘はただ涼やかに鳴り響いた。

十五　それぞれの未来

王城の一番高い塔の屋上は、物見櫓《ものみやぐら》になっていた。

王都が一望できるその場所から、ミーシャはじっと眼下を見下ろしていた。

あまりにも高い場所から見下ろす王都は、まるでおもちゃの町のように見えた。

真っ直ぐ碁盤の目のように延びた道を行き交う馬車も人も、まるで豆粒のように小さく、だけど、せわしなく行き交う様子からは、活気が見て取れた。

長雨と共に王都を襲った謎の病の正体が分かり、終息を迎えてから一月が経とうとしていた。

まだ暑さは続いているが、朝晩の風は少しずつ涼しく感じるようになってきた。

その事に、過ぎていく季節を感じる。

（なんだか不思議な感じ）

規制されていた王都への出入りは半月前に解除され、町はかつての賑わいを取り戻しつつある。

遠くに見える市場の規模も、元の大きさに戻っているように見えた。

そこには、すでに暗い病の影は見えない。

病の正体と共に薬が手に入り、『紅眼病』は、死の病では無くなった。

しかし、命は助かったものの、病の影響で気管支や肺、肝臓などに障害を残した者も多かった。

彼等は今後も体の不調と闘って行かねばならない日々が待っている。

亡くなってしまった人達もいるのだから「命が助かっただけ幸せ」と言ってしまえばそれまでだ。

だが、毎日を重ねていく中で、思うようにいかない自分の体に、歯痒い思いをする事もあるだろう。

ミーシャは、そんな人達の苦痛が少しでも軽減すればいいと、率先して事後処理へと走り回っていた。

機能不全を起こしている臓器の改善と補助を促す薬を探したり、気管支の炎症を抑える薬を常備薬として患者の手元に定期的に届くように手配したり。

挙句の果てには、金銭的な負担を少しでも減らす事ができるように国からの補助を取り付けるための法律の立案にまで、少しだけとはいえ関わってしまった。

他にも、『紅眼病』を今後起こさない為の対策や元々手を出していた薬草園の改良など、息をつく間もないほどに忙しい日々を送っていたのだ。

幸いだったのは、「一度協力をすると宣言した以上は」と、『森の民』の一族も継続して協力をしてくれた事だろう。

実は、ケントと共に薬を運んできてくれた『森の民』のトマが、『紅眼病』のもとになっていた病を研究していた物好きだった。

もともとは『紅眼病』に限らず、その地域のみで見られる珍しい病を研究・解明して、新薬を作り出すことが目的だったらしい。

レッドフォード王国で起きた感染症が、自身の研究していた原住民の風土病に酷似していることに気づき、ここ数年はそれにかかりきりになっていたのだ。

そして今年のレッドフォード王国の気象情報が、前回の『紅眼病』の発生状況と似ていることに気づき、もしかしたら再び発生するかもしれないと村の長老たちに訴えた。

するとも、長老一好奇心旺盛で行動力のあるネルが「状況確認じゃ～」と飛び出してしまったのだ。

慌てて一緒に行こうとしたトマに、「原住民と交流があるのはお前だけだから追加の薬草を採ってこい」と言いつけて……。

「自分の言いたいことだけ言い残して研究結果をまとめた紙を奪って、怒濤《どとう》の勢いで去っていったから止める暇もなくて……。まぁ、現地の人たちと面識があるのは私だけだったのは確かだし、しょうがないのですが、その後の輸送手配の補助者くらいは手配してほしかったです」

遠い目をしてつぶやくトマに、ミランダが気の毒そうにポンと肩を叩いていた。

王都の発症者の予想人数を考えれば、乾燥させた薬草とはいえ、馬車一台ではすまない量である。現地ではどこにでも生えていて簡単に採取できる薬草とはいえ、一度に用意できるはずもなく、順次用意出来次第送れるようなルートを確保しながらの旅は、基本研究職のトマにとっては苦労の連続だった。

それでも、苦労の末辿り着いた王国では、自分の研究結果が役に立っているのを見ることができて大いに満足していた。

さらには国より請われて、この地に滞在して今後の研究の指揮を任されることになったのだから、トマにとっては得難い結果だったと言えるだろう。

村で自分の研究だけに時間を費やすことは難しい。

研究費用は限られてくるし、生活するためには、村の掟に従いこなさなければならないノルマもあるのだ。

かといって、勝手に外でパトロンを見つけるのもこれまた村の掟に阻まれていろいろな制約が発生する。それならばと一族を抜ければ、村にある様々な研究器具や知識を手放すことになる。

それが、村の許可付きで、国というパトロンのもと資金繰りに悩むことなく研究に没頭できるのだ。細かい条件を詰める必要はあるものの、研究者としてはかなり恵まれた立場になった。

「今回の吸引法は画期的だけど、意識のない人への投与は難しいからそれを改良したいのですよね。あと、出来れば薬効を液状化したいです。そうしたら、直接血の道に薬を投与することができるから、効果はさらに上がると思うのですよね。病後の経過も気になるし、寄生虫の形状が鳥と人では変わっていたことも気になりますよね。この短期間で進化したとしたらすごいことだし、他にもいろいろ気になることがいっぱいあるのです」

語り始めたトマの顔は、うっとりとした笑顔が浮かんでいて少し怖かった。

(おっとりして見えても、トマさんもネル爺と同類っぽいなぁ。というか、森の民ってみんなこんな感じなのかしら?)

ラインも自分の専門技術を鍛えるために諸国放浪していると言っていたことを思い出し、ミーシャは遠い目をした。

(まぁ、熱心な研究者がいる事は国にとっては幸いよね。トマさんも幸せそうだし、お互いさまって事かなぁ)

材料を手にいれるのにも最適だからと薬草園へ研究所を併設することが決められ、うきうきと自分に与えられた部屋を改造しているトマを眺めながら、ミーシャは自分を納得させた。

自分の欲望を叶えるために、トマが薬草の育て方にも一役買ってくれるようなので、そちらも一安心だろう。

さらにケントは、いつの間にか薬の輸送を定期的に行う契約を国と取り付けていた。

『紅眼病』の薬もだが、王都の薬草の流通はあまりよくないため、その改善のためにもと手を挙げたらしい。

大人の中に交じり、一歩も引かずに自分に有利な契約を結ぼうと奮闘する様はなかなか見ものだったと、のちにラインから聞かされてミーシャは呆気にとられたものだ。

幼い少年はいつの間にか商人として、しっかりと成長していたらしい。

死の恐怖から逃れることができた王都の人々も、悲しみから顔を上げ、ゆっくりと前に進み出した。

幸い後遺症もなく全快したアナを連れたユウとテトに会った時のことを思い出し、ミーシャの唇に少し苦い笑みが浮かんだ。


「助けてくれてありがとう」

取り戻した無邪気な笑顔で頭を下げるアナの手を、両方からしっかりと握りしめたユウとテトは、少しだけ緊張した様子だった。

子供たちの中でアナ一人だけが病にかかった原因は、なんと祖母のメリーだった。

キャラスの生肝は精力剤として市民には昔から親しまれてきた。

メリーが体調を崩し寝込んだ時、祖父は元気が出るようにと、いつもの習慣で祖母に生肝を用意したのだが、メリーは、家族の中で一番幼く体力がないアナを心配してコッソリと半分与えていたらしい。

大好きな祖母に「秘密よ」と囁かれ、素直なアナは決して周りに言わなかった為、誰にも気づかれることなく、同じ事が複数回行われていたらしい。

そうして、抵抗力の少ない幼い体の中で寄生虫が猛威を振るったのだ。

全ては、幼い孫を想う祖母の優しさからだった。

さらに、祖父は弱った祖母に「毒」を与えていた事実から酷く塞ぎ込んでいるそうだ。

知らなかったとはいえ、愛する人を助けようとした行動が、その愛する人の命を奪ってしまった。

それは、どんな皮肉だったのだろう。

二人の祖父のように、残された家族の中で気鬱を抱える者は多かった。

（精神的ケアも、取り入れていったほうが良いんだろうなぁ）

たとえ体が元気でも、酷く心を痛めれば、人は死を選んでしまうこともある。

支えてくれる者が身近にいれば良いが、そうで無い場合は、新たな問題が生まれてしまうだろう。

一見、平気そうに見えても、時間が経ってからふとした瞬間に思い出して、辛くなることもあるのだ。

自身の経験からも、そのことは嫌というほど実感していたミーシャは、心のケアの重要性を周りにも強調して回った。

見えない傷ほど軽視されて、気がつけば手がつけられないほどに重症化しているものなのだ。

ユウとテトのぎこちない笑顔が、それを何よりも強くミーシャに意識させた。

幼さゆえに自身の心の内が良く分からず、なぜ前のように無邪気にミーシャに近づくことができないのか戸惑っていた。

祖母が死んでしまったのは、ミーシャのせいでは無い。誰に言われるでもなく、ユウとテトだってそんなことは理解している。

だけど、心の奥底では薬師であるはずのミーシャが祖母を救ってくれなかった事に怒りを感じていた。

他者から見れば理不尽とも言える感情であり、ユウ達だって、そんな事でミーシャを責めるなんて思ってもみない事だろう。

しかし、理性と感情は別なのだ。

死んでしまった大好きな祖母。

助かった大切な妹。

比べる事など出来ない大切な存在の、はっきりと分かれてしまった命運に幼い二人は混乱し、感情のはけ口を求めていた。

(責められても、良かったのに……)

サラサラと風に流される長い髪を手で押さえながら、ミーシャはぼんやりと想う。

だけど、理不尽な感情を他者にぶつけられないほど、二人は「真っ当に」育てられた子供だった。

結果、揺れ動く感情は行き場をなくし、二人は、複雑な笑顔を身につけてしまった。

それが「大人」になる事というならば、そうなのかもしれないけれど……。

「こんな所にいたのか」

あっちこっちに迷走する思考にぼんやりとしていたミーシャは、ふいに後ろからかけられた声に我に返った。

聞きなれた声に振り返れば、想像通りの顔がそこにはあった。

「ライアン様」

「あぁ、いい風が吹いているな」

ゆっくりとした足取りで隣に並んだライアンが、目を細めて気持ちよさそうに風を受けていた。

その横顔をしばらく眺めた後、ミーシャは唇に笑みを刻むと、何も言わずに視線を前に向けた。

この一月、ミーシャが忙しかった以上に、隣の青年も多忙を極めたはずだ。

『紅眼病』の事だけに集中できるミーシャと違い、一国の王であるライアンには、それに加えて国を動かすための政治がその肩にのしかかっているのだから。

むしろ、王都とはいえ一都市で起こった病の事など、特効薬が見つかった今となっては些末事に過ぎないのかもしれない。

それでも、さっき眺めた横顔に色濃く残ったクマと疲労の影を見つけてしまえば、ミーシャには、何も言うことは出来なかった。

本当なら、こんな所にいるくらいなら栄養のあるものでも食べて、一時間でも仮眠を取るように言いたいところなのだ。

それでも、多忙な彼が、なんでミーシャを捜してわざわざこんなところまでやってきたのかを思えば、ほんのりと胸が温かくなる。

もっとも、その気持ちを言葉にする術をミーシャはまだ知らず、結局は口をつぐんだまま、二人静かに城下町を見下ろしていた。

「いつ旅立つんだ?」

唐突にライアンの口からこぼれた言葉は、常の彼になく風に消されてしまいそうなほど小さなものだった。

「……早朝には。後で、お時間をもらってご挨拶に伺うつもりでした」

しかし、近い距離で隣に立つミーシャの耳に届くには十分な音量で、ミーシャも、なんとなく同じようにぽつりと答えた。

「そうか。……本当は引き留めたいのだがな。『紅眼病』の目処が立った今、そんなことを願うわけにもいかんだろうな」

「トマさんは残りますから」

けして視線を城下町から戻さないまま、二人は静かな声で言葉を重ねた。

明日、『森の民』はこの城を去る。

それと共に、ミーシャも一族の元へと向かうことが決まっていた。

もともと一国に肩入れすることを嫌う一族だ。

これほどの人数が一堂に会し、協力の手を差し伸べたのも異例の事だった。

全ては、ミーシャがこの場にいたからに他ならない事を、何も言わずとも誰もが分かっていた。

そうして、これ以上ミーシャがこの国にとどまり続ける危険性も。

『森の民』を動かした『ミーシャ』という存在を、自身の欲のために使おうと狙う人間が必ず出て来るだろう。

だが本当は、そんな政治的理由などではなく、ミーシャ自身が望んで旅立ちを決めたのだ。

今回の事で、ミーシャは自分の未熟さと思い上がりを嫌というほど痛感していた。

そして、目指す高みに至るために必要な知識を、手に入れるのにどこよりも最適な場所があり、自分が望みさえすればその場に加えてもらうことができるのだ。

きっとそれは、他の薬師がどれだけ望んでも得る事が出来ない特権であり、今は亡き母からの最期の贈り物に思えた。

心残りがないわけではない。

終息を見せたとはいえ、その後の残務処理はまだまだ山積みだし、薬草園やライアの事もある。

この国で出会った、たくさんの優しい人たちの事だって気になるし、故郷の父ともますます遠くなってしまうだろう。

「いろいろ中途半端になってしまいますけど」

申し訳なさそうなミーシャの言葉に、ライアンはクスリと笑った。

「……まあ、『紅眼病』についてはトマ殿が頑張ってくれるだろうし、その他の事についても、いろいろと手を回してくれたのだろう？」

ライアンは、この一月、忙しそうに駆けまわる小さな背中をいろいろなところで見かけていた。

あまりにわき目も振らずパタパタと走り回っていた為、声をかける隙も無かったのだが。

「だから、大丈夫だ。それでもここに留めたいと思うのは……単に俺の我儘、だな」

少し苦いものを含んだライアンの言葉に、ミーシャがキョトンと首をかしげる。

まるで分っていない幼い表情に、ライアンは、困ったように笑みを浮かべた。

「これを受け取ってくれ。何かの時に、少しは役に立つだろう」

そういってライアンは、自分の小指にはまっていた小さな指輪をミーシャに渡した。

美しい金の指輪に小さな青い石がはまっている。

それ以外の余計な装飾の無いそれの内側には、ライアンを示す紋章が刻まれていた。

その紋章を見せることで、国内はもちろん、関係のある他国でもかなりの融通を利かせる事が出来る。ライアンの、ひいてはレッドフォード王国の後ろ盾があることを知らしめるものだった。

そんなたいそうな意味を持つものとは露知らず、見た目はシンプルで小さなそれを、ミーシャは何気なく受け取ってしまう。

ライアンの小指にはまっていたそれは、ミーシャの中指にも少し緩くて、二人の体格の差を示しているかのようだった。

自身の手でミーシャの指に指輪をはめたライアンは、その事実にクスリと笑った。

「……そうだな。この指輪がこの指に丁度良くなる頃には、一度会いに来てくれると嬉しい」

「はい。ライアン様が許してくださるなら、また会いに来ます」

指輪のはまった指の、隣の指をそっと撫でて囁いたライアンに、ミーシャは無邪気な笑顔で嬉しそうに頷いた。

「すみません、ミーシャ様。ラライア様がお時間をいただきたいと……」

その時、ライアンの様子を窺いながらも、申し訳なさそうにラライア付きの侍女が声をかけてきた。

「あ、もうそんな時間なんですね。すぐ行きます」

もともと約束でもあったのだろう。

ライアンにぺこりと頭を下げると、ミーシャは侍女を連れて足早に去っていった。

一人屋上に取り残されたライアンは、その小さな背中を見送ってから、視線を空に上げた。

「……あれ、絶対意味わかってないぞ」

クツクツと笑いがもれる。

ミーシャに贈った指輪は、内側に刻まれた紋章もだが、その色にも意味がある。

金と青。

それはライアン自身を示す色。

さらに言えば、あの指輪は、ライアンが生まれた時に子供の健やかな成長を願って両親が誂えたものだった。

「ブルーハイツ王国には、そんな習慣はなかったかな？」

レッドフォード王国では、割と普通に行われている風習で、その指輪を他者に贈る意味も有名だ。

同性ならば変わらぬ友情を、そして、異性ならば……。

「さて、仕事しようかね」

最後に大きく背伸びをすると、ライアンは執務室へと戻っていった。


『お元気ですか？　ようやくお手紙を出せます。

キャロ君とお別れしてから、王都では大変な病気が流行って大変でした。

あの時期に王都に長期滞在していた人たちにもできる限り連絡を取って、万が一発症していたら薬を届けると言っていたから、もしかしたら連絡が行っているかもしれないけど、キャロ君は大丈夫でしたか？

どうにかお薬を作ることができて、王都も落ち着いたのですが、その流れで、私も王都を離れる事になりました。お母さんの故郷へ、薬師のお勉強に行く事になったのです。

こんなことになるなんて思ってもみなかったから私もびっくりだけど、薬師としての自分の未熟さを痛感したから、頑張ってくるね。

キャロ君は大きくなったらなりたいものは決まってますか？

キャロ君は頭がいいし、しっかりしているから、何にだってなれそうだね。

お互い、頑張りましょう。

そういうわけで、国立図書館でお手紙をやり取りするのは難しくなってしまいました。

悩んでいたら、ラライア様が私の伝鳥をキャロ君の所に連れて行ってくれるといったので甘える事にしました。

雛から私が育てた子で、カインって言います。

賢い子だから、ここがキャロ君のお家だよ、って教えて空に放ってくれたら一度で覚える事ができるので安心してね。

そしたら、直接キャロ君に手紙を届ける事ができるようになるから、キャロ君もお返事はカインに持たせてください。カインは、私がどこにいても不思議と見つける事ができるから、大丈夫。

それでは、お返事楽しみにしてます』

自分の贈った便箋に綴られた手紙をもう一度読み返して、カロルスは小さくため息をついた。

「ミーシャ、話を簡略にし過ぎ。大変さがちっとも伝わってこないじゃん」

王都で『紅眼病』が再発した時、カロルスは、王都に取って返そうとして、周囲の者に全力で阻まれていた。

現在、王家の血を引く人間は三人。

そのうち二人が王都にいる以上、血を残す意味でも、カロルスを危険に近付けるわけにはいかなかったのだ。

そんなことは当然承知の上だったが、それでも、大切な人たちが王都にいるのに、安全な場所で守られているしかない自分が不甲斐なくて歯噛みしていた。

そんなカロルスに、王都の外でしか出来ない事もあると、身を寄せている土地の領主である前宰相にささやかれ、支援のための手配を手伝う事になったのだ。

その一環で、カロルスは王都がどれだけ大変なことになっているのかも、ミーシャがどれだけ苦労したのかも、伝聞とはいえ、かなり正確につかんでいた。

できる事なら、薬を受け取るために王家の船を出したかったくらいであったが、途中で行き違いになる恐れの方が大きくて、そこまで手を出せなかった。

せめて、飢える事がないように、近隣で手に入る薬がきれる事がないように。

今まで、狙われる危険を考えて顔出ししていなかったが、今その名声を使わなくていつ使うとばかりに前宰相と共に各地を走り回った。

もちろん、母親を筆頭に反対する者は居たけれど、「国を守るために命を懸けた父に恥ずかしくて顔向けできない、そんな情けない自分になりたくない！」と振り切った。

国難の際に生まれた『隠された王子』の効果は絶大で、前王の面影を大きく残す幼い王子の前に、人々はできる限りの協力の手を差し出したのだった。

父や叔父の築いた功績の威を借る行為はカロルスの高いプライドを傷つけたけれど、それよりも、大切な人たちを助けたかった。

「国とか国民とか良く分からない。だけど、僕は僕の家族や友達に笑っていてほしい」

移動に次ぐ移動で顔色を悪くしながらも胸を張るカロルスに、前宰相はただ黙って臣下の礼をとったのだった。

「さて、カイン。ここが僕の家だからね。ちゃんと覚えて、ミーシャの手紙の配達、頼んだよ」

自ら屋上に立つと、カロルスは、側に控えていた従者の腕からカインを受け取った。

ズッシリと重い伝鳥と目を合わし、真剣に声をかける。

そんなカロルスに、カインはチョコッと首を傾げて見せた。

存外可愛らしい仕草に、カロルスが少し笑う。

「『キャロの家』だよ。覚えた？」

もう一度ゆっくりと口にすれば、丸い目でじっと見つめていたカインが返事をするようにばさりとその翼を広げた。

「すごいね、本当に言葉が分かっているみたいだ。賢いね」

最後にそっとその首筋を撫でてから、カロルスは大きく腕を振った。

その反動を使い、カインが大空に飛び立つ。

「気を付けて！」

叫ぶカロルスの上でくるりと一度輪を描くと、カインは青い空の中遠ざかっていった。

たちまちに小さくなっていくカインの姿が見えなくなるまで、カロルスはただ黙って見送った。

「てか、この方法だと僕からミーシャに連絡取れないじゃん」

もう影すらも見えなくなった、ただ青い空を見つめて、カロルスは唇を尖らせた。

とはいえ、旅の途中にいるミーシャを捕まえるすべなど他にあるわけもない。

カロルスの家にいる伝鳥の世話係に話を聞くと、本来はいくつかの拠点を行き来するようにしつけるもので、旅をしている人物を目的地にできるわけがないと不思議がっていたので、カインがどれほど規格外なのかが分かるだろう。

「しょうがないね。次にカインが来た時に、ミーシャに負けないくらい成長できているように、頑張るとするか」

手を空に差し伸べて、カロルスは大きく伸びをすると、教育係が待ち構えている部屋へ戻るべく踵を返した。

図らずもそれは、遠い空の下、自分の叔父とそっくり同じ仕草だった。


旅立ちは、まだ日も昇りきらぬ早朝だった。

挨拶は昨日のうちに全て済ませていたミーシャは、まだ人の少ない王城をそっと後にする。

大げさなことはしてほしくないと、まるで隠れるようにひっそりと旅立つ姿は、けして表舞台に立とうとしない『森の民』にふさわしいものだった。

ほとんど音をたてることなく静かに歩く一行のスピードは中々のもので、たちまちに王城が遠ざかっていく。

見送りを断られた人々の多くが、息をひそめて窓からその様子を窺っていたけれど、新たな旅立ちに興奮しているミーシャは気づいていなかった。

代わりにしんがりを務めていたラインが、苦笑と共に軽く手をあげる。

『森の民』の村に帰るということで、せめて国境までは送りたいとの申し出をネルが一行を代表して断っていた。

ライアンが後をつけるような真似はしないと思ってはいたが、どこにでも欲に駆られた者たちはいるのだ。

用心に越した事は無い。

その警戒心こそが、小さな一族でしかない『森の民』を長きにわたって守ってきたのだと、一同は心得ていた。

同じ理由でミーシャには、港より船に乗ると伝えていたが、実際は数人にばらけていき、それぞれに帰路を目指すこととなる。

真実をミーシャに告げなかったのは、存在を認めてはいてもまだ一族と認めたわけではないという意思の表れでもあった。

ミーシャが無事一族に認められるかは、これからの旅路の中で、そして、故郷についてからの日々の中で、ミーシャ自身が示していく中で決定するだろう。

さらに言えば、そのうちの何人が素直に故郷を目指すのかは、ネルにすら不明だった。

何よりも一族を愛し、それと同じほどに自由を愛す。それが自分たち『森の民』だ。

「さあて、帰るかのう」

つぶやきは小さく。

ようやく明けてきた空へと吸い込まれていった。

十六　そして新たな始まり

「おじさん、このリンゴいくら？」

道端に広げた布の上に、商品である野菜や果物を並べていた男は、突然かけられた声に顔を上げた。

そこには小柄な少女が一人、男のすぐ目の前にいつの間に現れたのか、チョコンと座り込んでいる。

柔らかな大地の色に染められたローブを頭からすっぽり被り、背中には大きなカバン。手には体に見合わない大きな杖を持っている。杖のまがった先端には今は火を灯していない古びた小さなランタンが下がっていた。

おそらくこの街道を旅する一人であろう。

ローブの影から鮮やかな翠の瞳が人懐っこそうな笑みをたたえ、じっとこちらを見つめていた。

「嬢ちゃん、一人か？」

真っ直ぐに見つめてくる瞳に、どこかムズムズとするような座りの悪さを感じながらも、男は軽く首を傾げた。

目の前の少女は、一人で旅をするにはいささか幼いように感じたためだ。

もっとも、たくさんの旅人が通り過ぎるこの街道沿いの市場には、そういう幼い子供の一人旅だって稀にとはいえいないわけでもないし、いつもなら、こんな言葉をかけたりもしない。

だが、なぜだかこの少女には、手を差し伸べてしまいたくなる何かがあった。

果たして、少女はキョトンと首を傾げた後、大きく首を横に振り彼方の方を指さした。

「伯父さんと一緒。向こうで買い物してるの」

行き交う人混みの中、指さされた方を仰ぎ見れば、それらしき黒いローブの後ろ姿が見えた。

そこは保存食や調味料を扱う露店で、おそらく旅路の食料の補充をしているんだろう。

男は、なんとなく入っていた肩の力を抜くと、目の前の小さなお客さんにようやくニッと笑い返した。

いささか強面気味の男の笑顔は、安心感よりも山賊に遭ったかのような恐怖心を与えるともっぱらの話題だが、少女は気にした様子もなく、並べられた他の果物にも目を走らせていた。

「そっちのオレンジも欲しいの。まだしばらくは日持ちするでしょう？」

「リンゴとオレンジだな。今日、最初のお客さんだ。こっちの木桃もサービスしてやろう」

小さな指で指された物を、少女の差し出してきた麻の袋の中に放り込んでから、コインと引き換えに、熟れすぎて商品には向かない木桃を一つ握らせてやった。

「ありがとう、おじさん！」

自分の手のひらほどもある大きな木桃に目を丸くした後、少女が満面の笑みを浮かべ、その場でかぶりついた。

柔らかな果肉を大きくかじり取った後、溢れる甘い果汁にパタパタと足踏みをしている様子を見るに気に入ったらしい。

その可愛らしい動きに、男は自分の頬が柔らかく溶けるのを感じた。

先ほどの作った愛想笑いではない心からの笑みは、……しかし、ヤッパリ山賊風ではあった。

「ミーシャ、大人しくしとけって言っただろ？」

美味しそうに木桃をかじる少女の後ろに、ふいに長身の影が立った。

どうやら買い物を終了した保護者がお迎えに来たようだ。

「ちゃんと見えるところにいたでしょ？」

心外だと言いたげに背後を振り返る少女の頭を、あきれ顔の青年が軽くこづいた。

「親父さん、連れが邪魔して悪かったな」

そのまま小さな頭をぐりぐりと撫でまわす青年の瞳は、少女と同じ美しい翠色をしていた。

「いいや。邪魔なんてとんでもない。嬢ちゃんがいい客引きになってくれたからな」

首を横に振りながら、八百屋の男は肩をすくめて見せる。

その言葉通り、さっきまで誰もいなかった露店の前には幾人かの客の姿があった。

無邪気なしぐさで果物をかじる少女の姿に、そんなに美味しいのならと足を止めたのだろう。皆、そろって果物を購入してはかじりながら去っていく。

「もう！　ライン伯父さん、痛いよ」

首がぐらぐらするほど撫でまわされていた少女が、ついに我慢できなくなったようで、小さく叫ぶとその手から逃げて行った。

すると、強引な手から逃げ出した反動で少女のかぶっていたフードがはらりと外れ、そこから美しい白金の髪が現れた。朝のひかりを受けて角度によっては銀色に見えるほどに淡い色。きらきらと放つ光は不思議といろいろな色が見える気がして、男は目を細めた。

「ほ！　きれいな髪だな」

思わず感嘆の声を漏らすと、少女が照れくさそうに笑った。

「ありがとう。おじさん、ばいばい」

素早くフードをかぶりなおした少女は小さく手を振ると、保護者らしき青年に促されて去っていった。

と、思うと、連れの青年になにか声をかけて、慌てたように戻ってくる。

「あのね、おじさん、お腹痛いんでしょ？　このまま放っておくと、もっと痛くなるよ？　良かったら、桃のお礼にコレ、あげるから飲んで？」

そう言って手渡されたのは、薄い油紙に包まれた……。

「丸薬？」

「そう。伯父さん、薬師なの。伯父さんのお薬、よく効くのよ？」

突然のことに呆気にとられて手の中の丸薬を見つめているうちに、少女は再び手を振ると足を止めてコチラをみている青年の元へと走って行ってしまった。

「あ、ご飯の後に二つずつ、無くなるまで飲んでね～～」

連れの元へとたどり着いた少女は大きな声で叫ぶと、今度こそ背を向けて行ってしまった。

その凸凹の二つの背中が人混みに紛れて見えなくなってしまうまで、男はボンヤリと見送っていた。

「おやじさん、ついてたな。あの男は腕のいい薬師だよ。昨日宿で一緒だったんだが、宿屋の女将に薬を煎じたらしくって「よく効いた」ってえらく感謝されてたぜ？」

店先に立っていた客に声をかけられ、我に返った男は、手の中の小さな包みに目を落とした。

この町にも薬師はいるが、薬はそれなりに値がはるもので、庶民はいよいよ辛くなった時にしか手を出さない。

男も少し前から胃の不調で悩んではいたが「まぁ、まだ我慢できるし……」と様子見をしていたところだった。

あの熟れすぎた木桃だって、コレなら食べられそうだと、自分の昼食用に持ってきたものだったのだ。

「売り物にもならない桃が薬に化けやがった」

ポツリと呟き、男はもらった薬を大事に懐にしまった。

（なんだったか……ガキの頃親父がしたり顔で言ってたな。「人には親切にしろ、自分のためだ」って。当時は「何言ってんだか訳わかんねぇ」って笑っていたが……）

帰ったら息子に、今日の事を親父の言葉と一緒に教えてやろうと心に誓って、男は明日の糧を稼ぐために顔を上げた。


「さっきのおじさん、ちゃんと薬飲んでくれるかなぁ？」

取り出したリンゴを渡しながらミーシャは、隣を歩くラインを見上げた。

「さあな。見た感じ、胃炎の症状もかなり進んでるみたいだし、飲むんじゃないか？」

軽く答えながらも、渡されたリンゴに齧り付き「甘い」と満足げに笑った。

「そっか、ならいいや」

自分の分も取り出して、少し考えてから、もう一度しまい込んだ。

先程の木桃の甘さがまだ舌の上に残っていて、もう少しその幸せな余韻を楽しみたい気分だったのだ。

ミーシャは昨日の昼に何気なく通り過ぎた市場で、八百屋の男を見かけたときからどうにも気になっていた。

顔色が悪く、くたびれた様子。

無意識にだろう。庇うように腹部に置かれた手の位置から、胃の辺りに問題があるのだろうと予想がついた。

時折顰められる顔から痛みも強いのだろうと思っていると、お使いらしい少年が、そのおじさんの店の前で盛大に転んだのだ。

ミーシャが驚きに声をあげ、少年の顔がぐしゃりと歪んだ瞬間には、素早く立ち上がった男に助け起こされていた。

つい先程まで動くのも辛そうに腹部をさすっていたのに、それは瞬きの間の素早さだった。

少し強面の顔をぎこちなく緩ませながら、少年を慰め、散らばった荷物を拾って持たせてやる。

泣き止んだ少年に、何か言いながら商品の中から小さなオレンジを一つ、握らせていた。

おそらく、泣き止んだことを「偉いな」「強いな」とでも褒めているのだろう。

涙をぬぐった少年は笑顔でペコリと頭を下げて去っていった。

それは、なんともほのぼのする光景だった。

少年を見送って商品の奥に引っ込んだ後、男が蹲ってしまった姿さえ見なければ。

(急激に動いたから、体がビックリしたんだろうなぁ。というか、あれは動かず座ってるだけでも痛いくらい症状が進んでるんじゃないかしら？)

しばらく顔をしかめてお腹のあたりを押さえていた男が、ようやく痛みが落ち着いたのかのろのろと顔をあげた。青い顔で店番を続ける男の表情は少しうつろに見えた。

見つめているうちに先に行ってしまった伯父の背中を慌てて追いかけながら、ミーシャはどうやったらあのおじさんに薬を渡せるかなぁ、と考えていた。

そして今日、買い物ついでに一計を案じて実行したのだ。

口内に残る優しい甘みを楽しみながら、ミーシャは、おじさんの笑顔を思い出していた。

食事を満足に取ることも難しくなっていたのだろう。

近寄ってみれば、頬はこけて、口臭も感じられた。

元々の人相の悪さが強調されていて、一見山賊か何かのようだったけど、優しく細められた目は穏やかで、おじさんの人の良さが伝わってきたからちっとも怖いとは思わなかった。

きっと、昨日の少年も同じ気持ちだったのだろう。

「ちゃんと良くなると良いなぁ」

ミーシャは鼻歌を歌いながら、ラインの隣に並んだ。

「あの程度なら、ちゃんと薬飲んで大人しくしときゃ治るだろ。何しろ俺の特製レシピだからな」

ふふん、と胸を張りラインは芯だけになったリンゴを沿道の茂みへと投げ込んだ。

「さて、野宿したくなけりゃサクサク歩けよ？　次の町までは山一つ越えるからな」

「はぁ〜い」

ミーシャが元気よく返事をして、二人は足取り軽く早朝の山道を進んでいった。

『森の民』の故郷へ向かう旅は、ミーシャの考えていた以上にノンビリしたものになっていた。

王城を出発して、しばらくすると集団からまずミランダが抜けた。

「ちょっと、西の方でトラブルが起こっているみたいだから行くわね」

あっさりと手を振り去っていこうとするミランダの手を、ミーシャは慌てて掴まえた。

「トラブルって、何？　一緒に村に帰るんじゃないの？」

てっきり共に旅をすると思い込んでいたミーシャは、意味が分からず目を白黒させた。

「私の仕事は、村の外に出た一族のサポートだと前に行ったでしょう？　お呼びがかかったら、行かなくっちゃ」

驚き過ぎて涙目のミーシャに、少し困ったような顔でミランダが答えた。

「ミーシャはもうラインと一緒にいるから、私がいなくても大丈夫でしょう？」

「そう……だけど」

諭すように言われ、ミーシャはしょんぼりと肩を落とす。

旅路の中で偶然出会ってからずっと側で何くれと世話を焼いてくれた存在が、突然いなくなってしまう寂しさにうつむいた顔をあげる事ができない。

そんなミーシャの頭を、ラインが乱暴に小突いた。

「今生の別れでもあるまいし、ごねるなよミーシャ。どうせまた、村で会えるさ」

「そうなの？」

ラインの言葉に、バッと顔をあげたミーシャはすがるようにミランダを見た。

うるうると潤んだ大きな瞳に、ミランダが愛おしそうに微笑んだ。

「もちろん。誰かさんと違って、私は年に一回は報告のために戻ってるもの。すぐに会えるわ」

優しく頭を撫でられ、ミーシャはようやく握っていたミランダの手を離した。

「そうだ、忘れていたわ。これあげるわね」

ふと思い出したように、ミランダはローブの隠しポケットから飾り紐を取り出すと、ミーシャの持つ杖に結び付けた。

もともとつけられていた少し色あせた飾り紐の隣に、鮮やかな緑と青で作られた新しいものが揺れる。それを見て、ミランダが少し目を細めて、満足そうに頷いた。

「これはミーシャのために。お守りよ。あなたに幸せが訪れますように」

「うん。ミランダさんもまた会う日まで元気でね」

そっと、ミーシャの額に口づけを落として、ミランダは去っていった。


その後も一人抜け、二人抜け。気がつけば半数へと人数が減っていたところで、ラインからようやく本当の旅路の予定を聞かされたのだ。

当初は港から船で移動だったのだが、撹乱のためにも一人ないしは二人の行動になる。

そもそも、実は村に帰るのは長老とミーシャ達くらいらしい。

「元々そこら辺をふらついてたやつらが、緊急に集められた感じだったしな。それまでいた場所に戻るか、またふらつくかのどっちかだろう」

アッサリと答えるラインにミーシャは目を見張った。

てっきり、みんなで村から来たのだと思っていたのだ。

「そんなに沢山の『森の民』が、色んな場所をふらついてるの？」

「まぁ、それなりにな。自分の研究している薬や手法の実験と検証は、村の中じゃ出来ることが限られてる。何より、薬にしろ治療法にしろ患者がいなきゃ、どうしようもないからな」

予想以上に活動的だった一族の話にミーシャは目をパチパチと瞬かせる。

「その割には、一族の噂ってあんまり聞かないんだけど」

「んなもん、わざわざ自分が『森の民』の一員だって宣伝して回るわけ無いだろう。トラブルの種でしかない」

「それは、そうだけど……」

アッサリと返って来た答えに腑に落ちないものを感じつつ、ミーシャは言葉を濁す。

「旅の薬師なんて、そんなに珍しいモンでもないしな。一族の見分け方なんて髪と瞳の色に卓越した医療技術、て曖昧なもんだし。自分の苦しい時に助けてくれた相手を害しようって人間はそうそういないのが現実さ」

そんなミーシャの様子に笑いながら、ラインは柔らかな髪を撫でた。

その後、ミーシャとライン、そしてネルの三人になった時に最後のサプライズが待っていた。

「よーう、嬢ちゃん、久しぶり〜〜」

道の脇に停まった小型の幌馬車の側に、シャイディーンが立っていたのだ。

「え〜〜？　シャイディーンさん、なんでこんな所にいるの⁉」

驚きに目を丸くするミーシャに、シャイディーンは悪戯が成功した子供のような顔をして笑った。

「嬢ちゃんが紹介してくれたんだろうがよ。なんでも、最新の義肢を研究してる人間が村にいるから、紹介してもらえることになったんだよ」

「どうやって見つけるのか、外に出るなり湧いて出て、しつこく付きまとうもんじゃから、根負けしたんじゃ。片腕でもそれなりに使えそうじゃからな。村に帰るまでの用心棒代わりじゃい」

嬉しそうなシャイディーンの横で、ネルが嫌そうに鼻にしわを寄せて見せる。

病の終息が見えてきたところで、シャイディーンを『森の民』に引き合わせたのは確かにミーシャだった。

その後の話は自分でするとの事だったので、目の回りそうな当時の忙しさもあり、本当に引き合わせただけで、どうなったのかミーシャは確認していなかったのだ。

まさか、何度もあきらめずにネルに直接交渉していたとは思いもよらなかった。

「とはいえ、一族以外のものを連れていく事を知られたら、他にもついてきたいってやつが山ほどわきそうだからってんで、ここで待ち合わせしてたんだよ」

ネルの表情など気にした様子もなく、なんでここにいたかをシャイディーンが簡単に説明してくれる。

「確かに。なんならコーナンさんが筆頭になって騒ぎそう……」

ミーシャは仲良くなった医師や薬師の面々を思い出して納得した。

「冗談じゃないわい。これ以上うるさいやつはごめんじゃ」

本気で嫌そうな顔のネルは、城に顔を出せば目ざとく見つけたコーナンをはじめ医師たちに追いかけ回されていた。今後の医療の進むべき方向についてのまじめな話から『森の民』の噂の真偽まで、多岐にわたる質問にかなり辟易していたのでその顔もしょうがないと言えた。

「『歩くのが面倒だから、乗り心地の良い小回りが利く幌馬車を用意して待ってろ』て一方的に指示が来て、待ってたんだが、気が変わって別ルートとられたらどうしようかとひやひやしたぜ」

「一度約束したものを違えたりせんわい。むしろ、もう少し近い町を指定すればよかったと後悔してたくらいじゃ。年寄りを遠慮ない速さで歩かせよって……」

ぶつぶつ文句を言いながらも、ネルが勝手に幌馬車の中に乗り込んでいく。

「じゃあの、ミーシャ。気を付けてくるんじゃぞ。ほれ、早く馬車を出さんかい！」

そうして、あっさりと手を振って姿を消した。

「へいへい。年寄りはせっかちで駄目だな。じゃあな、嬢ちゃん。先に行って待ってるわ！」

慌てて御者台に乗り込んで片手を振ったシャイディーンの手で走り出した幌馬車は、どんどん小さくなっていく。それを見送りながら、ミーシャは首を傾げた。

「別れがサラッとしているのも、『森の民』の特徴なのかしら？」

ミランダといい、まるでまた明日、とでもいうようにみんなあっさりと去っていく。

「さあ？　良くも悪くも旅慣れている連中が多いからじゃないか？」

不思議そうなミーシャに、ラインは笑って肩をすくめた。

「て訳で、俺らは陸路をノンビリ行く予定だから」

「え？　すぐ帰らなくて良いの？」

他の人はともかく、自分たちこそ最短距離で戻るんだろうと思っていたミーシャは思いがけないラインの言葉に首を傾げた。

「村に入っちまえば、ミーシャは一族の掟で年単位で外に出れなくなるのは確定なんだし、ちょっとくらい見聞を広めたっていいだろ？」

そう言って、悪戯っぽく笑うラインに、ミーシャもつられて破顔した。

「うん。おじさんと旅するの、嬉しい」

そうして、ミーシャとラインのノンビリ二人旅が始まったのだ。

書き下ろし番外編

楽しいお茶会

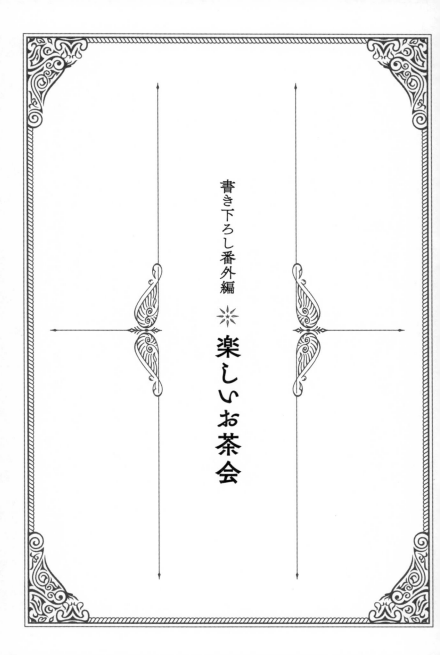

「そういえば」

お茶を飲みながら、ミーシャはふと思い立ったように斜め前に座っているジオルドを眺めた。

「最初に会った時に「昔『森の民』に命を助けてもらった」みたいなことを言っていたけど、それってなんだったの？」

『紅眼病』の薬が届き、病が終息傾向になると同時に、今度は後遺症の問題が浮上してきた。

その対策に走り回る日々の中、息抜きにミーシャとミランダ、そしてジオルドで集まって、小さなお茶会をしていた時の出来事である。

「なに、それ？　面白そうな話ね？」

上品に茶菓子を口に運んでいたミランダが、興味深そうに会話に入ってくる。

「別に、そうたいそうな話でもないぞ？　傭兵時代に下手をうって、大怪我した時に助けてもらったんだよ。というか、ミーシャに話してなかったか？」

豪快に一口で茶菓子をほおばりながら、ジオルドが首を傾げる。

「うん。聞いた事ない。大怪我って、なにがあったの？」

「あ？　全身いろいろ傷だらけになって、さらに肘下辺りから切り落とされかけた」

ごそごそと肘上まで袖をたくしあげると、ジオルドが差し出してきた。

ミーシャはいそいそとテーブルを回りこみ、その腕をとる。

「もう、傷痕もほとんど残ってないのね」

スッと線を引いたように真っ直ぐな傷痕が、ぐるりと肘下五センチほどを取り巻いている。

「もう、十年近く前の話だしな」

そっとミーシャの細い指先で傷痕をなぞられて、ジオルドがくすぐったそうに顔をゆがめる。

「この様子だと、本当に一度切断したようじゃな。どれ、指を動かしてみんかい」

そこにどこから現れたのか、ネルが横から顔を出す。

言われるまま、指先を動かして見せるジオルドに、興味津々な視線が突き刺さる。

これまでも散々同じような事を繰り返してきたジオルドは、慣れた行為のはずなのに、今までとは違う視線を感じて少々居心地が悪かった。

今までは、ジオルドの話を聞いても「切り落とされた腕がつながるわけがない」と、詐欺師を見るような目を向けられるのが常だった。

しかし、ミーシャをはじめとする『森の民』一族は、「どういう施術をすれば、これほどスムーズに機能を取り戻すことができるのか」を、真剣に考えているように見えた。

「十年ほど前……のぅ。確か四年前に、切断した部位を機能を損なわず再び継ぎ合わせる技術が確立されたが……。それの最初の方の実験台かもしれんのぅ」

手首をひねったり手を握り締めたりと一通りの動きをジオルドにさせた後、ネルが、何かを思い出すような顔で呟く。

「そんな技術があるんですか？」

目を丸くしたミーシャの脳裏に、戦場で負傷して片腕を失くしてしまったシャイディーンが浮かぶ。

「その技術が誰でも使えるようになっていたら、シャイディーンさんの腕はまだあったかしら？」

「シャイディーン、のう。豪快にズバッといかれたようじゃから、直後じゃったら、こ奴程度には動くようになっていたかもしれんのう」

ミーシャのつぶやきを拾ったネルが、ジオルドの腕を様々な方向に動かしながら答えた。

「そうしておれば、今頃わしはあやつに付きまとわれずに済んだんじゃな。早いところ、術者を増やしておけば……」

そして、心底いやそうな顔で小さくつぶやいた。

ミーシャに、「自分の父親の騎士団にいた人だ」と紹介を受けてから、ネルが街に出ればどこからか湧いて出て、お供という名の付きまといを受けているのだ。

確かに、城下町の情勢に詳しいいし、ミーシャの話が真実なら自分も他国民のはずなのに、やけに場になじんでいて知り合いも多い。

おかげで話の聞き取りがスムーズになることも多く、無下にしづらいところもまた厄介だった。

本人の主張としては、片腕を補う精巧な義手が欲しいとのことで、有能な技術者がいたら紹介してほしいそうだ。

(マイルズの奴が、体力がある検体が欲しいと言っていたし、連れて行くのはやぶさかでもないんじゃが……)

とても生き生きと街を闊歩している様子を見ると「お前片腕でも困ってないじゃん」と、つい思ってしまい、素直に連れて行くと言いたくないネルである。

一方、好きに腕をいじくり回されながらも、ジオルドの目がきらめいた。

「そんな技術が出来上がっているんですか?」

ジオルドはもともとは傭兵で、先の戦争でたまたまライアンに気に入られ引き上げられた口である。

当然、いくつもの戦場を知っているし、ライアンは幸運にも腕を失くさずにすんだが、同じような傷を負い、片腕になった知り合いもいた。

「なんじゃ、興味あるのか？」

ミーシャが興味を持つのは当然として、思わぬところから反応が返ってきて、ネルは首を傾げる。

「ご存じかもしれませんが、戦場で腕や足を失くす兵士は多いです。継ぐ技術があれば、俺のように、腕を失くさずにすむかもしれない」

真剣な目を向けられて、ネルは肩をすくめた。

「まぁ、そうなんじゃが。とにかく、今の医者の技量の底上げの方が先じゃな。人体の仕組みを分かっとらん医師が多すぎじゃ。こんな大国の医師でも、いまだに自分で人体解剖をしたことがない者もいると聞いて眩暈がしたぞ、わしは」

一通り確認して飽きたらしいネルが、ポイっとジオルドの腕を投げ、自分も席に着いた。

「まぁ、興味があるんなら、ラインに聞けばよかろう」

控えていたメイドに、自分の分のお茶を要求しながら、ネルが軽く口にした。

「伯父さんに？」

突然出てきたラインの名前に、ミーシャが不思議そうな顔をする。

「そうじゃ。その技術、確立させたのはあやつじゃぞ？」

「えぇぇ～～!!」

思わず叫んだミーシャに、すでに茶菓子に意識を移したネルは見向きもしない。

興味を失った様子のネルを諦めて、ミーシャはその場にいるもう一人の『森の民』、ミランダの方へと顔を向けた。

「ミランダさん、知ってた？」

期待に満ちた目を向けられ、ミランダが苦笑する。

「そうね。話だけは聞いているけど、残念ながら、詳しい技術は知らないわ。ただ、昔からラインは人体の作りに興味があったみたいで、小さい頃から人体模型を玩具にしてたそうだし、準成人を迎えてからは勝手に村を飛び出したりしてたわ。たぶん、そのころから、後遺症のない縫合方法を探っていたのでしょうね」

レイアースとミランダが薬草を玩具にしていたように、ラインは人体模型や標本などに夢中だった。

小さな頃から狩りをする大人についていきハンターとしての才能も発揮していたが、それは、獲物の捌き方を習うついでに解剖経験の糧にしていたのだと知ったのは、少し成長した後である。当時は、お裾分けの肉をもらって無邪気に喜んでいた。

（レイアースが、ラインが家に保存している肉で縫合の練習をして困ると言っていたのは、確か十にならないくらいの頃だったわね）

「おじさんすごい」と無邪気に喜んでいるミーシャに、どこまでばらしていいものかと悩んでいると、ふいに背後から伸びた手が、机上のサンドイッチをさらっていった。

「なんだ。優雅なことしてるな。こっちは打ち合わせの嵐で、飯食う暇もないっていうのに」

不満そうにミランダの隣にドスリと腰を下ろすのは噂のラインだ。

ミーシャ達に会いに行っていたことを秘密にしていた罰として、交渉ごとの矢面に立たされていたのだが、その仕事はいまだに続行中で、逃げ回るネルのせいもあり、実は『森の民』の窓口として、今一番忙しいのがラインだった。

もともとなんにでも器用で頭も切れる男なので、問題なく対応しているのだが、やはり慣れない交渉事はストレスがかかるのか、最近少々機嫌が悪い。

それでも気にせず、交代を言い出すことなくそっぽを向いているミランダは、良くも悪くも図太かった。

幼馴染として過ごした時間があるのも強みだ。

つまり、ラインの少々の不機嫌など慣れっこでちっとも怖くなかったのだ。

口が悪いのなどもともとだし、何があっても理不尽に暴力をふるう人間でない事は知っている。

ミランダからしたら、怖がる要素など、どこにもなかった。

「今、ラインの事を話してたのよ。彼の腕を治したのが、もしかしたらあなたの発表した技術が使われているんじゃないかって」

それでも疲れが滲む目元を見れば、少しは罪悪感が湧き上がり、ミランダは姪っ子に癒されればいいと水を向けた。

「あぁ？　腕を治した？」

行儀悪く背もたれに体を預け、猫舌気味のラインの為にすかさず提供されたぬるめのお茶を飲みながら、ジオルドに目を向ける。

「十年ぐらい前に戦場で腕を切り落とされそうになったのを、縫合してもらったんだって。伯父さん、覚えてる？」

興味津々、と言わんばかりのミーシャにちらりと目をやると、ラインは肩をすくめた。

「さてねぇ。いろんなところを渡り歩いてるから、どれがどれやら……。ちょっと、こっち来て見せてみろ」

それでも、ミーシャの視線に負けたようにラインは体を起こすと、ジオルドを手招いた。ジオルドも嫌がることなく立ち上がると、今日何度目かの他人に腕を預ける。

乱暴な口調とは裏腹に、腕を持つラインの手は繊細で優しい動きをした。

一通り、ネルと同じように各部位を動かしたり触れたりした後、最後に、うっすらと残る縫合痕をまじまじと観察する。

「あぁ、こりゃ、確かに俺の手だな。それにしても、ひっどい縫い目だな、これ。皮膚に引き攣れ残ってんじゃん」

呆れたようにつぶやくとラインは、まじまじとジオルドの顔を眺めた。

「あ〜、悪いが顔は全然覚えてないな。まぁ、あれから立派に生き延びてきたなら、良かったじゃないか」

サラリと笑うラインに、ジオルドが何かを堪えるようにグッと唇をかんだ。

それから、ラインから腕を取り戻すと、逆にその手を取り、その場に跪《ひざまず》いた。

そして、ラインの手に額を押し付けて、ソファーに座るラインに頭を下げる。

「あなたに救われた命のおかげで。……残していただけたこの腕のおかげで、たくさんの大切なものを守ることができました。感謝します」

うつむいたため、その顔を見る事はできない。

だけど、微かに震える声が、その心情を如実に伝えてきた。

「……ん」

余計な事はなにも言わず、小さく頷いたラインはそのまましばらくじっとしていたし、ジオルドも感謝の念を伝えるように伏せた手から額を離さない。

ミーシャは、その光景に息を呑んで魅入られた。

時を越えて伝えられる感謝の言葉が、とても尊く感じた。

しばし、無言の時が流れる。

やがて、その沈黙を破ったのは、当のラインだった。

「ところで、その腕、付け直してやろうか？」

力の入っていないジオルドの手の中から、スルリと少し湿って感じる自分の手を取り戻しながら、ニヤリと笑う。

「……つけなおす？」

唐突に告げられた言葉の意味が理解できないというように、ジオルドが首を傾げた。

「そ。その腕、酷使すると指先にしびれが走ったり、握る力が弱くなったりしないか？」

「それは……」

たまに起こる、隠していたはずの後遺症を言い当てられて、ジオルドが目を丸くする。

「やっぱりな。十年前だとまだ解ってない事が多くてさ。必要な神経を継ぎ損ねてるんじゃないかと思ったんだよ。今なら、その後遺症改善できるぞ？」

ニンマリと笑うラインに、良からぬものを感じて、ジオルドは跪いたままジリッと後ろに下がった。

「継ぎ直すって、一度腕を切り離すの？」

「あぁ。それが一番手っ取り早いな。幸い、ここにはネル爺たちがいるから助手には事欠かないし、麻酔薬や痛み止めその他もろもろ集まっているしな。その後のリハビリまでは付き合えないけど、トマが常駐するみたいだし、大丈夫だろう」

無邪気に問いかけるミーシャに、ラインがなんでもない事のように答える。

その言葉に、ジオルドは腕を隠しながらジリジリと後ろへと逃げていった。

「いいのぅ。ワシ、まだ実際の手術、見たことないんじゃよ」

そんなジオルドの肩をいつの間にか背後に立ったネルがポンと押さえた。

ジオルドの体が、驚きに跳ねる。

「私も、見学しててもいいかなぁ？」

『森の民』の秘術ならば、簡単には許可が下りないだろうかと、ミーシャが伺うように手をあげた。

「いやいやいやいや。ちょっと待て。なんで健康な腕を切り落とそうとしてるんだよ！」

ジオルドは慌てて異を唱えた。

ここで黙り込んだら、非常にまずい事になりそうな予感がひしひしとする。

「いや、だって後遺症があるなら治療しといたほうがいいだろ？　記憶に薄いとはいえ、昔の俺がしたことだし、しっかりと責任はとるから安心しろよ。何なら、ついでに骨に補強いれて折れにくくしておくか？」

キョトンとしたラインの顔に悪意は微塵もなくて、これが彼なりの好意だという事はしっかりと伝わってきたけれど、ジオルドは「そうじゃないだろ」と言いたかった。

が、一応、恩人の認識がある為、無下にしづらい。

結果。

「あ、ライアン様に呼ばれている時間だ。それじゃあ、みなさんはごゆっくり」

いささか棒読み口調でそういうと、やんわりとネルの手を外し、一目散にその場を逃げ出した。

「あ！　ジオルドさん！」

何か言いたそうなミーシャの声が聞こえたが、ジオルドは振り返らない。

好奇心旺盛なミーシャに捕まったら逃げられる自信がなかった。

けれど、わざわざ実験台になる気もないのだ。

（悪いな。今のところこのままで十分なんだ。実際に怪我している人に会った時まで、その好奇心はしまっといてくれ！）

廊下を無言で去っていくその速度は、歩いているはずなのに非常に素早かった。


「あ〜あ、いっちゃった」

扉まで追いかけていたミーシャが少し残念そうな顔で戻ってくる。

「ラインったら、慣れない感謝を向けられて照れくさかったからって、からかっちゃ可哀そうよ？」

呆れたようにたしなめるミランダに、ラインが肩をすくめて見せてから笑う。

「まぁ、再手術勧めたのはあながち冗談でもないんだぜ？　疲労で握力が抜けるってのは、騎士としては問題だろう？　長時間の戦闘になった場合、命取りになりかねない。今なら平和だし、三か月から半年程度なら護衛から抜けても大丈夫だろう？」

予想以上にまじめな返答が返ってきて、ミランダは目を丸くした。

「てっきり、ミーシャに手術を見せてあげたいだけかと思ってたわ」

「いや、それもあるけどな。いい経験だろ？　切断と縫合」

「……伯父さん」

一瞬好奇心が勝ったとはいえ、本当にジオルドに迫る気などなかったミーシャは、冗談だけでなかったラインに何とも言えない目を向けた。

「ま、治療を受けるも受けないも患者の判断に任せるさ」

笑いながらそう呟くと、ラインは飲みほしたカップを掲げてお代わりを要求した。

あとがき

はじめましての方もそうでない方も、この本を手に取っていただきありがとうございます。

この度、ついに三巻出版の運びになり、感謝の念に堪えません。三巻は、この物語の中でも大きな節目だったのでお届けできて本当にうれしいです。


「うわ、聞いてはいたけど、本当に固いわね？」

きゃぁ！　二巻の悪夢再び⁉　どちら様ですか⁉

「悪夢って、ひどいわ。みんなの敬愛を集める王女ラライアです。よろしく」

わぉ、予想外の人が来た。てっきり自称天使の小悪魔が再来するかと思ってたのに。

「ようやく後継として目覚めた自覚に喜んだ元宰相に捕まって、来れなかったみたいよ？」

わぁい。いい気味。バリバリに鍛えられたらいいよ。

「そうね。最近生意気だったし、そこに関しては同感よ。とりあえず、この後も僕の出番はしっかり作るように、て伝言は預かってるわ。伝えたわよ？」

……あぁ、はい（白目）。で、王妹として忙しいはずのラライア様がこんなところまで何の御用で？

「私は王妹なのよ。民を愛し、民に愛される王女。ゆえに迷える民の疑問を解消するために来たの。というわけで時間もないし一問一答で行くわよ」

問一　ミーシャは何処に行ったの？

答　えぇ〜、突然だな。とりあえず、ラインと陸路でのんびり一族の隠れ里を目指すよ。その中で、いろいろな出会いがあるし、少しファンタジー色も強くなったりするかな？　もちろん薬師としての成長もあるよ。
問二　というか『森の民』、薬師としての域を逸脱し過ぎでは？
答　まあ、一族の始まりは薬師だったのでいまだに薬師を名乗っているけれど、実態は医療集団だね。というのも、昔は薬師と医師の境目って本当にあいまいだったんだよね。何しろ、床屋が外科医を兼任していた時代もあったくらいなので。その流れってことでご勘弁ください。
問三　再びレッドフォード王国に戻ってくる事はあるの？
答　……これ、詳しく答えるとネタバレしそうなんで一言だけ。戻ってくるよ。
問四　題名の『森の端っこのちび魔女さん』って……
ちょっと、まって！　キリがない！　文字数もうないから！　疑問は尽きないとは思うけど、今後ストーリーが進むと共に解消されていくと思うので、興味のある方は今後もミーシャの旅を応援してくれると嬉しいです。

最後になりましたが、今回も素晴らしいイラストの数々を生み出してくださった緋原ヨウ様。本当にありがとうございました。いまや夜凪にとって欠かせない執筆の原動力になってます。次回もよろしくお願いします。

いろいろと短編のネタを考えてくださった担当様。無茶ぶりすみません。助かりました。

毎度締め切りに追い詰められ奇行に走る夜凪を、生温かく見守ってくれた家族にも感謝です。

そして、ここまでお付き合いくださった貴重な読者様。

今後も、ミーシャの成長を一緒に見守っていただけると幸いです。

夜凪

出来損ないと
呼ばれた元英雄は、
実家から追放されたので
好き勝手に生きることにした
THE BANISHED FORMER HERO LIVES AS HE PLEASES
テレ東・BSテレ東・AT-Xにて
TVアニメ絶賛放送中!

［NOVELS］

原作小説 第7巻

2024年 5/20 発売！

［著］紅月シン
［イラスト］ちょこ庵

［COMICS］

※8巻書影

コミックス 第9巻

2024年 6/15 発売！

［原作］紅月シン ［漫画］鳥間ル
［構成］和久ゆみ
［キャラクター原案］ちょこ庵

［TO JUNIOR-BUNKO］

TOジュニア文庫 第3巻

2024年 6/1 発売！

［作］紅月シン ［絵］柚希きひろ
［キャラクター原案］ちょこ庵

［放送情報］

※放送日時は予告なく変更となる場合がございます。

テレ東
毎週月曜 深夜26時00分～

BSテレ東
毎週水曜 深夜24時30分～

AT-X
毎週火曜 21時30分～
（リピート放送　毎週木曜9時30分～／
毎週月曜15時30分～）

U-NEXT・アニメ放題では
最新話が地上波より1週間早くみられる！
ほか各配信サービスでも絶賛配信中！

STAFF

原作：紅月シン『出来損ないと呼ばれた
元英雄は、実家から追放されたので
好き勝手に生きることにした』（TOブックス刊）
原作イラスト：ちょこ庵
漫画：鳥間ル
監督：古賀一臣
シリーズ構成：池田臨太郎
脚本：大草芳樹
キャラクターデザイン・総作画監督：細田沙織
美術監督：渡辺 紳
撮影監督：武原健二　坂井慎太郎
色彩設計：のぼりはるこ
編集：大岩根力斗
音響監督：高桑 一
音響効果：和田俊也（スワラ・プロ）
音響制作：TOブックス
音楽：羽岡 佳
音楽制作：キングレコード
アニメーション制作：
スタジオディーン×マーヴィージャック
オープニング主題歌：蒼井翔太「EVOLVE」
エンディング主題歌：愛美「メリトクラシー」

CAST

アレン：蒼井翔太
リーズ：栗坂南美
アンリエット：鬼頭明里
ノエル：雨宮 天
ミレーヌ：愛美
ベアトリス：潘めぐみ
アキラ：伊瀬茉莉也
クレイグ：子安武人
ブレット：逢坂良太
カーティス：子安光樹

TVアニメ
公式サイトはコチラ！
dekisoko-anime.com

シリーズ累計90万部突破!!（紙＋電子）

本がなければ作ればいい——
原作小説
（本編通巻全33巻）
第一部
兵士の娘
（全3巻）
第二部
神殿の巫女見習い
（全4巻）
第三部
領主の養女
（全5巻）
第四部
貴族院の自称図書委員
（全9巻）
第五部
女神の化身
（全12巻）
決定！
ありがとう、本好き!!
シリーズ累計
1000万部突破！（電子書籍を含む）
アニメーション制作：WIT STUDIO
TOジュニア文庫
コミックス
第一部
本がないなら作ればいい！
（漫画：鈴華）
第二部
本のためなら巫女になる！
（漫画：鈴華）
第三部
領地に本を広げよう！
（漫画：波野涼）
第四部
貴族院の図書館を救いたい！
（漫画：勝木光）

夢物語では終わらせない
ビブリア・ファンタジー
ふぁんぶっく
1〜8巻
ドラマCD
1〜10
ミニマイングッズ
椎名優描き下ろし
第三部「領主の養女」
アニメ化
本好きの
下剋上
司書になるためには
手段を選んでいられません
香月美夜
miya kazuki
イラスト:椎名 優
you shiina
Story
とある女子大生が転生したのは、識字率が低くて本が少ない世界の兵士の娘。いくら読みたくても周りに本なんてあるはずない。本がないならどうする？　作ってしまえばいいじゃない！
兵士の娘、神殿の巫女、領主の養女、王の養女——次第に立場が変わっても彼女の想いは変わらない。
本好きのための、本好きに捧ぐ、ビブリア・ファンタジー！
詳しくは原作公式HPへ
https://www.tobooks.jp/booklove

森の端っこのちび魔女さん3

2024年5月1日　第1刷発行

著　者　**夜凪**

発行者　**本田武市**

発行所　**TOブックス**
〒150-0002
東京都渋谷区渋谷三丁目1番1号　PMO渋谷Ⅱ　11階
TEL 0120-933-772（営業フリーダイヤル）
FAX 050-3156-0508

印刷・製本　中央精版印刷株式会社

ISBN978-4-86794-162-1